Ellen Heinzelmann

Wir seh'n uns in der Hölle
eine Familientragödie

Das Buch

›Wir seh'n uns in der Hölle‹ ist eine Familiengeschichte, die auf wahrer Begebenheit beruht. Sie beschreibt die Geschichte des GCF-Clans, wie der Erzähler Kutazama die Familienkonstellation nennt. Sie zeigt, wie zerstörerisch Gier, die vor nichts zurückschreckt, sein kann.

Über den Inhalt

Mario der älteste und auch tüchtigste von insgesamt drei Söhnen der Galanisfamilie hat es mit seiner Steinmetzkunst zu Wohlstand gebracht. Gemäß italienischer Familientradition hat entweder der Älteste oder einfach der Bestverdienende für die Familie da zu sein. Beides trifft auf Mario zu und so lebt die Familie zwanzig Jahre gut und gerne von Marios Wohlstand. Doch im Hintergrund schwelt der Neid. Die unstillbare Gier führt zu Hass und blinder Zerstörungswut. Und die gierige Gesellschaft merkt nicht, dass sie am Ast sägt, auf dem sie selbst sitzt. Mario wird an den Abgrund seiner Existenz getrieben. Auf der Suche nach dem ›Warum‹, stößt Mario auf ein dunkles Geheimnis.

Die Autorin

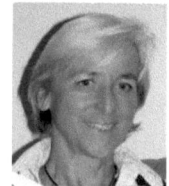

Ellen Heinzelmann, Fachfrau für Marketing und Kommunikation, wurde 1951 im Kreis Waldshut geboren. Während ihrer langjährigen beruflichen Tätigkeit – zuletzt als Marketing- und PR-Verantwortliche in einer Organisation des öffentlichen Rechts in Basel – übersetzte sie Texte vom Deutschen ins Französische und Englische, wirkte als Dolmetscherin bei Vertragsverhandlungen in Paris. Sie schrieb viele Artikel in Fachzeitschriften und Heimatbüchern, war Redakteurin eines offiziellen, branchenbezognenen Vereinsorgans, entwarf Broschüren und Werbematerialien und organisierte umfangreiche geschäftliche Events. Sie lektorierte Fremdtexte und wirkte als Ghostwriterin. Die geschriebene Sprache hatte schon in früher Kindheit große Faszination auf sie ausgeübt. Heute, nach dem Ausstieg aus dem Berufsleben, ist sie ihrer Berufung gefolgt. Mit ihrem Debütroman ›Der Sohn der Kellnerin‹, eine nicht alltägliche Geschichte, startete sie 2011 ihre Schriftstellerlaufbahn und nahm ihre Leser gleich mit auf eine emotionale Reise.

www.ellen-heinzelmann.de

Ellen Heinzelmann

Wir seh'n uns in der Hölle

eine Familientragödie

Bibliografische Information der Deutschen Nationalbibliothek

Die Deutsche Nationalbibliothek verzeichnet diese Publikation in der Deutschen Nationalbibliografie; detaillierte bibliografische Daten sind im Internet über dnb.d-nb.de abrufbar.

FSC®-zertifiziertes Papier

BoD druckt Bücher der Umwelt zuliebe auf FSC®-zertifiziertem Papier! Das heißt, dass für alle über BoD produzierten Bücher (ob Hardcover, Paperbacks oder Booklets) ausschließlich Papiere eingesetzt werden, die vom FSC zertifiziert wurden und somit aus einer verantwortungsvollen Forstwirtschaft stammen.

Titelfoto: Kutazama, Côte d'Azur

Herstellung und Verlag: BoD Books on Demand, Norderstedt, www.bod.de

ISBN: 978-3-7448-1374-7

Inhalt

Vorwort

Ich lernte den 82jährigen Kutazama (Otfried W.) 2011 während meines Winteraufenthalts auf den Philippinen kennen. Er und seine 72jährige Ehefrau – sie heirateten zwei Wochen bevor sie hier ankamen – waren für vier Monate meine Nachbarn. Eines Tages kam unser Gespräch auf die Geschichte der Familienkonstellation, in die der damals Geschiedene als Vierzigjähriger in zweiter Ehe 1969 einheiratete. Die wenigen Episoden, die er mir in aller Kürze erzählte, waren so interessant, dass ich ihm vorschlug, ein Buch über die Geschichte zu schreiben. Er gab sein Einverständnis und in den folgenden Monaten seines Aufenthalts hier auf den Philippinen, saßen wir sehr oft zusammen und er erzählte mir seine Familienstory. Kutazama berichtete minutiös aus seiner Erinnerung. Er erlebte die Geschichte förmlich nochmals durch, mit all den dazu gehörenden Gefühlen wie Wut, Empörung und Traurigkeit. Manchmal kam er so in Fahrt, dass er, den Zeitfaktor ignorierend, spontan sprudelte, und ich alle Mühe hatte, einen folgerichtigen zeitlichen Ablauf in die Geschichte hineinzubekommen. Oft hatte er Ereignisse isoliert aus dem Zusammenhang gerissen geschildert und demzufolge fehlten der Sinn und teilweise auch die zusammenhängende Logik. Gewisse Dinge konnten in der erzählten Gedankenkette nicht geschehen sein.

Entsprechend war natürlich für mich die Niederschrift eine sehr große Herausforderung. Sie wurde zu einer anstrengenden, komplizierten Arbeit.

Die Geschichte als solches ist größtenteils wahr. Vieles, was der Hauptfigur Mario in seiner Familie zustieß, sei es auch noch so abstrus, entspricht der Tatsache und es ist noch kein Ende abzusehen. Kutazama hatte nämlich auch hier in seinem Winterdomizil einige handschriftliche Bestätigungen zu schreiben, mittels derer er seinem, wie von ihm genannt, ›behaltenen Ex-Schwiegersohn‹ den Rücken stärken will.

Ich betone, dass Kutazama mir nur das Gerüst für die Geschichte lieferte, während Füllwerk und Dialoge meiner Phantasie entsprangen, insbesondere, wenn die Familienmitglieder, die ich ja nicht persönlich kannte, zu Wort kommen. Ferner fehlten der mir vorliegenden Erzählung gänzlich die Schlussfolgerungen, die sowohl mich als auch den Leser auch nur ansatzweise hätten zufriedenstellen können. Daher wurden diese von mir frei erfunden, ebenso sämtliche Orte und Namen.

Dieser Roman soll eine hoffentlich gelungene Verflechtung zwischen Wahrheit und Fiktion sein und ich wäre zufrieden, wenn die Leser mir irgendwann bestätigten, dass es mir tatsächlich geglückt ist.

Kutazama danke ich für die interessante Geschichte, die auch meine Gefühle sehr in Bewegung brachte.

Die Story ging mir so nahe, dass ich Kutazama bei seinem Abschied am 15. März 2012, hinsichtlich der auf sein Ableben spekulierenden Adoptivtöchter, ein noch möglichst langes gesundes Leben wünschte.

Ellen Heinzelmann

Teil 1

Vorstellung der Familien

Stand Ende 2009

Die Galanis'
(erzählt von Mario Galanis)

Wo meine Familie ihren Ursprung hat, weiß ich nicht. Sie lebte zwar, bevor sie nach Frankreich übersiedelte, in Treviso, Hauptstadt der gleichnamigen Provinz der Region Venetien, dennoch liegen ihre Wurzeln keinesfalls in Italien, denn der Familienname endet weder auf ›i‹ noch auf ›o‹, wie es bei italienischen Namen so üblich ist. Der Familienname *Galanis* dürfte eher in Griechenland seinen Ursprung haben. Wahrscheinlich haben im späten Mittelalter venezianische Dogen Steinmetzarbeiten von meinen Vorfahren aus Griechenland importiert. Doch Genaues weiß man nicht, zumindest sprach man nie darüber.

Meine Familie muss schon seit Jahrhunderten mit Steinen zu tun gehabt haben, denn der Beruf Steinmetz und später auch Bildhauer hatte schon seit jeher in unserer Familie Tradition.

Mein Großvater Loucas Galanis zog es 1925 nach Amerika, wo er als Steinmetz arbeitete. 1930 kam er wieder zurück nach Europa und zwei Jahre später heiratete er in Italien meine Großmutter Lucia, wo wiederum zwei Jahre später, nachdem der erste Sohn Loucas ein Jahr alt war, mein Vater Luciano geboren wurde. Bei der Namenswahl der ersten beiden Söhne schienen die Vornamen der Eltern maßgebend gewesen zu sein. Das war 1934. Es folgten dann nochmals ziemlich dicht nacheinander zwei weitere Söhne.

Wie mein Großvater ist auch mein Vater mit seinen 165 Zentimetern von kleiner, untersetzter Statur und ebenso von Beruf Steinmetz oder besser gesagt Bildhauer. Aus seinem blassen Gesicht stechen zwei wasserblaue Augen, die nicht gerade Vertrauen erweckende Wirkung auf das jeweilige Gegenüber haben. Er wäre gerne größer, stattlicher gewesen. Um so verwunderlicher ist es, dass er sich bei der Partnerwahl ausgerechnet auf eine hochgewachsene, hagere Frau festlegte, was seinen Komplex doch nur verstärken musste.

Tja und in dieser Familie erblickte ich dann 1961 das Licht der Welt. Ich kann mich nur aus den Erzählungen meiner Eltern erinnern, dass es immer nur Hänseleien in der Familie gab, insbesondere zwischen den Ehefrauen der jungen Galanis-Brüder. Worin diese auch immer bestanden haben mochten, ich erfuhr es nie. Auf jeden Fall waren es diese Fehden, die meinen Vater dazu brachten, woanders, erstmal ohne seine Familie, Fuß zu fassen, ganz einfach, um ruhiger leben zu können. Er selbst war immer schon ein stiller – ich sollte vielleicht eher sagen ein wortkarger, einsilbiger – Mensch. Er sprach stets nur das Allernötigste, sowohl mit seiner Frau als auch mit seinen Kindern. Wenn er zwei zusammenhängende Sätze an einem Stück sprach, war das schon sehr viel. Das hat sich bis heute nicht geändert.

So fand er damals Arbeit in Südfrankreich. Sein Arbeitgeber, Flaubert, war ein Künstler, der von Steinen und erst recht von der Kunst meines Vaters so viel verstand, wie eine Kuh vom Schlittschuhlaufen. Kein Wunder, er war Maler und kein Steinmetz. Entsprechend lief das Geschäft auch nicht gut und so kehrte mein Vater wieder zurück nach Italien. Erst dann begriff sein französischer Künstler-Arbeitgeber, welchen brillianten Mitarbeiter er in meinem Vater verloren hatte und holte ihn wieder zurück, damit er in seinem Berieb das Atelier übernehme. Das Leben in Frankreich war für meinen Vater nicht einfach, denn außer seines venezianischen Dialekts sprach und verstand er keine weiteren Sprachen. Er hielt es nicht für notwendig, die Sprache des Landes, in dem er lebte zu erlernen. Da war es für Behörden und vor allen Dingen seinen Areitgeber ein Leichtes, ihn über den Tisch zu ziehen. Man brauchte ihm nur ein Papier unter die Nase zu halten und ihm zu bedeuten, wohin er seine Unterschrift zu setzen habe, und er tat es, ohne zu wissen, wozu er soeben sein schriftliches Einverständnis gab. So unterzeichnete er auch den Arbeitsvertrag, der einerseits eine Exklusivitätsklausel, sowie eine auf fünf Jahre ausgedehnte Wettbewerbsverbotsklausel im Falle des Ausscheidens enthielt, die in dieser Form wider alle guten Sitten verstieß. Zum einen sicherte Flaubert sich alle Rechte an den von meinem Vater gefertigten Steinmetz- und Bildhauerarbeiten. Zum anderen verpflichtete mein Vater sich mit seiner Unterschrift, nach Beendigung des Arbeitsverhältnisses für die Dauer von fünf Jahren weder für eine Konkurrenzfirma noch in eigener Firma im Département Bouches-du-Rhône tätig zu werden. Bei Verstoß gegen das Wettberbsverbot, so die Vertragsformulierung, konnte Flaubert eine Vertragsstrafe in Höhe von 20'000 Francs beanspruchen, während er sich zudem die Geltendmachung weiterer Ansprüche sicherte.

Diese Klausel las sich folgendermaßen: ›*Die Geltendmachung weiterer Ansprüche bleibt unbenommen.*‹ Für meinen Vater hätte das der Ruin bedeuten können. Doch davon hatte er keine Ahnung und so ließ er meine Mutter und mich nach Aix-en-Provence nachkommen. Ich war gerade mal neun Monate alt.

Aus dem Atelier, das mein Vater innerhalb des Flaubert-Betriebes in heruntergekommenem Zustand in eigener Regie übernahm, machte er eine kleine Goldgrube. Er hatte goldene Hände, die aus jedem noch so rauhen Stein etwas hervorzauberten, und diese Kunst war natürlich Schwerpunkt seines Ateliers. Flaubert hingegen war und blieb ein hinterhältiger Tagedieb, der sich auf der Kunst meines Vaters ausruhte und dabei sehr gut lebte.

Mit einigen Ersparnissen, die meine Familie mitbrachte, kaufte mein Vater ein Stück Land in La Badesse, worauf er zusammen mit Freunden ein Haus baute. Im Haus hatte er dann sein eigenes kleines Geschäft aufgebaut, ohne zu wissen, dass er soeben gegen die Konkurrenzverbotsklausel seines Arbeitsvertrages verstieß. Da er aber als Ausländer in Frankreich kein Geschäft auf eigenen Namen führen durfte, ließ er es ganz einfach auf den Namen eines Gesellen laufen, was sich wiederum als sein Glück erwies, denn Flaubert versuchte meinen Vater wegen Vertragsbruchs zu verklagen. Da jedoch meines Vaters Betrieb auf den Gesellen lief, konnte man ihm nichts anhaben. Er selbst gab sich als Berater und Lehrer für den Gesellen aus und somit ging er keinem eigenen Geschäft nach, das mit Flauberts Firma hätte konkurrieren können. So raffiniert war er dann doch.

Allmählich wuchs auch unsere Familie. 1963 bekam ich ein Brüderchen Tiziano und nochmals zwei Jahre später erblickte Nesthäkchen Alessandro das Licht der Welt. Doch mein Vater, der nie aus seiner Ruhe zu bringen war, war kein Familienmensch, der sich mit seinen Kindern befasste. Er hatte seinen eigenen Lebensstil, der ausschließlich auf sich selbst gerichtet war. Das war erstens, aus jedem Stein ein Kunstwerk zu erschaffen und zweitens, sich im Bistro zu vergnügen. Mit der Zeit gab er mehr Geld aus, als er verdiente. Als körperlichen Ausgleich spielte er mit seinen Bistrokumpanen Boule. So war mein Vater damals und so ist er auch noch heute.

Was ich schon immer seltsam fand, ist der Umstand, dass mein Vater jeden Kontakt zu seinen Brüdern abgebrochen hatte. Mutter erklärte mir einmal, als ich sie fragte, dass die Brüder ihm so sehr zugesetzt hätten, dass er mit ihnen nichts mehr zu tun haben wolle. Somit lernten wir unsere Onkel und Tanten nie kennen.

Meine Mutter Concetta, Nonna, wie sie heute, nachdem sie eine Reihe Enkel hat, genannt wird, könnte gegensätzlicher nicht sein. Mit ihren 170 Zentimetern ist sie im Vergleich zu meinem Vater sehr groß. Sie ist trotz normalen Essens hager und alles andere als ruhig und still. Ihr extrovertierter Wesenszug ist seit jeher sehr bestimmend – sie kann gut und mit lauter, unangenehm hoher Stimme Leute, insbesondere ihre Kinder, herumkommandieren. Was sie mit meinem Vater gemein hat, das ist die Trägheit, die Sprache ihres Wahllandes zu erlernen. Doch zumindest konnte sie sich eher schlecht als recht, mit einfachen anspruchslosen Vokabeln artikulieren, währed meinem Vater sogar dieser Mindestwortschatz lange Zeit fehlte.

Meine Mutter ging nie aus. Dafür hatte sie innerhalb der Familie, nach italienischem Grundprinzip, ein Matriarchat errichtet und herrschte unbestritten zu Hause, während mein Vater, wie schon erwähnt, in Selbstbestimmung außerhalb der familiären Bande lebte. Ihr besonderes Merkmal, an das ich mich seit jeher erinnere, ist ihre aufgedonnerte Haartracht. Sie thronte wie ein aufgetürmter Wollknäuel auf ihrem Haupte, der sie noch größer erscheinen ließ. Ihre heute grauen Haare waren früher dunkelbraun, ebenso haben ihre Augen diese undurchdringliche dunkle Farbe. Die wasserblauen Augen und die rötlichbraunen Haare unseres Vaters konnten sich gegen das Dunkle unserer Mutter nicht behaupten, denn bei uns drei Söhnen hat sich ganz klar Mutters dunkler Farbtopf durchgesetzt.

Wenn man mich fragen würde, ob ich eine gute Kindheit genoss, würde ich diese, wenn ich nicht lange überlege, vielleicht erst einmal mit *Ja* beantworten, aber nur deswegen, weil ich es nicht anders kannte. Wie sollte es auch anders sein. Für Kinder sind die Eltern doch immer das Liebste. Heute jedoch weiß ich es besser. Eigentlich hatte ich eine traurige Kindheit und Jugendzeit. Nicht nur, weil mein wortkarger Vater für mich eigentlich wie ein Fremder war. Er interessierte sich für mich nicht im Geringsten, zumindest nicht so, wie für meine Brüder, und weil meine Mutter streng und unnachgiebig herrschte. Zum Beispiel wurde mir stets aufgetragen still und vor allen Dingen immer für meine jüngeren Brüder da zu sein. Nein, unsere Zeiten waren eben auch deswegen so hart, weil unsere Familie sich oft mit Beeren- und Schnecken- sammeln durchschlagen musste, wenn mein Vater ohne Arbeit war. Das war zumindest ein Vorzug mei- ner Mutter, dass sie immer darauf bedacht war, die Mäuler ihrer Söhne gestopft zu wissen. Mit unserem Vater war da nicht zu rechnen. Ihm war das egal, daher sorgte er sich auch nicht darum, ob es zu Hause für seine Buben genug zu essen gab. Doch auch daran gewöhnten wir Kinder uns und wir fanden es damals auch ganz normal. ›Es ist, wie es ist‹, sagte unsere Mutter immer. Sie zeigte dabei keine großen Gefühls- regungen.

Wenn ich aufgefordert würde, meine Eltern mit kurzen Worten, in einem Satz, zu beschreiben, würde ich sagen: meine Eltern sind emotionale Krüppel. Ja, genau so: emotionale Krüppel. Da ihnen jede soziale Kompetenz fehlt, konnten sie weder mir noch meinen Brüdern welche beibringen.

Meine harte Jugendzeit, in der ich wirklich nichts hatte, kompensierte ich später mit einem über- schwänglichen Lebensstil. Ich kümmerte mich nicht darum, was morgen sein würde und ich lebte auf Kredit. Das wurde mir zum Verhängnis, denn ich war gezwungen, meine Villa, die ich selbst gebaut und mit Steinmetzarbeiten verziert hatte und den dazuge- hörenden Pool unter Wert zu verkaufen, damit ich meine Kredite abbezahlen konnte.

Dabei hatte mein Erwachsenenleben trotz der schlechten familiären Ausgangslage einen äußerst guten Start. Ich hatte die Vorzüge des guten Aussehens meiner Mutter geerbt. Ich bin mit meinen aus der Art geschlagenen 185 Zentimetern der größte von uns drei Buben, habe schwarze Haare, die heute leicht grau durchwirkt sind, und dunkelbraune Augen. Ich gelte als ruhig und ausgeglichen. Meine ruhige einfache Sprache kennt keine Vulgärausdrücke. Tja, und von meinem Vater muss ich wohl die Fähigkeiten eines guten Steinmetzes geerbt haben. Dazu, dass ich ein guter Geschäftsmann und Verkäufer bin, haben weder mein Vater noch meine Mutter beigetragen. Das sind meine ureigensten Vorzüge. Ich war es, der 1984 das ehemals florierende Geschäft meines Vaters für fünfzigtausend Francs übernommen und wieder erfolgreich aufgebaut hatte, nachdem mein Vater es verkommen ließ. Er besaß längst keinen Kundenstamm mehr, und er gab sich auch keine Mühe mehr, Kunden zu aquirieren.

Ich stellte hochwertige Steinmetzarbeiten, wie zum Beispiel Cheminees, Tische, Säulen etc. her und die Geschäfte liefen bestens. Nicht nur ich und meine 1982 mit Myriam gegründete Familie lebten über zwanzig Jahre sehr gut davon, sondern auch meine Eltern und meine beiden Brüder. Damit bin ich im Gegensatz zu meinen beiden Brüdern eigentlich der Sohn, der der Wunschvorstellung unserer Mutter am ehesten entsprach. Sie war nämlich der Ansicht, dass ihre drei Söhne nur auf die Welt kamen, um in erster Linie für die Familie da zu sein. Derjenige, der am meisten verdiente, hatte mit den anderen Brüdern zu teilen und natürlich erwartete sie auch, dass dieser Sohn den

Unterhaltsansprüchen der Mama auch tüchtig gerecht wurde.

Doch mitnichten, hat sie mich als *den Sohn* gesehen. Da half auch nicht, dass ich ihrem Wunschbild von allen dreien am nächsten kam. Ich war trotz meines Erfolges nicht Mutters Lieblingssohn. Das war Tiziano, der mittlere ihrer drei Kinder. Aber dazu später.

Ich auf jeden Fall war, wie schon erwähnt, aufgrund meines aufwändigen Lebensstils irgend-wann gezwungen meine schöne große Villa zu verkau-fen, um meine Schulden zu bezahlen. Wenn ich auch den Gegenwert für die hochwertige Steinmetzkunst, die in diesem Hause überall anzutreffen war, nicht erzielen konnte, blieb mir trotzdem genug Geld übrig, um ein attraktives etwas kleineres zweistöckiges Einfamilienhaus in der Nähe eines Parks von Rognac zu kaufen. Und nicht nur das, ich hatte auch noch genug Polster, um zwei kleine Pavillons im Hinterland und ein Studio im Val d'Allos, einem schönen Skigebiet, zu erwerben, die ich nach Umbau vermietete. Dies vor allem vor dem Hintergrund, meine Altersvorsorge gesichert zu wissen.

Meine damalige Nochehefrau Myriam ist ein Fall für sich. Sie ist Französin, von großer Statur, ist ein Jahr älter und hat wie ich dunkles Haar und dunkle Augen. Sie behauptet von sich selbst, sehr selbst-bewusst zu sein, was aber nicht wirklich stimmt. Es scheint wohl eher ein Wunschdenken von ihr zu sein, denn wäre sie selbstbewusst, hätte sie es nicht nötig, ihre Stimme zu erheben und hysterisch herumzu-schreien, sobald sie sich in die Enge getrieben fühlt.

Auf der anderen Seite lässt sie andere spüren, dass sie sie für Idioten hält. Vielleicht ist es dieser Charakterzug, den sie irrigerweise mit ›Selbstbewusstsein‹ umschreibt.

Myriam hatte Schwierigkeiten mit der italienischen Herkunft meiner Familie. Weiß der Teufel, wer oder was sie geritten hatte, ausgerechnet mich geheiratet zu haben, mich, der ich aus einer Familie stamme, in der die Eltern nicht nur italienischstämmig sind, sondern zudem zu faul waren, Myriams Muttersprache richtig zu sprechen. Doch diese Antipathie beruhte sehr auf Gegenseitigkeit. Weder meine Eltern noch meine Brüder hatten Myriam für voll genommen – das wiederum war abermals eine typisch italienische Mentalität.

Unsere Ehe driftete langsam aber sicher auseinander. Myriam nahm unseren Sohn, der schon in frühester Kindheit ein auffälliges Verhalten zeigte, total in Beschlag, mehr noch, hetzte ihn gegen mich auf. Sie hielt an ihren Erziehungsgrundsätzen fest und ließ sich da nicht reinreden. Das war ein Mitgrund für unsere spätere Scheidung, denn damals wussten wir beide schon nicht mehr so genau, wie wir unsere Ehe noch länger aufrecht erhalten sollten. Doch ihr Ehebruch machte die Entscheidung schließlich leicht. Ja, sie hatte mich schamlos, teilweise sogar mit gemeinsamen Freunden, hintergangen.

Nach unserer Scheidung habe ich ihr das Haus und das Studio im Val d'Allos überlassen. Doch das war ihr nicht genug. Sie ist unstillbar geldgierig. Sie will alles und ist wohl erst zufrieden, wenn sie mir den Atem abgedrückt hat. Solches Denken ist mir fremd. Wir hatten uns doch einmal geliebt. Was sind die Beweggründe, einen Menschen ruinieren zu wollen, sich erst zufrieden zu geben, wenn der andere am Boden liegt und nicht mehr aufsteht? Ich werde es nie begreifen.

Nun noch ein Wort zu meinen Brüdern. Mein jüngster Bruder Alessandro wurde, wie es bei Nesthäkchen so üblich ist, von unseren Eltern, insbesondere der Mutter, verhätschelt, das heißt, er wurde nie so streng wie die beiden älteren Kinder angefasst. Ihm wurde nicht nur alles erlaubt, sondern auch alles nachgesehen. Er blieb immer das Baby. Meist musste ich, als der Älteste von uns dreien, den Kopf für seine Sünden hinhalten.

Zugegeben, Alessandro war und ist noch ein recht gut aussehender Bengel, doch das half nicht darüber hinweg, dass er zu einem Nichtsnutz heranwuchs.

Kaum, dass er aus seinen Bubenhosen herausgewachsen war, ging es auch schon los mit Frauengeschichten. Die Frauen, ob jung oder alt, bekamen beim Anblick seines schönen Gesichts und Körpers, förmlich weiche Knie. Alle seine optischen Vorzüge summierten sich quasi zu einem Freifahrtschein in jeden weiblichen Slip, den er für eroberungswürdig hielt. Meist blieben seine sexuellen Eskapaden folgenlos … aber eben nur ›meist‹ … denn einmal hatte er Pech. Eine Araberin aus Tunesien, ihres Zeichens Kellnerin in einer Kaschemme im Spelunkenviertel von Aix-en-Provence, erwartete ein Kind von ihm. Die beiden lebten zusammen bis ihr Sohn Raymond sechs Monate alt war. Dann hatte er, wie er erklärte, die Schnauze voll von der Araberin, und so trennte er sich von ihr. Später lebte sein Sohn mit seiner Mutter unter dem Regime eines gestrengen Gatten und Stiefvaters, bei dem beide nichts zu lachen hatten.

Nach einer kurzen leidenschaftlichen Brunftzeit – Alessandro genoss seine neu gewonnene Freiheit wieder in vollen Zügen – zog er sich eine Neue namens Scarlett inklusive unehelichem Sohn an Land. Mit dem aggressiven Sohn hatte Alessandro seine liebe Not. Die beiden prügelten sich ständig und nicht nur einmal wurde die Polizei zur Schlichtung des Kampfes gerufen.

Alessandro heiratete diese Frau schließlich, nachdem ihr gemeinsam gezeugter Sohn Félipe, genannt Pépé, drei Monate alt war. Keiner verstand so richtig, wie er bei dieser rothaarigen, ekligen Französin mit hälftigem Anteil irischen Bluts hängen bleiben konnte. Sie war eine Friseurin, die sich mit ihren dreckigen Fingernägeln fast zwanghaft im Haar kratzte. Wir konnten nur vermuten, dass es in ihrer roten Wolle vielleicht ungebetene Gäste gab, die für den ständigen Juckreiz sorgten.

Den Namen Scarlett, der irischen Ursprungs ist, erhielt sie, wie wir später erfuhren, weil sie schon bei der Geburt scharlachrotes Haar hatte. Scarletts Vater war Ire und ebenso rothaarig. Na ja, kein Wunder, gibt es doch in Irland die meisten rothaarigen Menschen.

Alessandro hatte nicht nur das gute Aussehen, wie wir alle, von der Mutter geerbt, sondern zusätzlich noch ihren missgünstigen und raffgierigen Charakter, denn darin war sie eine wahrhaftige Hexe. Und zusätzlich zu dieser Eigenschaft ist er ein jähzorniger, aggressiver Typ, vor allem immer dann, wenn er seine Unzulänglichkeiten zu verbergen suchte. Da ihm schon als Kind nie Grenzen gesetzt wurden, hatte er auch nie gelernt, sein hitziges Temperament zu zügeln.

Vom Vater erbte er nur einen einzigen Wesenszug – leider nicht gerade das Beste, das dieser zu vererben hatte – nämlich den Hang zum Alkohol. Alessandro trank heimlich unterzog sich mehrmaligem, erfolglosem Alkoholentzug.

Ein Taugenichts, der mein Bruder nun mal war, hatte natürlich auch die Arbeit nicht erfunden. Mehrere Male hatte er versucht, ein Geschäft aufzubauen und jedes Mal ging er pleite, und das, obwohl ich ihm immer wieder unter die Arme griff, indem ich ihm unter anderem Kunden zuschanzte. Doch die Arbeiten für meine ihm überlassenen Kunden wurden schlecht und vor allen Dingen nie termingerecht ausgeführt. Die daraus resultierenden Verluste mit der nochmaligen Ausführung der Aufträge, gingen natürlich stets zu meinen Lasten. Somit überließ ich ihm keine Kunden mehr.

Mit Vorliebe nahm er staatliche Förderungen für berufliche Fortbildungsmaßnamen in Anspruch. So ließ er sich zum Beispiel als Ambulanzfahrer und -begleiter ausbilden. Das verdiente Geld hatte er jeweils gleich verjubelt. Regelmäßiges Fernbleiben von der Arbeit, angeblich wegen Krankheit – in Wirklichkeit strotzte er vor Gesundheit und Manneskraft – führte dazu, dass er seinen Job verlor. Lange Zeit bezog er Arbeitslosengeld und natürlich hatte er erdenkliche Mühe, seinen finanziellen Verpflichtungen gegenüber seinem mit der Tunesierin gezeugten unehelichen Sohn Raymond nachzukommen. Bei seinem zweiten ehelichen Sohn Pépé, den er mit seiner scheußlichen Rothaarigen zeugte, verließ Alessandro sich voll auf mich, den Paten.

Des Öfteren pumpte er sich Geld von unserer Mutter, was genau genommen mein Geld war, denn meine Mutter lebte auf meine Kosten. Natürlich zahlte er seine Schulden nie zurück und auch ich warte noch heute auf die versprochene Rückzahlung der 4000 Euro, die er sich von mir geliehen hatte.

Tiziano, der nach dem italienischen Großmeister Tiziano Vezellio aus dem 15./16. Jahrhundert benannt wurde, ist der mittlere von uns drei Brüdern. Er ist ein nicht ganz so verquerer Typ wie Alessandro, aber dennoch ein Sonderling. Von uns dreien ist er der Bestaussehende, ist sportlich – fährt regelmäßig seine sechzig/siebzig Kilometer mit seinem Fahrrad über hügeliges Gelände – und entsprechend ist sein Körper auch sportlich gestählt. Er ist mit 175 Zentimetern etwas größer als Alessandro. Mit seiner Rolle oder besser seinem Platz in der Familie war er nie zufrieden, denn er haderte damit, der Zweitgeborene zu sein, obwohl er eigentlich mir gegenüber nie benachteiligt wurde. Im Gegenteil er war der erklärte Lieblingssohn unserer Eltern, insbesondere unserer Mutter. Bei ihr wusste er sich gekonnt einschmeichelnd in Szene zu setzen.

Von unserem Vater hatte Tiziano die goldenen Hände geerbt. Ja, seine Fertigkeiten in der Bildhauerkunst sind wirklich herausragend. Vielleicht mag die

Namensgebung, der Name eines grandiosen Künstlers, der gegen Ende des Spätmittelalters lebte, schon von Geburt an ein Omen gewesen sein, dass er ein Künstler par excellence wurde. Und wie ein Künstler lebt er auch.

Wenn ich den Charakter meines Bruders, der ein richtig verwöhntes Muttersöhnchen ist, beschreiben sollte ... nun den hat er von unserer Mutter geerbt, das heißt, dass sich weitere Kommentare darüber erübrigen.

Alles in allem ist er ein ruhiger und undurchschaubarer nicht gerade Vertrauen erweckender Typ. Beziehungen zum anderen Geschlecht halten kaum länger als sechs Monate. Seine letzte Maitresse ist eine Dame im Alter unserer Mutter. Diese Dame hat einen ganz besonderen Vorzug, der darin bestand, meinem Bruder einen Mercedes geschenkt zu haben. Vielleicht ist es genau dieser Vorzug, der dafür sorgte, dass die Beziehung immer noch besteht, obwohl der Zenit von sechs Monaten längst überschritten wurde.

Also, das ist eine Kurzbeschreibung meiner Ursprungsfamilie. Bei dieser Konstellation ist es eigentlich erstaunlich, dass für mich Wertbegriffe wie Familie, Zusammenhalt, Teamwork und Vertrauen einen hohen Stellenwert besitzen und Basis für meine Entscheidungen sind. Vielleicht dank meiner jetzigen Frau Stéphanie, die mir eine starke treue Partnerin ist.

Stéphanie, eine brünette Französin, ist schnell beschrieben. Sie ist ein Jahr älter als ich, von zierlicher Gestalt und von ruhiger Wesensart. Als alleinerziehende Mutter von drei Töchtern aus der Ehe mit einem

Chinesen hatte sie es bisher nicht einfach. Ihre tragische Geschichte begann damit, dass sie erst, als das dritte Kind schon unterwegs war, erfuhr, dass ihr Mann schon mit einer Chinesin verheiratet war, das heißt, dass die erste Ehe noch immer bestand.

Stéphanie hatte damals in Paris eine gut gehende Boutique. Nach der Trennung vom chinesischen Heiratsschwindler schlug sie erfolgreich die Beamtenlaufbahn als Administrativ-Angestellte ein und bildete sich in Abendkursen ständig weiter. Sie arbeitete sich hoch bis zur Redakteurin respektive Abteilungsvorsteherin in den städtischen Behörden.

2005, ein Jahr nach meiner Trennung von Myriam, lernte ich Stéphanie während eines Urlaubs in Südfrankreich kennen. Das heißt, sie machte Urlaub, und ich lebte da. Es war für mich Liebe auf den ersten Blick und nachdem wir über die Ferne – sie war mittlerweile längst wieder in Paris – steten Kontakt hatten, wollte ich natürlich gerne, dass sie zu mir in die Region von Aix-en-Provence kommt. Und zu meiner großen Freude kam sie.

Sie arbeitete eine Zeitlang in der städtischen Behörde von Aix-en-Provence. Doch sie hatte Ambitionen, sich selbständig zu machen. Von ihrem einstigen Aufenthalt in Asien brachte sie hervorragende Kenntnisse im Wellnessbereich mit und so nutzte sie ihre Chance, auf diesem Gebiet ihren Traum zur Selbständigkeit zu verwirklichen.

Stéphanie hätte ich gerne früher kennengelernt, bevor ich in die Ehe mit Myriam hineinschlitterte …

doch ›*hätte*‹ steht leider nur stellvertretend für ›*ein schöner Traum*‹.

Doch ich will nicht klagen, denn aus heutiger Sicht, hat auch die Ehe mit Myriam, wenn auch noch so unglücklich, etwas Positives. Ich lernte Myriams Stiefvater, Zama, kennen, der für mich heute wie ein Vater ist. Zu ihm fühle ich mich mehr hingezogen als zu meinem leiblichen Vater, geschweige denn zu meiner ganzen Familie.

Die Clermonts
(erzählt von Myriam Galanis geb. Clermont)

Meine Familie stammt ursprünglich aus Mittel-
frankreich, wo ich und auch meine um vier Jahre ältere
Schwester Antoinette geboren wurden. Mein Vater, er
ist der älteste von drei Buben, stammt aus einer gut
bürgerlichen Familie ... seine Eltern sprachen sich
nach 50jähriger Ehe immer noch mit *Sie* an. Eigentlich
waren sie über fünf Ecken miteinander verwandt.

Mein Großvater, man nannte ihn nur den alten
Clermont, betrieb in Marokko eine Bäckerei und kam
1939 nach Frankreich zurück, wo er eine Konditorei eröffnete und damit während des Krieges gutes Geld
verdiente, vor allem auch durch den sehr einträglichen
Schwarzhandel.

Nach dem Krieg gründete er einen Betrieb im Büro-
maschinen-Handel und ließ alle drei Söhne bei sich
arbeiten. Das Geschäft funktionierte und lief auch eine
Weile ganz gut, bis mein Großvater dann aber seine
Privatinsolvenz anmeldete, von der auch sein Geschäft
betroffen war.

Mein Vater, Robert, heiratete nach langem Hin und
Her mit seinen ›*gut bürgerlichen*‹ Eltern unsere Mutter
Esther, eine Halbjüdin, die gerade ihren Vater verloren
hatte. Vermutlich war die Auserwählte nach deren
Ansicht wohl nicht vermögend genug. Der Dünkel
meiner Großeltern war natürlich schon sehr ausge-
prägt. Da war eine standesgemäße Heirat bei den Söhnen schon ein recht schwieriges Unterfangen.

Doch, wie schon erwähnt, schützte auch die gutbürgerliche Abstammung nicht vor Niedergang und so sah mein Vater nach der Pleite des elterlichen Betriebs keine Perspektive mehr und es zog ihn wegen des angenehmen Klimas in den Süden, in die Nähe von Aix-en-Provence. Diese Gegend hatte es ihm schon seit jeher angetan. Das war 1963, ich war also gerade drei Jahre alt, meine ältere Schwester war sieben. Aus seiner Tätigkeit im väterlichen Betrieb brachte er genug Erfahrung mit, so dass er schnell eine Anstellung fand. Er wurde Vertreter für den Vertrieb von Büromaschinen und war wegen seines Erfolgs auch bald aufgestiegen. Als Spross einer gutbürgerlichen Familie hatte er den Dünkel natürlich auch geerbt und der Erfolg stieg ihm sehr bald zu Kopf, so dass er wohl der Meinung war, er habe etwas Besseres als meine Mutter verdient. Er begann ein Doppelleben zu führen.

Meine kleine Schwester, Murielle, kam bald darauf im selben Jahr zur Welt. Sie war Legasthenikerin und hatte es besonders schwer, zumal Legasthenie damals noch nicht richtig erkannt wurde. Man betrachtete diese Kinder einfach als dumm. Bei Antoinette und mir hatte sie es natürlich auch nicht leicht gehabt. Wir waren ziemlich gemein zu ihr.

1965, gerade als Murielle mal 18 Monate alt war, machte mein Vater kein Geheimnis mehr aus seinem Doppelleben und machte sich schließlich mit seiner Geliebten – sie war seine Chefin – auf und davon. Er ließ unsere Mutter mit uns drei Mädchen einfach sitzen. Ich war damals fünf. Das konnte ich meinem Vater nie verzeihen und ich hasste ihn dafür. Meine ältere

Schwester zeigte ihren Unmut dergestalt, dass sie ihre Spielchen auf ihre Art trieb, indem sie unsere Eltern gegeneinander auszuspielen versuchte.

Im Jahre 1967 verliebte sich unsere Mutter noch einmal und zwar in den um zwei Jahre älteren aus dem Elsass stammenden Paul. Zwei Jahre später, im Dezember, heirateten die beiden. Es hatte schon seinen Grund, warum die Hochzeit so zügig vorangetrieben wurde. Unserem leiblichen Vater, der seine Angebetete schon vorher heiratete – wir erfuhren dies auf Umwegen über gewisse Kanäle – sollte die Möglichkeit genommen werden, alleinigen Anspruch auf uns zu erheben. Das hätte nämlich dazu geführt, dass wir Kinder unserer Mutter hätten ganz weggenommen werden können. Papa lebte durch seine Heirat vor dem Gesetz in geordneten Verhältnissen, während die wilde Ehe zwischen Mama und Paul vor dem Gesetz nicht anerkannt gewesen wäre, um Kinder zugesprochen zu bekommen.

Paul hieß bei uns nur Kutazama, was in Swahili ›beobachten, zuschauen‹ bedeutet. Paul ist nämlich ein guter Beobachter und kann herrlich spannend erzählen. Swahili ist eine Bantusprache und die am weitesten verbreitete Verkehrssprache Ostafrikas. Von seinen vielen Afrikareisen kannte Kutazama ein wenig die Swahili-Sprache und er erklärte uns die Bedeutung seines Spitznamens, den er dort erhielt. Mit der Zeit hieß er bei uns nur noch kurz und simpel Zama.

2003 starb unsere Mutter nach langem Leiden an Krebs, worunter ich sehr litt. Dass sie Krebs hatte, war wohl schon lange zuvor bekannt, aber unsere Mutter wollte uns Mädchen nicht beunruhigen und sagte uns nichts davon. Sie verbot auch Zama, ihre Krankheit vor uns zu erwähnen. Nach ihrem Ableben, und nachdem ich von Zama erfuhr, wie still Mama ihr Los getragen hatte, machte ich mir im Stillen Vorwürfe, dass ich so gehässig zu ihr war.

Tja, und 2005 lernte Zama in Kenia eine um zehn Jahre jüngere Deutsche kennen, was uns sehr sauer aufstieß. Was musste der alte Bock sich nochmals verlieben. Soll er dieses Abenteuer doch den Jungen überlassen.

Zu der Zeit, als Anne Zama kennenlernte, lebte sie seit etwa zehn Jahren in Kenia. Sie hatte mit ihrem damaligen Partner ein kleines Resort aufgebaut, das sie später zu verkaufen beabsichtigt hatte.

2008 schlossen Zama und Anne in Mombasa auf der französischen Botschaft den so genannten ›pacte civil de solidarité‹, abgekürzt PACS. Das bedeutet, nicht verheiratet zu sein und doch abgesichert im Rahmen der Gesetze leben zu können. Die raffinierte Alte hat es doch nur darauf angelegt, von Zamas Vermögenskuchen auch etwas abzubekommen. Zama ist nämlich in der glücklichen Lage, in Südfrankreich ein riesiges Anwesen sein Eigentum zu nennen und sonst noch über ein rechtes Vermögen zu verfügen. Wir müssen befürchten, dass uns jetzt wegen der Neuen unsere Felle davon schwimmen. Warum sollten wir uns auf das Erbteil unserer Mutter beschränken, wenn wir alles bekommen können? Aus Liebe zu unserer Mutter, auch wenn er es mittlerweile vermutlich bitter bereut hatte, hatte Zama uns nämlich adoptiert … ein Glück für uns.

Doch diese Scheißdeutsche hat sich elegant in unserer Familie eingenistet, und dass sie daraus ihren Nutzen ziehen könnte, werden wir dieser Schlampe ganz schön vermiesen. Wir werden mit allen uns verfügbaren Mitteln zu verhindern wissen, dass von unserem Erbteil etwas an die Alte abfällt. Dabei hilft uns natürlich der Zeitfaktor. Wir müssen einfach nur auf Zeit spielen ... Kutazama ist nämlich nicht mehr der Jüngste. Vielleicht kann man auch bei ihr noch ein bisschen nachhelfen.

Es gibt natürlich noch eine andere Sache, die mir ein Dorn im Auge ist, das ist die Zuneigung des Alten zu meinem Ex-Mann Mario, diesem italienischstämmigen Affen, der, wenn man es genau nimmt, auch zur Gattung ›nicht standesgemäße Verbindung‹ zählt. Der hat sich nämlich erfolgreich bei Zama eingeschleimt. Ich will nicht, dass der sich auch noch an unserem Kuchen nährt. Der hat ja mit unserer Familie gar nichts mehr am Hut und somit auch keine Rechte auf irgendwelches Erbe. Die hat unser Sohn Jérôme und den habe ich meinem Ex schon in der frühsten Kindheit erfolgreich abspenstig gemacht, so dass da keine Verbindung mehr besteht. Ich weiß, dass Zama mich als hinterlistiges Miststück ansieht, doch das ist mir egal. Ich denke an mich und meinen Sohn, und dazu habe ich schließlich meine berechtigten Gründe.

Die Faubourgs
(erzählt von Stéphanie Galanis geb. Faubourg gesch. Wong-Li)

Meine Familie stammt ursprünglich aus Grenoble. Im Jahre 1967, ich war gerade sieben Jahre alt, zog unsere Familie nach Paris, wo mein Vater Georges bei einer privaten Organisation eine Partnerschaft als Steuerberater und Wirtschaftsprüfer einging. Ich wuchs zusammen mit meinen beiden älteren Geschwistern – meiner Schwester Martine und meinem Bruder Gilbert – sehr liebevoll auf. Unser Vater, der sehr streng aber gerecht war, setzte viel auf Bildung. Er erklärte uns viel auf verschiedensten Gebieten und als wir geistig soweit waren, führten wir richtig interessante Diskussionen, während derer wir unsere eigenen Sichtweisen der gerade anstehenden Themen lebhaft schilderten. Wir Kinder wurden dabei immer für voll genommen und respektvoll behandelt. Er behandelte uns auch sehr früh wie Erwachsene und wir brachten ihm ebenso unseren anerkennenden, nicht unterwürfigen, Respekt entgegen. Er wollte, dass wir alle drei, der Junge wie auch wir beiden Mädels, gute Schulen besuchten, um ein gutes Fundament für unser späteres Leben zu haben.

Unsere Mutter Claire war der ruhende Pol in der Familie. Sie sorgte für Harmonie, angefangen bei der Gestaltung unserer heimeligen Wohnung bis hin zur herzlichen Atmosphäre, die durch ihren ruhigen liebevollen Charakter verbreitet wurde.

Ich hatte von Haus aus beste Voraussetzungen für ein angenehmes, erfolgreiches Leben. Doch leider beging ich den größten Fehler meines Lebens, nämlich zu früh, oder besser gesagt den falschen Mann, geheiratet zu haben. Ich lernte Thanh-Huy mit zwanzig Jahren in Paris kennen. Er war der Sohn eines wohlhabenden Chinesen und einer französischen Mutter, was seinem Aussehen einen leicht europäischen Touch gab.

Thanh-Huy war sehr charmant, aufmerksam und einfühlsam und ich war Hals über Kopf in ihn verliebt. Ich ging mit ihm nach Hongkong, wo wir heirateten. Bei ihm lernte ich alles kennen, was man im Wellnessbereich wissen musste: Entspannungstechniken unter anderem Tai Chi, Qi Gong, Entspannungsmassagen und Reiki. Es war eine sehr interessante, intensive Zeit, die ich eigentlich nicht bereue.

Als unsere erste Tochter Chloé, die 1982 geboren wurde, zwei Jahre alt war, kamen wir wieder nach Paris zurück. Ich wollte, dass meine Tochter und eventuell spätere Kinder in Paris die gleichen Möglichkeiten bekommen sollten, wie ich sie hatte. Natürlich, abgesehen davon, hatte ich Sehnsucht nach meinen Eltern, Geschwistern – auch wenn diese zu dieser Zeit schon sehr selten anzutreffen waren – und nicht zuletzt auch nach Paris.

Ich eröffnete eine Boutique, die in kürzester Zeit bestens lief. Thanh-Huy arbeitete in einem Spa-Center, das er später einmal übernehmen sollte. Der Besitzer wollte sich nämlich in zwei Jahren zur Ruhe setzen und er hielt Thanh-Huy die Option offen, das Center zu übernehmen.

Alles lief bestens, Fortuna schien uns hold zu sein. Es war sogar so, dass ich schon langsam daran glaubte, das Glück gepachtet zu haben. Bald, also 1985, kam auch unsere zweite Tochter Nathalie zur Welt. Meine Mutter liebte ihre Enkelinnen über alles. Tagsüber, während ich arbeitete, betreute sie die beiden Mädchen. Ich wusste, dass meine Mädels bei ihr gut aufgehoben waren, hatte ich doch selbst ihre Liebe als Kind hautnah zu spüren bekommen. Meine Kinder sollten auch die einzigen Enkel bleiben, denn Martine und Gilbert schlugen eine gehobene berufliche Laufbahn ein und da blieb kaum Raum für Familie mit Kindern. Beide waren mindestens während zweihundert Tagen im Jahr auf Reisen.

Ich liebte das Leben. Alles stimmte. Ich hatte einen tollen Mann zwei wunderbare Töchter und … ich war wieder schwanger.

Doch dann begann die Tragödie. Einen Monat, bevor unsere dritte Tochter zur Welt kommen sollte, erfuhr ich, dass Thanh-Huy in China schon verheiratet war und noch ist. Eine Nachricht aus China, dass Thanh-Huys Frau seine Hilfe benötige, förderte diesen Schwindel zu Tage. Er reiste während ich beim Arzt war Hals über Kopf nach China und ließ mich alleine mit meinen drei Kindern zurück. Das Schreiben aus Hongkong mit dem Hilferuf und ein einfacher handgeschriebener Zettel lagen im Flur auf der Kommode.

»Chérie, es tut mir leid. Ich habe Dich wirklich sehr geliebt und ich möchte die Zeit mit Dir nicht missen, denn sie war wunderschön. Aber ich weiß jetzt, wo mein Platz ist. Nicht hier in Paris, sondern in Hongkong. Umarme unsere

beiden Mädels und wenn unser Nesthäkchen auf der Welt ist und auch wieder ein Mädchen sein sollte, nenne sie Hu, die Tigerin, in Erinnerung an Thanh-Huy.

Ich werde Dich nie vergessen, Chérie, Adieu, grands bisous, Dein Thanh-Huy.«

Er formulierte es so, als wäre es das Normalste der Welt; so als hätte ein vor die Wahl gestelltes Kind, sich zwischen zwei Spielzeugen entschieden.

Ich stand da wie vor den Kopf gestoßen. Eine Welt brach für mich zusammen und ich weinte mir die Augen aus. Meine Mutter versuchte mich zu trösten: »Denk daran mein Mädchen, es ist nichts so schlecht, dass es nicht für etwas anderes wieder gut sein kann.«

Doch diese Aufregung und der ganze Kummer, der mich quälte, führten im August 1986 zu einer verfrühten Geburt meiner Jüngsten ... und ich nannte sie Michèle. Ich hatte abgeschlossen mit meinem alten Leben und blickte in ein neues in der Zukunft.

Es war mein Vater, der mich motivierte, wieder aufzustehen und das Leben in die Hand zu nehmen: »Meine Kleine, jeder Mensch hat das Recht auch mal einen Fehler zu begehen. Thomas Edison wurde einmal gefragt, nachdem er bei seinen Versuchen, die Glühbirne zu erfinden, 999 Fehlschläge hatte, ob er es auf einen tausendsten Misserfolg ankommen lassen wolle. Daraufhin antwortete Edison, dass er bis anhin keinen einzigen Misserfolg hatte, sondern dass er nur 999mal bewiesen habe, wie man es nicht macht.

Du bist eine kluge Frau, Stéphanie. Du hast eine gute schulische Basis ... mach' etwas draus ... du kannst es!«, und er umarmte mich herzlich.

Das war der wichtigste Anstoß, den ich brauchte, um mein neues Leben in die Hand zu nehmen und so schlug ich die Beamtenlaufbahn ein. Um in meinem neuen Beruf fit zu sein, bildete ich mich ständig weiter. Zusätzlich gab ich an zwei Abenden die Woche in den ›Cours du Soir‹, eine Art Volkshochschule, Unterricht in Tai Chi und Qi Gong. Privat behandelte ich auch immer wieder Freunde, Kollegen und meine Eltern. Das alles war ziemlich anstrengend. Es forderte mir viel ab, doch ich war jung und belastbar. Ich stand es durch. Tja, und der Erfolg stellte sich auch ein, denn beruflich ging es für mich nur noch bergauf. Das tat mir gut. Meinen Ex-Mann hatte ich längst vergessen.

Im Jahre 2005, meine Mädels waren längst erwachsen, genehmigte ich mir einen Urlaub in Südfrankreich, in der Nähe von Aix-en-Provence. Und da lief ER mir über den Weg ... Mario, ein gut aussehender Mann in etwa gleichem Alter wie ich. Wir saßen zusammen in einem Straßencafé und unterhielten uns prächtig. Mir gefiel seine ruhige bedächtige Art, seine Sprache war unkompliziert, dennoch vornehm und sein Charme einnehmend. Seine dunklen Augen blickten sanft und ehrlich. Es waren Augen, die das Gegenüber richtig gefangen nahmen und Vertrauen schöpfen ließen. Von diesem ersten Treffen an sahen wir uns täglich. Er gefiel mir zunehmend und die Sympathie beruhte auf Gegenseitigkeit. Wir versprachen uns, dass wir uns auch nach meiner Abreise wiedersehen wollten.

Als ich nach dem Urlaub nach Hause kam, berichtete ich weder meinen Eltern noch meinen Kindern von meinem Schwarm. Ich wollte mir Marios Gefühle erst hundertprozentig sicher sein, bevor ich von ihm erzählte, denn einen zweiten Fehler auf diesem Gebiet wollte ich mir nicht mehr erlauben. Gebranntes Kind scheut das Feuer. Ich wurde vorsichtig.

So tauschten wir uns erst einmal über die Ferne regelmäßig aus und ich fuhr noch zweimal zu ihm. Erst ein Jahr später, also 2006, kam Mario nach Paris und ich stellte ihn meiner Familie vor. Meine Eltern haben eine gute Menschenkenntnis und sie schlossen Mario gleich ins Herz. Ebenso mochten ihn meine drei Mädels.

Alles kam Schlag auf Schlag. Im folgenden Jahr zog es mich nach Aix-en-Provence. Mario und ich bezogen zusammen ein Haus. Tja, und spätestens hier bewahrheitete sich die Prophezeiung meiner Mutter, dass nichts so schlecht sei, dass es nicht für etwas anderes gut sein könnte.

Meine guten Kenntnisse auf dem Wellness-Sektor, die ich mir während meines vierjährigen Hongkong-Aufenthalts erworben hatte, erlaubten mir, mir eine neue Existenz aufzubauen. Mein Traum war es schon immer gewesen, einen eigenen Wellness-Salon zu haben und ich setzte alles daran, mein Ziel zu erreichen. Ich scheute keine Mühen, nochmals eine Ausbildung zu durchlaufen, denn für die Selbständigkeit benötigte ich noch ein Staatsexamen.

Anfang Juli 2009 legte ich mein Staatsexamen mit großem Erfolg ab. Nicht nur ich war stolz über meine

Leistung, diese eigentlich dreijährige Ausbildung gerade mal in neun Monaten gemeistert zu haben. Nein auch Mario, der mich mit Komplimenten und seiner ganzen Hochachtung überschüttete.

Wir beide liebten uns aus tiefstem Herzen und eigentlich schauten wir zuversichtlich auf die vor uns liegende Zukunft.

Ich schien heute, nach der Trennung von meinem Mann wieder auf der Sonnenseite des Lebens zu stehen. Alles war *fast* perfekt ... aber eben nur fast.

Die Mullers
(erzählt von Paul Muller, genannt Kutazama)

Ich habe in meinem Leben viel gesehen, denn als Schiffskoch und Konditor war ich viel auf Reisen, wie auch später, als ich nur zum Vergnügen reiste und mir dabei meinen Spitznamen Kutazama einhandelte. Bei meinen Exkursionen hatte ich Einblick in viele Familien mit unterschiedlichster Konstellation und ebenso interessanter Charaktere. Aber was ich bei den Charakteren der Konstellation Galanis-Clermont-Faubourg, in die ich durch meine Heirat mit Esther hineingeriet, erlebte, ist für mich einzigartig. Nie in meinem Leben habe ich so viel Neid, Missgunst und Hass erlebt wie hier in diesem Familien-Clan, wobei man die Faubourgs fairerweise aus dem Missgunst-Gespann ausschließen kann, denn diese Familie ist anders. Doch der Familienname gehört durch Eheschließung mit einem Galanis einfach dazu, deswegen nenne ich das Dreigespann Galanis-Clermont-Faubourg-Clan, kurz GCFC. Interessant ist, dass allen drei Familien auch fast immer drei Nachkommen entsprangen.

Esthers Töchter hatte ich zehn Jahre nach unserer Hochzeit adoptiert … leider. Ich tat es Esther zuliebe, denn wir beide führten eine harmonische Ehe, in gegenseitigem Respekt und Liebe und ihr wollte ich diesen Gefallen nicht abschlagen. Doch auch Esther sah später ein, wie verdorben besonders ihre zwei älteren Töchter waren und verstand, dass ich diesen Adoptionsschritt im Nachhinein bitter bereute. Sie machte sich selbst Vorwürfe, dass sie mich seinerzeit dazu drängte.

Nun ich sprach von Hass. Dieser Hass im GCFC ist ein so starkes Gefühl, das nicht einmal vor der totalen Vernichtung eines Familienmitglieds zurückschrecken würde.

Ich selbst muss jetzt noch achtsam sein, denn ich weiß, wie sehr meine Adoptivkinder, insbesondere Myriam, mein Ableben ersehnen, damit sie endlich an ihr Erbe kommen. Am liebsten hätten sie natürlich alles und nicht nur den Erbteil ihrer Mutter. Der beträgt pro Tochter ein Achtel und dieses Achtel erstreckt sich nur auf den Wert der Immobilie. Das Nutznießrecht liegt neben meinen fünf Achteln bei mir. Doch noch lebe ich, und das bei guter Gesundheit und mit meiner ererbten Veranlagung kann ich gut und gern mein Jahrhundert voll machen, natürlich immer vorausgesetzt, dass nichts Unvorhergesehenes dazwischenkommt. Ich werde auf jeden Fall alles daran setzen, dass diese Brut ihr hinterhältiges Ziel nicht so ohne weiteres erreicht. Dazu habe ich schon einen Plan im Hinterkopf, der, sobald die Zeit reif ist, zur Anwendung kommen könnte. Doch diese Information halte ich zurück, denn ich verwerte das Fell nicht gerne, bevor der Bär erlegt ist. Nur eines sei gesagt: alle drei werden mich anflehen, die Adoption wieder rückgängig zu machen.

Ich hatte nochmals ein spätes Glück erfahren dürfen, indem ich im Jahre 2005, zwei Jahre nach dem Ableben meiner geliebten Esther, die um zehn Jahre jüngere Anne kennengelernt hatte. Auf jeden Fall beobachteten Esthers Töchter und Anhang mit Argusaugen meine zuerst auf PACS-Basis gegründete Verbindung mit Anne und ich spürte förmlich, wie dieser Umstand sie nervös gemacht hatte. Wenn die gewusst hätten, dass wir vielleicht sogar heiraten wollen, ich glaube, sie hätten Anne am liebsten Gift gegeben.

Aus dieser Familien-Konstellation, die mir mittlerweile so widerlich erscheint, habe ich jedoch ein Mitglied und dessen Frau ganz besonders ins Herz geschlossen. Das ist erstens Mario aus dem Galanis-Clan und zweitens Stéphanie aus dem Faubourg-Clan.

Mario nenne ich inzwischen meinen ›behaltenen Ex-Schwiegersohn‹.

Die Weiber könnten sich meinetwegen auf den Mond schießen lassen, dann wäre endlich Ruhe. Einen Vorwurf an Mario muss ich natürlich anbringen, sofern es mir überhaupt zusteht, irgendwelche Vorwürfe zu machen: Mario wäre viel erspart geblieben, wäre er wachsamer gewesen. Seine Unbeschwertheit gepaart mit Unwissen machte ihn blind, so sehr, dass er sich anbahnende Probleme nicht sah, obwohl deutliche Anzeichen dafür erkennbar waren. Er handelte voll Vertrauen seiner Familie gegenüber immer naiv und blauäugig, eigentlich wider besseres Wissen. Er war zu anständig, um sich irgendwelche Gemeinheiten auszudenken, geschweige denn, anderen solche zuzutrauen.

Nun noch ein Wort zu meiner Herkunftsfamilie, wobei ich die Beschreibung sehr oberflächlich halte, denn sie spielt in dieser Tragödie keine besondere Rolle.

Mein Vater François war Franzose, meine Mutter Hilde eine Deutsche. Geboren wurde ich 1929 im Distrikt Wissembourg, des Département Bas-Rhin, nahe der deutsch-französischen Grenze und zusammen mit meinem um ein Jahr jüngeren Bruder Gustave wuchs ich dort auf. Die damalige Zeit war ziemlich hart und die Situation verschlimmerte sich natürlich, als der zweite Weltkrieg ausbrach. Über diese Zeit brauche ich nichts zu erzählen, denn jeder weiß, welches Leid dieser Krieg über die Menschen brachte und welches Chaos er hinterließ. Wie alle Menschen zur damaligen Zeit, machten wir Schlimmes durch. Doch dieser Krieg ging zu Ende und unsere Familie rappelte sich aus dem Nichts wieder hoch.

Mein Vater war ein humorvoller, immer hungriger Zeitgenosse. Er konnte, wenn er nachts von der Arbeit nach Hause kam, den von Mama gleichentags gebackenen Zwetschgenkuchen alleine in sich hineindrücken. Entsprechend sah er auch aus. Seine Figur glich einer ovalen Kugel, ohne Ecken oder Kanten. Mama war auch nicht ohne, zwar nicht annähernd so ein Walross wie Papa, aber Rubens hätte bestimmt seine Freude an ihr gehabt. Meine Mutter war aber nicht nur eine perfekte Hausfrau; nein, sie beherrschte neben ihrer deutschen Muttersprache noch weitere fünf Sprachen, unter anderem auch Latein.

Mein Bruder Gustave hatte schon immer Probleme damit, der Jüngere zu sein, etwas das ich niemals begreifen werde, da doch die jüngeren Geschwister immer so etwas wie Narrenfreiheit besaßen. Soll einer das kapieren, was in den Köpfen der Zweitgeborenen so vor sich ging.

44

Ich wurde als Konditor ausgebildet. Nach ein paar Jahren auf diesem Beruf, wollte ich es nochmals wissen und ich erlernte den Beruf eines Kochs. Ich eignete mir das Knowhow der Haute-Cuisine an und gerne denke ich zurück an die Zeit, als ich auf einem Kreuzfahrtschiff als Koch anheuerte und die Welt bereiste. Es war eine anstrengende aber spannende Zeit, denn ich lernte und sah sehr viel.

Doch erst meine spätere Arbeit als Vertreter, bei der ich überdurchschnittlich gut verdiente, hatte mir erlaubt, es zu ansehnlichem Wohlstand zu bringen.

Reisen war neben der Malerei immer ein beliebtes Hobby von mir.

Die Winter verbringe ich heute bevorzugt in warmen Gefilden wie zum Beispiel in Kenia, Thailand oder auf den Philippinen.

Das sollte als Beschreibung von mir und meiner Familie genügen, um sich ein ungefähres Bild machen zu können. Gehen wir über in die traurige Geschichte des GCFC.

Teil 2

Die Familienstory

ab 1970

A: *Kutazama erzählt*

Kapitel 1

»Ich weiß, Zama, dass es keine leichte Aufgabe für dich ist, als bisher kinderloser Mann plötzlich drei kleine Mädchen um dich zu haben. Aber du würdest mich sehr glücklich machen, wenn ich meine Kinder für immer in unsere Familie holen könnte. Du weißt, Robert wird nicht den besten Einfluss auf sie haben, wenn sie bei ihm sind.« Während Esther so sprach, und mich dabei mit ihren dunklen Augen gar liebevoll und doch flehend anschaute, konnte ich ihr fast keinen Wunsch abschlagen. Nur in diesem Fall ließ ich nicht mit mir reden. Zu Beginn unserer Ehe war ich nur einverstanden, und das haben wir per Vereinbarung besiegelt, dass wir die Kinder nur an den Wochenenden bei uns haben würden. Wir gingen dann im Sommer oft an den Strand und im Winter waren wir beim Skifahren. Unter der Woche lebten die drei bei Esthers Exmann Robert.

Schließlich war es auch für die Kinder nicht einfach, sich an mich als neuen Papa zu gewöhnen. Auf der anderen Seite, das ist mir klar, war dieses Argument nicht überzeugend, denn dieses Problem bestand natürlich auch beim Vater, wenn Kinder sich an eine neue Mutter gewöhnen mussten. Doch abgesehen von all diesen logischen oder unlogischen Erklärungen, war das relativ kleine Apartment, das wir bewohnten, für uns fünf nicht groß genug – Punkt. Diese Fakts brachte ich auch immer wieder hervor, wenn Esther mich mit diesem Thema konfrontierte.

»Esther bitte, das Thema haben wir doch lange und ausgiebig genug durchgekaut. Die Mädchen zu uns zu nehmen wird erst spruchreif, wenn wir ein eigenes Haus gebaut haben. Mir reichen die beengten Verhältnisse in unserem Apartment an den Wochenenden vollkommen. Öfter kann ich es nicht ertragen. Die verwöhnte Göre Antoinette muss ja unbedingt ihr eigenes Zimmer haben, während die Kleinen sich im Wohnzimmer die Couch teilen müssen. Und ich, ich muss mich mit dem Flur als Büro begnügen und den zweieinhalb Quadratmetern Bett. Nein, nein, Esther, das wäre kein Dauerzustand für mich«, konterte ich sehr bestimmt Esthers Anliegen. Ich war zu dieser Zeit ja schon Vertreter und hatte sehr viel zu Hause zu arbeiten. Diese Enge machte mich fast verrückt.

Esther setzte sich, wandte ihr Gesicht von mir ab und leise sagte sie: »Antoinette ist meine Tochter, nenne sie bitte nicht ›Göre‹. Sie ist eben genau wegen Robert so geworden.«

Ich trat hinter Esther, fasste sie an den Schultern und entschuldigte mich. Meine Entschuldigung war ehrlich gemeint: »Sorry Esther, das tut mir leid. Ich habe mich von meiner Wut gegen Robert dazu verleiten lassen.«

Ich verstand Esther ja zu gut. Es waren ihre Kinder und ihr Exmann ließ nichts unversucht, die Kinder, während sie bei ihm waren, von uns abspenstig zu machen, indem er sie ziemlich verwöhnte, ganz besonders Antoinette, die Älteste. Dass sie unbedingt ein eigenes Zimmer haben musste, ist allein ihm zuzuschreiben. Wenn er aber glaubte, dass die Töchter ihn deshalb speziell liebten, hatte er sich gehörig getäuscht. Antoinette und auch Myriam hatten mal ganz klar bekundet, dass sie ihren Vater dafür hassten, weil er ihre Mutter alleine ließ. Dass sie versuchten ihr Bestes aus dieser Situation herauszuschlagen, ist irgendwie verständlich. Da wurden auch mal nicht gerade ehrenhafte und faire Mittel, wie Erpressung und ein Gegeneinander-Ausspielen aus der Verhaltens-Trickkiste gezogen. Das waren ihre Trümpfe, besonders die der Ältesten. Sie machte sich einen Sport daraus.

Doch trotz der neuen Situation war für uns beide unser Zusammenleben der Anfang eines aufbauenden liebenden und aufeinander vertrauenden Lebens.

Irgendwann jedoch konnte ich mich der Familienaufgabe nicht mehr entziehen, schon Esther zuliebe, die sehr unter der Trennung von ihren Töchtern litt. 1970, nach den Ferien zum Schulanfang, war es so weit. Alle drei Mädchen kamen definitiv zu uns.

Nun mussten wir eine Lösung finden, denn ich hielt die Enge nach wie vor nicht aus, und so entschied ich mich zum Verkauf meines Apartments. Mit dem Erlös erstand ich ein Grundstück in Vitrolles am Étang de Berre und mit einem Kredit, ging ich daran, uns eine kleine Villa zu bauen. Natürlich meldeten die Mädchen, insbesondere Antoinette, bei der Planung unseres Hauses lautstark ihre Wünsche an die Architektur an. Mit ihrer typisch schnoddrigen und gleichzeitig fordernden Art kam die inzwischen Vierzehnjährige zu mir und bekundete ihre Forderungen. Sie legte dazu ihren Kopf keck zur Seite und stemmte ihre Fäuste in ihre schmalen, burschikosen Hüften: »Also

Zama, ich ... ähm wir wollen natürlich auch ein Wörtchen mitreden. Jede von uns braucht ein eigenes Zimmer. Ich denke, du wirst es unserer Mutter nicht antun, dass wir weiter bei unserem Vater leben wollen.«

»Ah, du willst mich also erpressen? Was, wenn ich nun sage, ›*dann geh doch!*‹?«

Antoinette sperrte erschrocken ihren frechen Schnabel auf, blieb aber für einen kurzen Moment stumm wie ein Fisch.

»Das kannst du nicht tun, Zama«, schrie sie hysterisch, nachdem sie sich von ihrer Sprachlosigkeit erholt hatte.

»Aha, ist es möglich, dass ich aus dieser aggressiven Reaktion heraushöre, dass du gar nicht zu deinem Vater willst?«

Antoinette schmollte, sagte nichts.

»Ja, und ich sage dir auch, warum du das nicht willst. Du bist nämlich ein kluges Mädchen und hast gesehen, wie dein Vater das große Vermögen, das seine Frau in die Ehe brachte, durch sein großspuriges Leben so langsam aber sicher durchbringt. Tja und wenn nichts mehr da ist, ist es auch aus mit der Herrlichkeit. Nichts mehr von wegen verwöhnen und so.«

Antoinettes dunkle Augen funkelten. Es schien sie ziemlich zu wurmen, dass ich sie durchschaut hatte. Eingeschnappt lief sie davon.

Dennoch kamen wir bei der Planung unserer Villa den dreien entgegen, so dass jede ein eigenes kleines Zimmer mit jeweils separatem Bad erhalten sollte. Wir berücksichtigten dabei die Tatsache, dass die Mädchen ja auch älter wurden und sie als Teenager nicht mehr zusammen in ein Zimmer gesperrt werden konnten.

Natürlich waren wir jetzt, nachdem der Rohbau fertiggestellt war, knapp bei Kasse, so dass wir selbst Hand anlegen mussten.

Während die zwei jüngeren ziemlich eifrig mithalfen – ja sie waren wirklich tüchtig – und somit zu einem akzeptablen Familienleben beitrugen, schlug Antoinette laufend quer. Sie hatte fortwährend etwas zu kritisieren und sie ging mir schon lange ziemlich auf den Senkel. »Sag mal, Zama, wollen wir jetzt hier verkümmern oder was? Seit Wochen unternehmen wir nichts mehr zusammen«, motzte sie ziemlich schnippisch.

»Ach, wir unternehmen nichts mehr zusammen? Ist dir vielleicht entgangen, dass wir gerade zusammen ein Haus bauen? Wenn du dich selbst von allem heraushältst, nun ja, dann kann ich verstehen, dass dir das Zusammengehörigkeitsgefühl vollständig abhandengekommen ist.«

»Du weißt ganz genau, was ich meinte«, keifte sie lauthals, »immer musst du alles analytisch auslegen und umkehren.«

Ich hatte genug von der frechen Göre und sagte nur: »Geh mir aus den Augen, ich habe zu tun.«

Als wir es geschafft hatten, blickte ich zufrieden auf unser Werk ... unser schönes Heim. Ich war zufrieden. Architektonisch war die Einteilung in unserer Villa sehr gut gelöst. Die Zimmer der Mädchen, die sich im

ersten Stockwerk befanden, waren über eine Wendel-
treppe zu erreichen.

Antoinette wurde immer unmöglicher. Ich bin mir
nicht so sicher, ob ihr aufmüpfiges Verhalten alleine
ihrem Vater zuzuschreiben ist. Sie war eigentlich
schon von klein auf ein schwieriges Kind. Das erfuhr
ich von ihrer Klassenlehrerin. Und Trotzphasen dauern in der Regel nicht so lange an.

Jetzt waren es die Wochenenden, in denen Esther
und ich hätten alleine sein können, weil die Mädchen
zum Vater gingen. Doch die kleine Hexe Antoinette
hatte dafür gesorgt, dass uns da ein gewaltiger Strich
durch die Rechnung gemacht wurde, denn die vorge-
schriebenen Wochenenden für den Vaterbesuch wollte
sie für sich alleine haben. Sie sträubte sich, gleichzeitig
mit ihren Geschwistern dorthin zu gehen und machte
den Vorschlag, alle vierzehn Tage mit ihren Schwestern im Turnus die Besuche abzuhalten. »Ich halte
Großfamilien nicht lange aus. Es ist mir einfach zuwi-
der. Unter der Woche kann ich wenigstens in die Schule ausweichen, aber die Wochenenden hätte ich gerne
meine Ruhe.« Sie machte eine kurze Pause. Als wir,
überrascht wie wir waren, im Moment kein Wort her-
ausbrachten, sagte sie bockig: »Wenn ihr nicht mit-
macht, dann gehe ich an den Wochenenden zu meinen
Freunden. Die haben nichts dagegen, dass ich komme.«

Das war Antoinette pur. Ihre Devise war ›entweder,
oder‹ und damit wurden immer ihre Erpressungsver-
suche eingeleitet. Sie bekam ihren Willen … es ist
wirklich so, dass man irgendwann resigniert und

denkt: ›ist ja doch Hopfen und Malz verloren. Warum sollte ich mich noch in diese fruchtlosen Diskussionen einlassen. Antoinette ist kratzbürstig und daran ändern wir nichts mehr. Außerdem arbeitet die Zeit für uns. Irgendwann wird sie endlich ausziehen.‹

Doch für den Moment waren die Montage nach den Wochenendaufenthalten der Kinder beim Vater für mich immer ein Trauma. Robert ließ den Gören alles durchgehen und eine normale Erziehung war fast nicht mehr möglich. Myriams Charakter glich sich immer mehr Antoinettes an. Sie waren echte Biester und bildeten eine kleine verschworene Gemeinschaft. Natürlich gab es auch immer wieder Kontroversen mit der Mutter, die sich immer ein bisschen zwischen Hammer und Amboss befand. Den Vogel schoss Myriam ab, als sie mit überheblichem Ton verkündete: »Ach Zama, bilde dir bloß nichts auf dein Haus ein. Du konntest es sowieso nur mit Hilfe der Unterhaltszahlungen unseres Vaters bauen.«

Das war natürlich der Vatermund, der aus Myriam plapperte. Bei der nächsten Gelegenheit, als ich die Mädchen zu ihrem Erzeuger brachte, packte ich den Kerl an der Krawatte, um ihm mit drohendem Ton in meiner Stimme zu sagen, dass er es unterlassen solle, mit seinen Sticheleien meine Erziehungsarbeit zu zerstören. »Oder glaubst du Saftsack, dass die achtzig Francs pro Kind und Monat ausreichen ein Haus zu bauen?«

Er schaute mich nur mit aufgerissenen Augen erschrocken an. Als ich ging, schauderte es mich, so widerlich fand ich den schlüpfrigen Typen.

Die idiotischen, von Neid und Missgunst verseuchten Bemerkungen, die Esther von ihren so genanntem gutbürgerlichen ehemaligen Schwiegereltern, die sich nach über 50 Jahren Ehe immer noch siezten, einstecken musste, zähle ich gar nicht mehr auf. Sie waren nur verletzend und bösartig. Die feine Gesellschaft hielt natürlich zu ihrem verkorksten Sohn und fühlte sich bestätigt, dass sie sich damals gegen die Heirat mit der Halbjüdin sträubte.

Ja, die Situation in unserer Familie war immer explosiv. Familienfrieden – so etwas war uns längst schon fremd geworden.

Ich vermied es auch tunlichst, das Stockwerk der Mädchen, das ich nur den Taubenschlag nannte, zu betreten, außer wenn ich es musste. Das war immer dann der Fall, wenn ich die verstopften Abflüsse vom Haargewirr befreien musste. Die Gören waren nämlich nicht in der Lage, der Bitte ihrer Mutter, ihre langen Haare aus dem Abfluss zu entfernen, nachzukommen. Doch diese Dinge waren nur der harmlose Teil unserer familiären Reibereien. Es gab viel Schlimmeres, das dafür sorgte, dass uns das Leben schwer gemacht wurde.

Ich bin dennoch froh, dass diese ganzen Stresssituationen es nie schafften, einen Keil zwischen Esther und mich zu treiben. Esther und ich führten weiterhin eine gute Ehe.

*

Die Zeit verging, die Mädchen wurden älter und allmählich auch flügge. Wieder einmal war es Antoinette, die mich eines Morgens wieder mal mit nackten Tatsachen konfrontierte. Ich war wie vor den Kopf gestoßen, als ich an jenem Morgen in die Küche kam und die inzwischen knapp siebzehnjährige Antoinette im Schlafanzug am Esstisch sitzend sah. Sie schlürfte ihren Kaffee und plauderte frisch fröhlich mit einem Jungen etwa gleichen Alters. Der muss ebenfalls gerade aufgestanden sein, denn er saß mit nacktem Oberkörper in Shorts da.

Mein überraschtes Gesicht musste eine äußerst komische Wirkung auf Antoinette gehabt haben, denn sie prustete den eben geschlürften Kaffee in ihre vorgehaltene Hand. Kichernd blökte sie: »Zama, du guckst grad wie ein Kaninchen, das vor einer Schlange sitzt.« Ihr gefiel der Witz wohl am besten, denn nur sie lachte schallend heraus. Der Junge schaute etwas verlegen. An seinem Croissant kauend, sagte er etwas schüchtern: »Bonjour Monsieur.«

Auch das fand Antoinette zum Brüllen lustig, wahrscheinlich weil ihr ein solcher zurückhaltender Anstand fehlte.

»Sag mal geht's eigentlich noch? Du kannst doch nicht einfach einen Jungen bei dir übernachten lassen«, schrie ich sie an.

»Mein Gott Zama, mach keinen künstlichen Aufstand. Was ist schon dabei?«, antwortete Antoinette, als wäre es das Selbstverständlichste der Welt, dass ein junges minderjähriges Mädchen mit einem Jungen im gleichen Zimmer schlief und weiß Gott was sonst noch alles trieb.

»Sag mal, begreifst du eigentlich gar nichts?«, fragte ich wütend. »Du bist minderjährig, und wenn so was herauskommt, könnten wir bestraft werden. Das fällt unter Kuppelei.«

»Du übertreibst mal wieder maßlos Zama«, sagte sie mit einem abschätzigen Lächeln. »mach also kein Drama draus. Du hast ja gar nichts gewusst, also kannst du nicht bestraft werden.«

»Verdammt nochmals, das ist ja das, was mich zudem ärgert. Da nächtigen wild fremde Leute in meinem Haus und ich weiß nichts davon.« Es fiel mir schwer, mich zu beherrschen. Ich war drauf und dran, der frechen Göre eine saftige Ohrfeige zu verpassen. Natürlich verkniff ich mir diesen Akt der Züchtigung, denn sie wäre imstande gewesen, mich wegen Körperverletzung anzuklagen. Diesen Triumpf gönnte ich ihr nicht.

Doch sie trieb es weiter auf die Spitze mit ihrer Frechheit: »Was jetzt? Was wirfst du mir nun vor? Dass du wegen Kuppelei bestraft werden könntest oder dass ein Fremder ohne dein Wissen hier nächtigte? Deine Argumente sind sehr situationsabhängig … genauso, wie du es gerade brauchst.«

›Bleib ruhig Paul, ganz ruhig. Lass dich von diesem Miststück nicht zur Weißglut bringen‹, versuchte ich mich in Gedanken zu beruhigen. Ich sagte dann nur noch: »Eines stelle ich hier und jetzt, ein und für allemal klar: hier nächtigt keiner deiner Eroberungen mehr. Ich verspreche Dir, ich werfe ihn hochkant hinaus.«

Der Junge neben Antoinette senkte beschämt den Blick. Er wagte fast nicht zu atmen. Ihm war die ganze Situation sichtlich peinlich. Wenigstens zeigte er durch sein Beschämtsein ein wenig des Anstands, den Antoinette ganz und gar vermissen ließ.

»Jawohl Sir«, sagte Antoinette militärisch abgehackt und in schnippischem Ton, indem sie mit ihrer rechten Hand militärisch salutierte, und zu ihrem Lover, »komm André, wir gehen.«

Den Jungen wie ein beschämter Ertappter hinter sich herziehend stolzierte sie, natürlich mit einem verächtlichen Seitenblick in meine Richtung, an mir vorbei.

Myriam, die während des ganzen Vorfalls oben vom Treppenabsatz alles amüsiert verfolgt hatte, meinte höhnisch, während sie sich schon langsam den gleichen Tonfall wie Antoinette aneignete, »wow Zama, der hast du's aber gegeben.« Sie kicherte frech.

Doch ich ging nicht darauf ein. Ich hatte keine Lust mehr auf diese sinnlosen Diskussionen, wusste ich doch zu gut, dass Myriam es nur darauf anlegte.

Oh, wie sehnte ich mich nach dem Tag, an dem Antoinette das Haus endgültig verlassen würde, weil sie auf eigenen Beinen stand. Natürlich kam das in dem Moment, als es geschah, etwas zu früh, denn nach unserem Zusammenstoß kam sie erst mal drei Tage nicht mehr nach Hause. Das passte mir natürlich gar nicht, denn immerhin hatte ich ja noch die Verantwortung für sie. Auf der anderen Seite konnte es mir auch egal sein. Sollte sie doch bleiben, wo der Pfeffer wächst.

Vermutlich ging sie zu ihrem nichtsnutzigen Vater. Wo sonst hätte sie hingehen sollen. Doch ich hätte mir lieber die Zunge abgebissen, als dort anzurufen.

*

Ich weiß nicht, welcher Teufel mich damals geritten hatte, als ich 1979 Esthers Kinder adoptierte. Nein es war eigentlich kein Teufel, es war Esther, die mich immer wieder dazu drängte und ihr zuliebe ließ ich die teilweise nicht gerade einfache Prozedur über mich ergehen. Es war nämlich so, dass ein Kind bis zur Volljährigkeit mindestens fünf Jahre bei einem Adoptionswilligen gelebt haben muss, um adoptiert werden zu können. Das war bei Antoinette nicht der Fall. Es kostete mich ein Extrageld, um genau zu sein handelte es sich um die stattliche Summe von fünftausend Francs, das zu bezahlen mir nicht gerade leicht fiel. So fanden alle drei im Tribunal d'Instance den Eintrag als meine angenommenen Töchter.

Antoinette war damals schon dreiundzwanzig Jahre alt und studierte in Paris. Ihre Hitzköpfigkeit hatte sie zu der Zeit zwar etwas abgelegt, aber eine freundschaftliche Beziehung zwischen ihr und mir konnte nie so richtig aufgebaut werden. Da war zu viel zerstört worden. Wir einigten uns auf einen fairen Umgangston, und das war mir recht so. Ja, man konnte mittlerweile sehr gut mit ihr diskutieren. Man merkte, seit sie ihr Studium begann, dass sich ihre Sprache und auch ihre Ansichten auf einem gehobeneren Niveau eingependelt hatten.

Die neunzehnjährige Myriam war damals in Ausbildung zur Direktionssekretärin, also auch nicht mehr weit davon entfernt, das Haus zu verlassen. Blieb nur noch Murielle. Sie war erst sechzehn und hatte es aufgrund ihrer Legasthenie in der Schule nie leicht, und auch später würde sie lernen müssen, sich zu behaupten.

Die Mädchen hatten alle drei nichts gegen eine Adoption, denn sie waren berechnend. Sie spekulierten darauf abgesichert zu sein. Von ihrem Vater war nichts mehr zu erwarten. Er krebste am Existenzminimum herum.

Mittlerweile waren wir finanziell so gut saniert, dass ich mir auch wieder einige Investitionen erlauben durfte. 1980 baute ich einen Pool, in erster Linie mit dem Hintergedanken, mich körperlich etwas fit zu halten, zumal ich täglich mindestens fünf Stunden im Auto saß. Zusätzlich baute ich in eigener Regie ein über vierzig Quadratmeter großes Poolhaus mit Kochgelegenheit und WC, damit wir, wenn sich das Leben draußen im und am Pool abspielte, nicht immer ins Haus mussten. Esther hätte keine Freude gehabt, wenn wir mit nassen Füßen ständig das Haus betreten hätten.

Nun wie hätte es auch anders sein sollen, der Pool zog natürlich die Freunde der beiden Mädchen an, so dass bei uns immer munteres Leben herrschte. In diesem Sommer kam auch erstmals Mario Galanis, ein attraktiver, hoch gewachsener junger Mann mit Sportwagen und gut gefülltem Portemonnaie in Myriams und somit auch in unser Leben. Diese Wohlstandssymbole wie Sportwagen, gefülltes Portemonnaie hatten natürlich eine besondere Anziehungskraft auf Myriam. Sie machte ihm schöne Augen und bezirzte in förmlich. Mir gefiel der junge Mann, weil er ein sehr gesittetes Benehmen hatte. Seine Art war so wohltuend. Lieber zehn solcher Söhne, als eine von Esthers Xanthippen.

Kapitel 2

*1*982 gab es gleich zwei wichtige familiäre Ereignisse. Im März bescherte uns Antoinette, die zwei Jahre zuvor in Las Vegas geheiratet hatte – wir erfuhren davon erst, als sie wieder zurück in Frankreich war – einen Enkel, Louis.

Und im Juni heiratete die inzwischen zweiundzwanzigjährige Myriam ihren um ein Jahr jüngeren Mario. Wir lernten nun auch Marios Eltern, Concetta und Luciano, kennen. Ich war überrascht, dass die beiden, obwohl sie schon gute zwanzig Jahre in Frankreich lebten, kaum Französisch sprachen, zumindest nicht genug, um anspruchsvolle Konversation zu führen. Eine einfache Unterhaltung war praktisch nur möglich, wenn Mario übersetzte. Es reichte für die Aufrechterhaltung kleiner Plaudereien wie der Austausch von Höflichkeitsfloskeln und ein bisschen Bla-Bla. Zu mehr war der wortkarge Luciano sowieso auch gar nicht zu bewegen. Ihn schien nichts zu interessieren. Die beiden, zusammen mit den beiden jüngeren Söhnen Tiziano und Alessandro, waren schon ein seltsames Gespann. Ich wurde während der ganzen Feier nicht warm mit ihnen und ich war froh, als sie wieder abfuhren.

Dennoch, war es ein schönes Hochzeitsfest und nicht nur Myriam war glücklich – ja, sie war mit ihrem Mann ein wahrer Glückspilz – auch wir schlossen Mario gleich von Anfang an in unser Herz. Er war der

Sohn, der mir all die Jahre abging. Mit seinen Eltern hatten wir weiter nichts zu tun.

Nur erstaunlich, wie sie es schafften, einen solchen Sohn, der sich so positiv vom Rest der Familie abhob, in die Welt zu setzen.

»Verstehst du nun, Zama, dass ich mit diesem Clan nichts anfangen kann? Wenn ich meinen Schwiegervater nur sehe, stehen mir die Haare zu Berge. Seine stechenden wasserblauen Augen sind richtig Furcht einflößend. Und mit seinem Spitzbart mit Schnauzer und der Glatze könnte er ein Klon von Vladimir Lenin sein.« Während sie sprach ging Myriam bei dieser Vorstellung ein Schaudern durch ihren Körper. »Wenn ich ihn dann noch mit seinem komischen Kauderwelsch sprechen höre, werde ich innerlich aggressiv«, sagte sie und sie schloss mit der logischen Folgerung, »und außerdem mag ich keine Italiener. Punkt.«

»Eine seltsame Bemerkung, für eine Frau, die soeben einen Italiener ehelichte«, war daraufhin *mein* logisch folgernder Kommentar.

»Mario ist mehr Franzose als Italiener«, entschärfte sie ihre Aussage.

Nun, widersprechen wollte ich Myriam in diesem Punkt nicht, denn auch mir war die Familie nicht gerade geheuer. Ich hatte aber auch mitbekommen, dass die Antipathie auf Gegenseitigkeit beruhte. Der gesamte Galanis-Clan mochte Myriam nicht, doch es sollte nicht mein Problem sein. Mario auf jeden Fall war in Ordnung.

Einen Monat nach der Hochzeit kaufte Mario in Rognac ein schönes Stück Land auf dem er den Rohbau ihrer herrlichen Villa mit Blick auf den Étang de Berre errichten ließ. Mario, der sein Handwerk als Steinmetz wie kein anderer verstand – er hatte wirklich goldene Hände – hatte sich bei der Innenarchitektur seines Heimes ziemlich ins Zeug gelegt. Ich staunte nur, was ein Steinmetz und Bildhauer alles fertigbringen konnte. Das Haus samt Pool war einmalig und beides suchte in Hollywood seinesgleichen.

Sie lebten in einer Zeit der Hochkonjunktur, in der die Aufträge nur so hereinflatterten. Marios Betrieb musste erweitert, zusätzliche Maschinen angeschafft werden. Die beiden konnten ein überschwängliches Leben führen und das taten sie auch. Mario kaufte sich einen Porsche, um sich selbst zu beweisen, dass er angekommen ist. Er scheute sich auch nicht, jedes Mal, wenn er eine größere Anschaffung von Luxusgütern plante, Kredite aufzunehmen. Ich verfolgte dies mit großer Sorge und ich warnte Mario davor, sich zu übernehmen.

»Mario, was du da tust, ist sehr gefährlich. Was, wenn die Geschäfte mal nicht mehr so gut laufen? Wie willst du dann deine Kredite bedienen? Der Aufstieg ist manchmal schwindelerregend rasant, aber der mögliche Fall viel rasanter und äußerst schmerzhaft. Viele Menschen sind auf diese Weise irgendwann einmal wieder am Nullpunkt angelangt.«

»Zama, mach' dir keine Sorgen. Meine Auftragsbücher sind voll. Ich habe auf Jahre hinaus Aufträge«, versuchte er mich und natürlich auch sich selbst zu beruhigen. Mit einem Blick in die Ferne, als wolle er die Vergangenheit vor seinem geistigen Auge Revue passieren lassen, fügte er hinzu: »Weißt du Zama, ich habe in meiner Kindheit und Jugend so viel entbehrt. Und jetzt ist für mich die Zeit gekommen, zu genießen. Worin denn sonst läge der Sinn des Lebens, wenn man es nicht genießt. Und an Niedergang will ich gar nicht denken. Du kennst doch das Naturgesetz von der sich selbst erfüllenden Prophezeiung.« Er lächelte entwaffnend.

Tja, was sollte ich ihm da entgegenhalten. Irgendwie ja verständlich, wenn man Marios Lebensgeschichte einer genaueren Betrachtung unterzog.

Mario und Myriam lebten weiter auf großem Fuß.

Den ersten Dämpfer erhielt Mario, als sein Vater mit einer Leberzirrhose im Krankenhaus lag und dem Tod nur ganz knapp von der Schippe sprang.

Und schließlich mutierte Marios Betrieb allmählich zum Selbstbedienungsladen für die Familie. Es war Myriam, die beobachtet hatte, wie sich die Finger der italienischen Sippschaft, sowohl die der Eltern als auch die der Brüder, in Marios Geschäftskasse verirrten und nie ungefüllt wieder herausfanden. Hinzu kam, dass Tiziano, der in Marios Betrieb angestellt war, nur noch arbeitete, wenn er Lust dazu hatte. Er bevorzugte es eher Künstlerisches zu erschaffen, anstatt an den laufenden Aufgaben des Geschäfts teilzunehmen. Na ja, dachte er sich wohl, lebte es sich auch ohne eine Verantwortung zu übernehmen, ganz gut auf Marios Kosten. Als es dann noch zu Unregelmäßigkeiten im Zusammenhang mit Kunden kam, schlachtete Myriam das so richtig gründlich aus und inszenierte daraus einen riesigen Skandal. Das führte zur Entlassung des Bruders. Dieser Umstand steigerte natürlich ihr Ansehen in der Galanis-Familie nicht gerade, denn schließlich war dies ein Affront gegen den erklärten Lieblingssohn. Sie erhielt jetzt die dunkelrote statt der roten Karte und das führte dazu, dass sie nicht mehr zu den sonntäglichen Essen eingeladen wurde. Erst viel später als Sohn Jérôme geboren wurde, änderte sich die Einstellung der Schwiegereltern ihr gegenüber etwas, doch dieser Friede war nicht von Dauer. Dazu aber später.

*

Tiziano musste nach dem Rausschmiss bei Mario irgendwie wieder tätig werden. Dieses Mal aber wollte er seiner künstlerischen Berufung folgen. In La Badesse, etwa neun Kilometer vom Stadtzentrum Aix-en-Provence, und 500 Meter vom elterlichen Anwesen entfernt, fand er ein kleines nicht bebaubares Stück Land. Seine Behausung war schnell hergestellt. Er kaufte sich ein gebrauchtes Zwei-Zimmer-Wohnmobil, an das er ein Atelier und zusätzlich einen Showroom zur Ausstellung seiner Skulpturen angebaut hatte.

Um sich über Wasser zu halten, bot er Kurse in Skulpturkunst an, die hauptsächlich von älteren Leuten, Lehrern und Beamten besucht wurden. Für eine Unterrichtsstunde nahm er 150 Francs. In der Regel hatte er zwischen drei und fünf Schüler. Doch so ganz auf eigenen Beinen zu stehen, war nicht Tizianos Ding. Täglich ging er in den elterlichen Betrieb, um sich seine Steine kostenlos zuschneiden zu lassen.

Auch Mario, der den Betrieb des Vaters 1984 zum Preis von fünfzigtausend Francs übernommen hatte, weil dieser weder einen festen Kundenstamm hatte, noch auf irgendwelche potentielle Kunden Ausschau hielt, um sie zu akquirieren, hatte nichts gegen das Schmarotzertum seines Bruders. Es waren schließlich gute Zeiten, alles lief bestens, er brauchte sich also keine Sorgen zu machen.

Bei der Geschäftsübernahme riet ich Mario, dass er sich bei der Präfektur in Aix-en-Provence unbedingt eine so genannte Commodo/Incommodo-Genehmigung eintragen lassen sollte.

Beim Commodo/Incommodo-Gesetz geht es um eine Genehmigung für Betriebe oder Einrichtungen, die bei Ausübung ihrer Geschäftstätigkeiten störende Auswirkungen auf die Menschen in unmittelbarer Nachbarschaft oder die Umwelt haben. Die Lärm verursachenden Maschinen in Marios Betrieb liefen oft sechzehn Stunden am Tag, ein Zeichen des guten Geschäftsgangs, und in einem Residenzviertel könnte sich dieser Lärm als störend erweisen. Im Moment war zwar eine Störungsgefahr ausgeschlossen, denn in unmittelbarer Nachbarschaft gab es nur eine Autospenglerei. Doch der alte Besitzer, der schon zum damaligen Zeitpunkt nur noch reduziert arbeitete, würde den Betrieb über kurz oder lang vollends aufgeben. Erben waren nicht vorhanden. Da war diese vorsorgliche Maßnahme natürlich äußerst empfehlenswert, wenn Mario später in seiner Tätigkeit wegen eingehender Reklamationen nicht eingeschränkt werden wollte. Dass diese Genehmigung an die beantragende Person gebunden und nicht übertragbar war, sollte sich später noch als zusätzlicher Vorteil erweisen.

*

1990 kaufte ich mir in der Provence-Alpes-Côte d'Azur, unweit von Marseille, ein wunderbares, unverbaubares riesiges Grundstück mit einem Rundumblick in alle vier Himmelsrichtungen das heißt sowohl auf eine schöne Landschaft und natürlich aufs Meer. Hier wollte ich meinen Traum verwirklichen und eine große Villa errichten.

Im gleichen Jahr, und zwar genau zu Marios neunundzwanzigstem Geburtstag, kam dann unser Enkel Jérôme zur Welt, oder besser gesagt, er wurde gekommen. Die Geburt war nicht wie bei anderen Frauen ein normaler Vorgang. Nein, Myriam bestimmte den Termin. Sie hatte sich in den Kopf gesetzt, dass das Kind, koste es was es wolle, genau zum Geburtstag ihres Mannes auf die Welt kommen sollte. Und da dieser Wunschtermin zwei Wochen vor dem errechneten Geburtstermin war, bestand sie auf eine Sectio-Geburt. Die Ärzte waren vom Vorhaben ihrer Patientin alles andere als begeistert. Sie versuchten, ihr davon abzuraten, indem sie ihr die Risiken dieses Eingriffs aufzuzeigen versuchten. Aber Myriam bestand darauf und setzte sich lautstark durch. Esther hatte sich dafür geschämt, wie schäbig ihre Tochter sich im Krankenhaus benommen hatte. Doch Myriam war das egal, sie ließ sich davon nicht beeindrucken. Sie wollte ihr Leben führen nach ihrem Gusto und da hatte auch ihre Mutter nichts zu melden. Wenn die Mutter sich nur dezent anschickte, ihrer Tochter irgendwelche Vorhaltungen zu machen, blockte Myriam damit ab, dass sie die Verantwortung auf ihre Erziehung abschob, nach dem Motto ›*ich kann ja nichts dafür*‹.

Wie gesagt hielt der Friede zwischen den Galanis und Myriam nicht lange an. Myriam war in den Augen ihrer Schwiegereltern ein durchtriebenes Luder. Doch auch Myriam war beim Verteilen von Schimpfworten nicht gerade pingelig. In ihren Augen waren alle Mitglieder des Clans italienische Affen und wenn sie es ganz speziell auf die Spitze trieb, dann waren es italienische A… nun ja, sie benutzte ein Wort, das vorne mit Hintern beginnt und hinten mit einer Öffnung endet.

»Oh, welch vornehme Dame aus dir spricht«, bemerkte ich spöttisch.

»Alles zu seiner Zeit«, konterte Myriam meine spitze Bemerkung. »Wenn ich mit *Menschen* verkehre, spreche ich auch anders.«

»Abfälliger kann man wohl nicht reden. Mein Gott, was ist aus dir geworden Myriam? Wie kaltschnäuzig bist du?«

»Hm«, war ihr einziger Kommentar dazu, während sie ihren Kopf neckisch nach hinten warf und an mir vorbei den Salon verlassen wollte. Ich fasste sie am Arm und hielt sie zurück.

»Wenn nicht für dich oder Mario oder uns, dann tu es bitte für deinen Sohn. Oder soll er von frühester Kindheit an mit deiner Vulgärsprache konfrontiert werden?«, fragte ich sie.

Sie entwand ihren Arm aus meinem Griff, schaute mich überheblich an und meinte nur: »Mein Sohn geht dich gar nichts an.« Sie schickte sich an zu gehen, drehte sich nochmals um und sagte: »Und du spiel' dich nicht so auf. Du hast meiner Mutter zu verdanken, wo du jetzt stehst. Du hättest doch dein Leben wahrscheinlich als Landstreicher gefristet.«

Dann sah ich sie nur noch von hinten. Das war wirklich der Gipfel der Impertinenz. Dieses Miststück. Immer wieder versuchte sie mir unter die Nase zu reiben, dass unser angenehmes Leben ein Erbstück der Familie sei. Jeden meiner Erfolge versuchte sie mir auf diese Weise abzusprechen. Sie hielt hohe Stücke auf den Clermont-Clan, dem wohl ihrer Meinung nach niemand das Wasser zu reichen vermochte. Doch alles, was unsere Familie besaß, habe ich erarbeitet. Wütend rief ich ihr hinterher: »Was bildest du dumme Gans dir eigentlich auf die angeblich gutbürgerliche Clermont-Sippschaft ein. Nur weil deine Großeltern sich ein Leben lang siezten. Vornehmtuerei macht noch keinen Adel. Merk dir das!«

Bei Myriams an den Tag gelegten Verhalten wurde mir immer klarer, dass sie nur eines im Sinn zu haben schien: überall da, wo Gemeinschaften bestanden, einen Keil dazwischen zu treiben, Unfrieden zu stiften und dies immer vor dem Hintergrund, für sich etwas herauszuschlagen. Sie war so materialistisch veranlagt, dass nur die Sache wichtig war, nicht der Mensch. Um ihr Ziel zu erreichen war ihr wohl jedes Mittel recht, und wenn dieses Mittel auch hieß, sich mit ehemaligen Feinden gegen ehemalige Freunde zu verbünden. Wenn es der Sache diente, warum nicht?

Kapitel 3

*I*m Jahre 1992 gebar die in Nizza lebende Murielle ihren Sohn Roger. Wir warteten schon sehnsüchtig auf die frohe Botschaft, denn der kleine Roger war schon seit zwei Wochen überfällig.

Und es war im gleichen Jahr, als die Galanis' begannen ihrem Sohn Mario in den Rücken zu fallen, vermutlich im Gegenzug zu Tizianos Entlassung, quasi als späte Rache. Doch das hätten sie nie zugegeben. Sie kürzten den Geschäftsübernahme-Vertrag um die Hälfte der ursprünglichen Nutzungsfläche seines Steinmetzbetriebs. Ebenso wurde die Ausstellungsfläche im Freien um die Hälfte verkleinert. Es sei nur pro forma, hatten sie ihn beruhigt.»Weißt du Mario, Tiziano soll nicht das Gefühl bekommen, er würde im Vergleich zu dir benachteiligt werden. Deswegen ist es uns ein Anliegen, dass mit dieser Vertragsänderung, die Nutzungsverhältnisse geklärt sind. Du sollst natürlich weiterhin den ganzen Betrieb für dich beanspruchen. Daran soll sich weder heute noch später einmal etwas ändern. Du machst deinen Job schließlich gut. Warum also sollten wir dir Steine in den Weg legen. Es geht hier nur um das zu beruhigende Gefühl bei Tiziano«, hatten sie ihm gesagt, so erklärte Mario mir später.

Das war natürlich ganz im Sinne von Nonna, denn Tiziano war nach wie vor ihr Liebling, der es seinerseits hervorragend verstand, sich bei Muttern lieb Kind zu machen.

Da hätte Mario eigentlich hellhörig werden müssen. Schon alleine die Formulierung ›Klärung der Nutzungsverhältnisse‹ war mehr als suspekt.

Es verstand sich natürlich von selbst, dass dem Halbierungsakt nur die zur Verfügung gestellten Gebäude und Flächen zum Opfer fielen. Der Betrag für die monatliche Miete wurde keiner Halbierung unterzogen. Die Miete blieb in voller Höhe bestehen, aber das sollte ja kein Problem sein, da Mario ja trotz Vertragsänderung alles immer noch weiterhin nutze und daher auch die Miete wie vereinbart zu bezahlen hatte.

Vermutlich dachten die Eltern im Stillen schon viel weiter und zwar in diese Richtung, dass irgendwann Tiziano seine Hälfte beanspruchen würde und von ihm, das wussten sie, würden keine Mietzahlungen zu erwarten sein. Man nahm's dann doch lieber von dem, der es hatte. Das fanden die Eltern ganz natürlich und auch das, dass die ganze Familie viele Jahre sehr gut von Marios Einkünften lebte. Er war der Erstgeborene und hatte seiner Familie gegenüber entsprechende Verpflichtung und Verantwortung. Sicherlich würde Mario ja noch diverse Modernisierungen vornehmen, und diese könnte man natürlich dann gleich mit übernehmen. Sie witterten bei Mario immer ein gutes Geschäft, das sie auszureizen wüssten.

Der gutmütige Mario, der alles andere als eine Kämpfernatur war, unterschrieb für Außenstehende unverständlich die geänderten Papiere. Er wäre auch nicht im Mindesten auf die Idee gekommen, dass seine Familie ihn würde hintergehen wollen. Er war zu anständig, um sich so etwas vorzustellen. Wer hätte je denken können, dass Anständigkeit Menschen zum Nachteil gereichen könnte.

Anlässlich eines Besuchs bei uns erzählte Myriam wütend davon, wie Mario sich über den Tisch ziehen ließ.

»Das ist doch eine abgekartete Sache«, protestierte sie ziemlich aufgebracht.

»Ich unterschrieb um des Familienfriedens willen«, erklärte Mario unbeeindruckt von Myriams Wut. »Es ist nur ein Proforma-Vertrag. Ich bleibe weiterhin im Betrieb und auf dem Gelände wie eh und je.«

Myriams nachfolgende spitze Bemerkung »du bist ein gutgläubiger Naivling. Das hat doch einen Grund, wenn die so etwas machen«, ließ er ungekontert im Raum stehen.

Ich selbst hütete mich davor, mich hier einzumischen, obwohl es mir auf der Zunge lag, denn ich bezweifelte, dass diese Vertragsänderung ohne Hintergedanken vorgenommen wurde. Auf jeden Fall steckten keine guten Absichten dahinter, das ist so sicher wie das Amen in der Kirche. Da musste ich Myriam Recht geben. Aber wenn schon, dann wollte ich alleine mit Mario darüber sprechen, nicht im Beisein von Myriam.

Doch Zurückhaltung war ein schwieriges Unterfangen, da für Myriam das Thema noch lange nicht gegessen war. Sie fuhr mit aller Schärfe weiter.

»Familienfrieden, ha, dass ich nicht lache. Wo ist denn da so etwas Ähnliches wie ein Familienfriede?

Friede beruht, soviel ich weiß, auf Gegenseitigkeit. Oder liege ich da falsch? Doch dein so genannter Friede wird nur von deiner Seite aus gewahrt. Nicht nur, dass deine Familie dich über den Tisch zieht, nein sie lebt auch gut und gern von deinem Geld. Ein verdammt teuer bezahlter Friede«, schloss sie ihre Ausführungen.

›Na ja, wo sie recht hat, hat sie recht‹, dachte ich wieder bei mir ... aber mich ging das alles im Prinzip nichts an. Außerdem, und das war jedem klar, war Myriam die Letzte, die aktiv zum Familienfrieden beitrug. Sie schoss Pfeile ab, wo sie nur konnte und machte sich ein Vergnügen daraus, Sprachlosigkeit zu verbreiten. Ich schwieg noch immer. Wenn ich mich jetzt dazu geäußert hätte, dazu kannte ich sie zu gut, wäre es irgendwann im Verlauf des Gesprächs zu einem Kleinkrieg ausgeartet. Das wollte ich tunlichst vermeiden.

Nach einer kurzen Zeit des Schweigens, während Myriam Antwort heischend von einem zum anderen blickte, nahm sie das Wort wieder auf.

»Oh, das große Schweigen. Da sitzen sie vor mir, die drei Affen: nichts sehen, nichts hören, nichts sagen.«

Noch immer ließ ich mich nicht zu einem Kommentar hinreißen. Ebenso wenig Esther und Mario.

»Na ja«, sagte Myriam schließlich, »dann spiele ich den Alleinunterhalter. Wie findest du das Zama? Der nichtsnutzige Versager Alessandro ist seit neustem auch bei Mario beschäftigt. Nachdem er nicht gelernt hatte, auf seinen eigenen Patsche-Füßchen zu stehen – immerhin setzte er seinen mit Staatshilfe aufgebauten Handwerksbetrieb trotz Marios Unterstützung in den Sand – muss natürlich Marios Polster herhalten. Schließlich soll der kleine Alessandro, das verwöhnte Bürschchen, schön weich liegen, wenn er wieder auf die Schnauze fällt.«

Ich schaute überrascht zu Mario. »Stimmt das? Arbeitet Alessandro jetzt bei dir?«

Myriam schaute nun ziemlich selbstzufrieden darüber, dass ich endlich auch begann, mich dazu zu äußern.

»Ja. Ich kann ihn doch nicht hängen lassen«, bestätigte Mario fast ein bisschen reumütig, dennoch mit vorwurfsvollem Seitenblick zu Myriam.

»Also da fehlt mir wirklich auch jedes Verständnis, Mario. Alessandro ist siebenundzwanzig Jahre alt. Du hast doch nicht lebenslange Verantwortung ihm gegenüber.«

»Ich bin ja gespannt, wie lange es geht, bis Alessandro-Bubi dafür gesorgt hat, dass auch unser Geschäft den Bach ab geht«, warf Myriam an mich gerichtet ein und zu Mario, »und wie er jetzt schon mit den Kunden umspringt, wird es auch nicht mehr allzu lange dauern. Auf Alessandro ist kein Verlass, und das weißt du so gut wie ich. Wie oft musstest du immer wieder ins Lot bringen, was der vergeigt hat?«

*

Nun, Myriam hatte recht. Die Geschäfte gingen immer schlechter. Alessandro verlor seinen Job bei Mario. Aber nicht nur Alessandro hatte mit seiner Unzuverlässigkeit dafür gesorgt. Es war auch so, dass die Leute für Luxusartikel nicht mehr gerne so viel Geld locker machten. Die Konkurrenz, die Bänke, Säulen und Figuren aus Zement goss, setzte der Steinmetz- und Bildhauerkunst ziemlich zu. Für die junge Familie Galanis wurde es eng. Myriam weinte sich bei ihrer Mutter aus, weil viele kleine Rechnungen nicht mehr beglichen werden konnten. Auch mit den Zahlungen der Sozialabgaben lag Mario ziemlich im Rückstand. Mit unserem Scheckheft reiste Esther von Büro zu Büro, um die offenen Rechnungen zu begleichen. Für einmal konnte sie aus dieser Krise helfen. Erst jetzt merkte Mario, wie er hintergangen wurde und er würde weiter einen nahezu erfolglosen Kampf führen müssen.

Allen Krisen zum Trotz, Mario war ein geschickter Verkäufer, ging es bald wieder aufwärts. Er knüpfte nämlich gute Kontakte, vor allen Dingen zur gehobenen Gesellschaft und davon gab es in Südfrankreich mehr als genug. Er wusste, dass diese so genannten Bessergestellten keine aus Zement gegossenen ›Kunstwerke‹, so denn diese als Kunstwerke bezeichnet werden konnten, kaufen würden, um sich mit dem Luxus, den nur sie sich leisten konnten, vom normalen Volk abzuheben.

Die Geschäfte liefen wieder an und Mario zahlte alles geliehene Geld an uns zurück. Doch diese Erfah-

rung war ein Dämpfer, der ihn ziemlich aufrüttelte ...
dennoch immer noch nicht genug.

*

Ich selbst hatte 1994 endlich meinen Traum wahr
gemacht. Auf meinem vor vier Jahren erworbenen
Grundstück entstand etwas höher gelegen über dem
Meer eine Villa, meine Traumvilla.

Ich habe Esther als Miteigentümerin ins Grundbuch
eintragen lassen, denn nach dem damals immer noch
geltenden *Code Napoléon* würde Esther bei meinem
vorzeitigen Ableben nichts gehören. Alles würde dann
an meine Familie fallen, das hieß an meine Eltern und
meinen jüngeren Bruder. Esther könnten sie in diesem
Fall ohne Probleme hinauswerfen und dieses Schicksal
wollte ich ihr natürlich ersparen, denn ich liebte meine
Frau. Erst 2003 übrigens wurde dieses ungerechte
frauenfeindliche Gesetz durch Sarkozy geändert.

So lange lief bei Esther und mir alles bestens. Wir
konnten zufrieden sein, denn wir hatten ein wunderschönes Haus, wir hatten ein gutes Auskommen, und
somit nicht zu klagen. Doch dann schlug das Schicksal
unbarmherzig zu.

Zwei Jahre nachdem wir in unsere Traumvilla ein-
gezogen waren, erkrankte Esther an Krebs.

Kapitel 4

Alessandro hingegen trieb weiter sein Unwesen, hatte seine Frauengeschichten und dummerweise schwängerte er auch noch eine Tunesierin. Er arbeitete schon nicht mehr bei Mario, als sein Sohn Raymond geboren wurde und er mit der Auserwählten zusammenzog. Sein Hang zum Alkohol tat das seinige, ihn langsam aber sicher in den Ruin zu treiben. Er rappelte sich zwar immer wieder auf, unterzog sich Entzugstherapien, wurde rückfällig und therapierte wieder, doch ein vernünftiger, verantwortungsbewusster, dem Alkohol entsagender Mensch wurde er nie. Nach einem halben Jahr des Zusammenlebens mit der Araberin, hatte er von ihr genug und er ging weiter auf Eroberungstour.

Nach einer kurzen leidenschaftlichen und hemmungslosen Jagdzeit auf das weibliche Geschlecht, zog er sich schließlich eine Neue, eine Rothaarige inklusive unehelichem Sohn an Land.

Mario erzählte mir von Alessandros neuer, wie er es nannte, ekligen Errungenschaft: »Weißt du Zama, ich habe wirklich nach Vorzügen bei Scarlett gesucht, bin aber nicht fündig geworden. Auch nicht, dass zumindest ihr Charakterzug einen hätte mit ihrem widerlichen Erscheinungsbild versöhnen können. Es ist einfach nichts Ansprechendes da. Nun ja, ich nehme an, dass sie Alessandros Wertvorstellungen, die von den meinigen wohl krass abweichen müssen, wahrscheinlich in irgendeiner Form entsprach, sonst hätte er sie sich doch nicht angelacht.«

»Na ja, vielleicht hat *sie* ihn sich ja angelacht. Zumindest vom Aussehen her ist er ein guter Fang«, kehrte ich die Wer-hat-wen-angelacht-Story ins Gegenteil.

»Und du sagst, dass er sich mit dieser Frau auch gleich noch einen unehelichen Sohn einhandelte? Wie alt ist denn der Racker?«, fragte ich neugierig.

»Sechzehn. Mit diesem Halbwüchsigen hat er so seine liebe Not, denn regelmäßig prügeln sich die beiden. Nicht nur einmal wurde die Polizei gerufen, damit sie die Prügeleien zwischen den beiden Streithähnen schlichte.«

Ich schüttelte nur den Kopf ob so viel Unvernunft und Dummheit. »Hat er jetzt wenigstens Arbeit?«

»Hatte! … Aber die Stelle Ambulanzfahrer, zu der er sich durch staatliche Förderung ausbilden ließ, hatte er sich wegen dauernder Krankmeldungen verspielt. Jetzt ist er erneut arbeitslos.«

»Du siehst Mario, Alessandro ist nicht zu retten. Myriam hatte damals mit ihrer Kritik schon recht. Bis jetzt haben doch wirklich alle auf deine Kosten gut gelebt. Diesen Schuh, dich für alle und alles verantwortlich zu fühlen, hättest du dir nicht anzuziehen brauchen.«

Als ich von Myriam sprach verdüsterte sich Marios Gesicht. Seine Augen wirkten traurig. Ich legte eine

Hand auf seine Schulter und fragte ihn. »Was bedrückt dich Mario?«

»Nichts«, sagte er nur kurz angebunden.

»Komm Mario, sag mir, was los ist. Gibt es Probleme mit dem Geschäft?«

»Nein.«

»Was dann? Herr Gott Mario … ich sehe doch, dass etwas nicht stimmt.«

»Ach, es ist einerseits wegen Myriam und andererseits … na ja wegen Jérôme.«

»Was ist mit den beiden?«, fragte ich neugierig.

»Myriam und ich … wir entfernen uns immer mehr voneinander. Aber das Schlimmste ist, sie entzieht mir Jérôme und der wiederum legt ein äußerst seltsames Verhalten an den Tag. Bei seiner Erziehung habe ich längst nicht mehr mitzureden und unter Myriams Fittichen ist er total verzogen. Sie lässt ihm alles durchgehen. Unser Hund Fino, der unter meiner Erziehungsgewalt steht, ist weit besser erzogen als Jérôme.«

Was Mario mir hier erzählte, ist mir längst aufgefallen. Dennoch wollte ich es nicht wahr haben. Es tat mir so unendlich weh, zu sehen, wie Myriam ihren Sohn für ihre Zwecke benutzte. Ich schaute in Marios traurige Augen, legte ihm schließlich einen Arm um die Schultern und bat ihn, dass wir ein paar Schritte zusammen gehen. Er nickte nur.

Während wir die Anhöhe entlang spazierten, erzählte Mario mir seine traurige Geschichte weiter.

»Was mich aber noch mehr bedrückt ist …«, Mario zögerte einen Moment, konnte nicht weiterreden. Dann nahm er nochmals einen Anlauf und erklärte schonungslos, dass Jérôme deutliche Anzeichen eines soziopathischen Verhaltens zeige.

Ich blieb abrupt stehen und starrte ihn verblüfft an. »Wie kommst du denn darauf?«

»Er zeigt ganz typische sadistische Züge. Ich kam dazu, wie er Fino quälte. Als ich ihn von ihm wegriss, zuckte er nur mit den Achseln, als wäre es das normalste von der Welt, dass man ein Tier quält. Ein andermal sah ich, wie er einem Maikäfer lebendig die Flügel ausriss und ihn dann zu Boden warf. Einmal hielt er ein brennendes Streichholz an einen Regenwurm und genoss es sichtlich, wie dieser sich wand. Er hat keinerlei Mitgefühl mit der Kreatur, empfindet weder Schuld noch Reue, und das mit sieben Jahren. Schon die Lehrerin hatte uns darauf aufmerksam gemacht, dass Jérôme im Schulalltag ein auffälliges Verhalten an den Tag legt. Er kennt nur sich und seine Wünsche und übergeht die anderen. Er lügt und weigert sich, sich den Schulregeln unterzuordnen oder sich Gruppen anzupassen.«

Ich war schockiert. »Das ist ja schrecklich, was du da erzählst. Was sagt denn Myriam dazu?«

»Myriam? Du kennst sie doch. Die will von alledem nichts wissen. Wenn's dann spitz auf spitz kommt, nimmt sie ihn einfach von der Schule, um ihn in eine andere zu stecken. Wenn ich mir seinetwegen Sorgen mache oder irgendeinen Verdacht äußere, der nicht in ihr Weltbild passt, winkt sie nur abfällig ab und sagt

›du übertreibst mal wieder, wie immer‹. Meist enden unsere Gespräche in handfestem Streit. Wir fechten dann richtig schlimme Kämpfe aus. Ich wollte, dass Jérôme mal einem Arzt vorgestellt wird, damit er noch rechtzeitig therapiert werden kann. Davon will sie aber auch nichts wissen. Sie schrie mich an und sagte ›du willst doch nicht behaupten, dass unser Sohn ein Psycho ist? Ich glaube, du bist total übergeschnappt. Ich schlage dir vor, dass DU dich mal therapieren lässt, statt unser Sohn‹.«

Mario seufzte tief. »Ach Zama, mein Sohn ist nicht mehr mein Sohn und unsere Ehe ist keine Ehe mehr. Ja, ich denke, dass es nur noch eine Frage der Zeit ist, bis wir erkennen, dass die Scherben unserer Ehe nicht mehr zu kitten sind.«

»Mario, gib nicht auf, vielleicht regelt sich alles wieder. Jede Ehe macht mal eine Krise durch. Man darf die Flinte nicht gleich ins Korn werfen. Vielleicht hilft ein Gespräch.« In dem Moment, als ich ein klärendes Gespräch vorschlug, bezweifelte ich auch gleich schon wieder Sinn und Erfolg einer Aussprache. Ich hatte wirklich keine Hoffnung, denn ich wusste, dass es nur Wunschdenken war … reine Illusion. Ich kannte Myriam zu gut, um zu wissen, dass ein vernünftiges Gespräch mit ihr nicht möglich war. Es wäre, als wolle man einem Affen das Sprechen beibringen.

Doch es lag mir daran, Mario jetzt erst mal zu beruhigen. »Die Sache mit Jérôme hört sich zwar schlimm an, aber vielleicht siehst du alles viel zu schwarz und das Problem legt sich irgendwann von selbst, wenn Jérôme erst mal älter ist. Dann stellt sich vielleicht heraus, dass alle Sorge umsonst war. Ich erzählte dir doch, welch Scheusal Antoinette als Kind und Jugendliche war. Ich glaube, das liegt ein bisschen in den Clermont-Genen. Sie zeigte nämlich ähnliche Charakterzüge wie du sie eben bei Jérôme beschrieben hattest und sie brachte mich damit schier an den Rand der Verzweiflung. Dennoch hatte sie sich gut entwickelt, hat sogar studiert. Und ihr Sohn macht sich ebenfalls sehr gut sowohl in der Schule als auch vom Benehmen her. Er ist im Lycée <u>Jahrgangsbester</u>. Du siehst also, alles ist noch offen, auch für Jérôme.«

Ich weiß nicht, ob ich Mario mit meinem Tröstungsversuch etwas beruhigen konnte. Er lächelte nur müde. Ich denke, dass er mir zu gerne geglaubt hätte.

Doch, glaubte ich wirklich selbst daran, was ich soeben von mir gab? Dieses Gespräch mit Mario machte mich unendlich traurig und nachdenklich.

*

Alles ging seinen Weg, als wäre er schon von überirdischer Macht vorgegeben.

In Marios Ehe kriselte es weiter. Die Krisen steigerten sich laufend und eskalierten zu einem ehelichen Schlachtfeld. Jérôme verbrachte mittlerweile mehr Zeit bei seiner Nonna Concetta, als bei seiner Mutter und Myriam nutzte die Krise und die neu gewonnene Freiheit, den Kontakt zu ihrem ehemaligen Freundeskreis wieder aufzunehmen und vor allen Dingen sehr eng und intim zu vertiefen. Um von ihrem Doppelleben abzulenken, tat sie so, als wäre sie an einem Neuanfang interessiert und heckte einen raffinierten Plan aus. Sie wusste, wie gerne Mario Motorrad fuhr und so riet sie ihm, dass er sich doch neben seiner 1100er Yamaha Drag Star, zur Entspannung wieder ein Trial-Motorrad kaufen solle, um an den Wochenenden wie früher mit Freunden Querfeldeinfahrten zu unternehmen. Er bräuchte doch auch mal etwas Abwechslung, meinte sie freundschaftlich, da er doch so viel arbeite. Sie selbst nutzte diese freien Wochenenden, um im Hinterland zu einem gemeinsamen Freund zu fahren. Er war der erste einer künftigen Reihe von Liebhabern, der Myriam bestiegen hatte. Mario merkte nichts davon. Irgendwann beschränkte Myriam sich nicht mehr auf die freien Wochenenden und so mussten ihre Freundinnen herhalten, die ihr Alibis gaben, wenn sie mal zwei Nächte nicht nach Hause kam. Myriam hatte sogar die Dreistigkeit, ihre Mutter zu bitten, ihr gelegentlich ein Alibi zu geben.

»Ich gebe mich für deine niederträchtigen Spielchen nicht her. Ich finde das widerlich und ich kann dein Verhalten nicht goutieren. Ich überlege, ob ich Mario warnen sollte«, sagte sie enttäuscht über ihre Tochter.

»Tu's doch, wenn du unserer Ehe den Todesstoß verpassen willst. Dann brauche ich mir darüber nämlich nicht mehr meinen Kopf zu zermartern«, war Myriams eiskalte Antwort.

Esther wich erschrocken zurück. Sie war schockiert und schüttelte nur traurig den Kopf.

»Tu nicht so entrüstet«, kommentierte Myriam kaltschnäuzig das Verhalten der Mutter, »du bist meine Mutter und du hast mich erzogen. Ich bin so geworden, wie du mich geformt hast. Wie sagt man immer:

›*Eltern haben die Kinder, die sie verdienen*‹. Das ist ein ungeschriebenes Gesetz.«

»Ja das sagen sie alle, die die Verantwortung für ihr eigenes Tun nicht selbst übernehmen wollen. Es sind immer die anderen, die schuld sind. Das vereinfacht alles ungemein. Und wenn du schon von Erziehung sprechen willst, dein Vater war es, der meine und Zamas Erziehungsbemühungen regelmäßig zunichtemachte.«

»Ach lass mich in Ruhe«, antwortete Myriam, der auf diese Äußerung das passende Gegenargument fehlte. Es gab darauf nämlich nichts mehr zu sagen, ohne dass sie es selbst unpassend gefunden hätte.

Diese Diskussion fand zu der Zeit statt, als Esthers Krankheit ziemlich fortgeschritten war, denn mit dem 1996 erstmals diagnostizierten Krebs begann ihr langsames Siechtum. Den Kindern hatte sie nie davon erzählt. Sie wollte nicht, dass sie sich Sorgen machten. Nach diesem Gespräch war sie innerlich schmerzhaft berührt. Sie wandte sich ab und weinte. Myriam war so eiskalt und von sich selbst überzeugt, dass sie von all dem nichts mitbekam.

*

Neben den Eheproblemen hatte Mario jedoch noch ganz andere Sorgen. 2002 war er wegen seiner hohen Verschuldung gezwungen, sein wunderschönes Haus unter Wert zu verkaufen. Nicht, dass er keinen respektablen Preis dafür erzielt hätte. Wenn ich ›*unter Wert*‹ sage, meinte ich, dass der ideelle Wert nicht erzielt werden konnte, dennoch war es sehr viel Geld, das er jetzt zur Verfügung hatte. Myriam war über den Verkauf der Villa ziemlich wütend, denn sie hatte sich in der feudalen Residenz immer ein bisschen als die Lady höheren Standards gefühlt. Mit diesem Vornehmheits-Dünkel, den sie schon als Erbe des Clermontclans mitbrachte, und der hier zerstört wurde, wurde auch der Glaube an die Weiterführung ihrer Ehe endgültig zerstört. Im Grunde war es kein Glaube an die Ehe mehr, sondern ein Festhalten an Statussymbolen.

Mario erzielte aus dem Verkauf seiner Villa genug Erlös, um seine Schulden zu tilgen und sich ein etwas kleineres zweistöckiges Einfamilienhaus in der Nähe eines Parks in Rognac und zwei kleine Pavillions im französischen Hinterland sowie ein Ferienstudio im Val d'Allos, einem schönen Skigebiet, zu kaufen, die er alle vermietete.

*

Dann kam für uns alle der große Schlag. Esther erlag im April 2003 zweiundsiebzigjährig ihrer schweren Krankheit. Für ihre Kinder kam es überraschend, denn Esther hatte bis anhin nie geklagt. Nein, sie hatte ihre Krankheit geheim gehalten und sie verbot auch mir, darüber zu sprechen. Ich respektierte ihren Wunsch.

Es war sehr schlimm, unerträglich. Die Einzige der in den Clermontclan eingeheirateten Mitglieder, die menschliche Züge und Liebe zeigte, war von dieser Welt gegangen. Übrig blieben drei Töchter, wovon zwei unerträglich waren und die dritte sich in ihr eigenes Familienleben in Nizza zurückzog. Es war unsere Murielle, die sich trotz ihrer Legasthenie normal entwickelte. Die Bestattung war eine einzige Tragödie. Alle drei Töchter standen am offenen Grab und schluchzten laut. Myriam, die am meisten Kontakt mit der Mutter hatte, litt ganz besonders unter der Trauer. Vielleicht schämte sie sich jetzt auch, dass sie ihrer Mutter gegenüber so oft sehr gehässig war. »Warum hast du uns nie davon erzählt, Zama?«, fragte mich Myriam.

»Deine Mutter wollte es nicht. Sie wollte Euch nicht beunruhigen. Kann es sein, dass dich jetzt das Gewissen plagt, weil du so gehässig zu ihr warst? Oder hättest du mit diesem Wissen vielleicht ein anderes Verhalten an den Tag gelegt?«

»Du bist gemein«, sagte sie schluchzend. Aber sie wusste, dass ich recht hatte. Doch jetzt war es zu spät. Sie konnte sich nicht mehr bei ihrer Mutter entschuldigen. Ich war überzeugt, dass es genau das war, was sie so schmerzte.

Die geschwächten Säulen ihrer Ehe sackten unter der Last ihrer Trauer letztendlich zusammen. Die Ehe mit Mario war auf dem Nullpunkt angelangt.

Kapitel 5

2004 ließ Myriam sich von Mario scheiden und damit begann für ihn eine neue Misere. Er wurde für Jahre hinaus zur Zahlung hoher Unterhaltsbeiträge für beide verurteilt. Die Berechnung der Beiträge ließ ihm nicht übermäßig viel Raum für große Sprünge, zumindest nicht in Bezug auf seinen bisherigen aufwändigen Lebensstil. Es waren 2'100 Euro die er monatlich an seine Exfrau und den vierzehnjährigen, missratenen, total verzogenen Sohn abdrücken musste. Dass er Myriam sowohl das Haus als auch das Studio im Val d'Allos überließ, also weit mehr als ihr eigentlich zustand, war für sie eine Selbstverständlichkeit und mein Einwand, dass sie sich doch damit zufrieden geben und zumindest von den monatlichen Forderungen an sie etwas abrücken könnte, zog bei ihr nicht. Sie hat Anspruch auf Unterhalt, basta. Na ja, wer wollte sich schon so etwas wie monatlich 1'400 Euro auf zwei Jahre hinaus entgehen lassen? Zusammen mit den 700 Euro für Jérôme hatten sie beide mehr als mancher Arbeitnehmer, der acht Stunden täglich malochte und damit eine mehrköpfige Familie zu ernähren hatte.

Doch der Geschäftsmann Mario war ein wahrer Überlebenskünstler. Es ist wirklich erstaunlich, wie alles, was er anfasste zu Gold wurde. Er kaufte sich zu einem absoluten Schnäppchenpreis eine Dreizimmerwohnung, die er knapp drei Jahre später mit einem Gewinn von 60'000 EUR wieder verkaufte. Er schaffte es immer wieder, sich aus Talsohlen herauszuhangeln, so dass er nie untergehen musste.

*

Mario und ich blieben in stets gutem Kontakt zueinander. Im September 2005, ich war gerade von einem längeren Aufenthalt in Kenia zurückgekehrt, besuchte er mich überraschend in meinem Haus. Wir saßen auf meiner riesigen Veranda und schlürften einen Rotwein und sahen über das Meer. Es war ein herrlich warmer Spätsommerabend und wir genossen die Zweisamkeit. Ich liebte diesen ruhigen Mario. Von meinen Adoptivtöchtern sah und hörte ich nach Esthers Tod erst mal nichts mehr. Oder sagen wir es mal so. Ich sah sie anlässlich der Erbabrechnung beim Notar das letzte Mal. Dieser Anlass hatte nicht nur bei mir, sondern auch bei dem alten Herrn Notar seine äußerst negativen Eindrücke hinterlassen. Ich denke mal, dass er in seinem Büro selten ein solches Tauziehen um Erbanteile erlebte. Und, dass die Gören mir einen Gerichtsvollzieher ins Haus schickten, damit der in Gegenwart des Notars alle Wertsachen in der Wohnung notierte und zu diesem Zweck sogar alle Teller zählen musste, war bezeichnend. Es zeigte mal wieder, worum ihr Interesse sich drehte.

»Zama«, begann Mario mit leuchtenden Augen, »ich muss dir etwas sagen«. Er sagte es fast ein bisschen feierlich und sah dabei sehr glücklich aus.

»Nanu«, feixte ich fragend, »gibt es freudige Neuigkeiten?«

Er schmunzelte. »Ich habe mich verliebt.«

»Oh-la-la, was höre ich da? Und wer ist die Auserwählte?«

»Sie heißt Stéphanie und stammt aus Paris. Sie machte Urlaub bei uns am See. Zama, ich habe mich Hals über Kopf in sie verliebt. Sie ist eine wunderbare Frau.«

»Wie alt, was macht sie beruflich?«, ließ meine Neugierde mich fragen. Im selben Moment musste ich schmunzeln, weil ich mich eben wie ein Vater benahm, der seinen Sohn in guten Händen wissen wollte. Aber wenn ich ehrlich war, lag mir auch sehr viel daran, dass er eine Frau finden würde, die erstens zu im passte und zweitens einfach liebevoller war als Myriam. Das war mein größter Herzenswunsch für ihn.

»Sie ist wie Myriam ein Jahr älter als ich und sie ist Beamtin. Eine kluge Frau mit Anstand … nein mit Vornehmheit … sie hat etwas Aristokratisches in ihrer edlen Zurückhaltung, ohne abweisend zu wirken«, schwärmte er mir von Stéphanie vor. »Und sie hat drei erwachsene Töchter«, beendete Mario seinen Rapport.

»Hm, das kommt mir bekannt vor«, sagte ich mit etwas Skepsis in meiner Stimme.

»Nee, Zama, die Mädels sind alle gut geraten. Kein Wunder bei der Mutter. Die sind in harmonischer Umgebung liebevoll aufgewachsen. Mach dir also keine Sorgen Zama. Es wird nicht so herauskommen, wie bei deiner Ehe mit Esther und ihren drei Töchtern.«

»Nun, das freut mich wirklich sehr, Mario. Ich habe dir von ganzem Herzen eine gute Frau gewünscht. Du hast es wirklich verdient«, kommentierte ich seine Beschreibung. »Und, natürlich hoffe ich auch, dass dein

Urteilvermögen betreffend der drei Töchter dir keinen Streich spielt.«

»Zama, da kannst du dir hundertprozentig sicher sein«, versuchte Mario meine Zweifel wegzuwischen. Er strahlte vor Glück und schließlich meinte er: »Ich hoffe, dass ich mich trotzdem als Teil deiner Familie sehen und dich weiter besuchen darf, auch wenn ich mit Stéphanie vielleicht irgendwann einmal verheiratet sein sollte.«

»Mario, was sagst du da? Für mich bist du ein Sohn, für den ich alles tun würde. Ich müsste angesichts einer solchen Frage fast ein bisschen eingeschnappt sein«, antwortete ich und Mario lächelte verlegen und bedankte sich für die Zuneigung, die ich ihm entgegenbrachte.

Nach einer kurzen Pause sagte ich: »Ich habe auch etwas Neues zu berichten.«

Nun war es Mario, der gespannt auf mich schaute, um von meiner Neuigkeit zu erfahren.

»Ich habe mich verliebt«, sagte auch ich ohne Umschweife im genau gleichen Tonfall, wie Mario zuvor seine Lovestory begann.

Nach diesem Bekenntnis gab es zuerst mal ein abruptes Schweigen, während Mario mich erstaunt fragend anschaute.

»Ah, dein Blick verrät mir, dass du glaubst, ein so alter Knabe wie ich es bin, könnte sich nicht mehr verlieben?«, fragte ich mit spaßigem Unterton in meiner Stimme.

»Ähm, Entschuldigung Zama ... ähm nein, das meinte ich natürlich nicht, aber ich war dennoch überrascht. Ähm, vielleicht hat das schon mit deinem Alter etwas zu tun ... na ja, ich dachte halt nicht, dass du dich mit sechsundsiebzig nochmals verlieben würdest. Nun, wir Jungen müssen doch noch einiges lernen. Sorry, wenn ich jetzt ein bisschen doof aus der Wäsche geschaut habe und so selten dämlich herumstotterte.«

Ich legte meine Hand auf seine und lächelte.

»Mario, du brauchst dich nicht zu entschuldigen. Ich weiß, dass es nicht gerade eine alltägliche Situation ist, wenn ältere Menschen sich nochmals in eine Partnerschaft wagen.«

»Ja ... so richtig Partnerschaft und so ...?«, fragte er etwas ungläubig.

»Ja, ja, so richtig Partnerschaft und so ...«, lächelte ich.

»Und, wer ist sie, wie alt und ... na ja, was sie beruflich macht, denke ich, muss ich jetzt nicht mehr fragen.«

Ich lachte laut heraus, auch deshalb weil die Fragerunde in umgekehrter Form genau gleich weitergeführt wurde.

»Sie heißt Anne, ist zehn Jahre jünger als ich und lebt seit zehn Jahren in Kenia, das heißt, sie hat dort mit ihrem damaligen Partner ein eigenes Resort aufgebaut und auch nach der Trennung erfolgreich geleitet. Ich hatte sie dort im Resort kennengelernt. Und Mario, sie ist noch heute eine wunderschöne Frau. Ihr Alter sieht man ihr nicht an. Sie wirkt jung und sportlich mit ihrer schlanken schönen Figur. Sie hat noch volles kinnlanges Haar, und wenn sie dieses offen trägt, sieht sie aus wie ein junges Mädchen.«

»Wow, das ist ja 'n Ding«, sagte Mario mit einer Spur von Bewunderung. »Nun, dir würde man das wahre Alter ja auch nicht geben. Schon alleine dein spitzbübischer Ausdruck in deinen Augen, dein prickelnder Humor, dein schelmisches Lächeln und das noch volle dunkle, leger gekämmte Haar geben deinem Äußeren fast etwas Jungenhaftes«, fügte er anerkennend hinzu.

»Oh, danke, danke für diese schönen Attribute zu meiner Person. Du hast mich eben jung gemacht. Das lässt mich meine Altersbeschwerden für einmal vergessen«, lachte ich und abschließend stellte ich fest. »Auf jeden Fall freue ich mich, dass das Glück uns beiden nun auch mal wieder hold zu sein scheint.« Ich hob das Glas, um mit Mario auf die Neuigkeiten anzustoßen und unser Glück zu begießen. »Auf dass es uns durchs weitere Leben begleitet.«

*

Indessen Mario sollte noch auf sein Glück warten müssen. Nicht wegen Stéphanie. Die beiden liebten sich wirklich. Das Leben hätte wahrlich schön sein können. Der Geschäftsverlauf schwankte zwar immer ein bisschen; einmal lief es gut, dann gab es wieder Einbrüche, aber im Großen und Ganzen konnte er immer noch gut leben, auch wenn die kommende Weltwirtschaftskrise, die sich in manchen Branchen, insbesondere im Luxusgüterbereich zu jenem Zeitpunkt schon stark bemerkbar machte, sich zusehends auf Marios Geschäfte auszuwirken begann. Es würde nur noch eine Frage der Zeit sein, bis Marios Handwerkskunst von der Krise voll erfasst sein und er sich wirklich mageren Zeiten gegenübersehen würde. Doch daran wollte Mario noch nicht denken.

Nein es war seine Exfrau, die vor Gier ihren Hals nicht vollkriegen konnte. Zwei Jahre lang kassierte sie munter Monat für Monat 2'100 Euro für sich und Jérôme. Zwar entfiel ab Ende 2006 ihr Unterhaltsanspruch, doch die 700 Euro für Jérôme waren immer noch ein willkommenes Zubrot zu ihren monatlichen Einkünften als Sekretärin und den Einkünften ihres Lovers.

Jérômes Verhalten hatte sich nie gebessert und der von Mario gehegte Verdacht, schien sich immer mehr erhärtet zu haben.

Inzwischen hatte die Krise auch Marios Geschäft voll im Griff. Als seine Auftragslage endgültig drastisch einbrach, fühlte er sich mit den hohen Unterhaltsbeiträgen für Jérôme überfordert und so kürzte er 2007 seine Zahlungen auf 150 EUR im Monat. Er sah in der misslichen Lage, in der er sich unverschuldet befand, nicht ein, dass die drei – Myriam inklusive Lover und Jérôme – ein schönes Leben führten, während er, Mario, nun zu knappern hatte und nicht wusste, wie er diese wirtschaftlich schlechte Zeit überstehen sollte. Verständlich zwar, aber blauäugig. Er würde nicht darum herumkommen, solange der Junge noch in Ausbildung war. Jérôme hatte nämlich vor zwei Jahren eine Gärtnerlehre begonnen. Mario hätte wissen müssen, dass für Kinder in Ausbildung immer Unterhaltspflicht besteht und zwar in der vom Gericht errechneten Höhe, unabhängig vom Einkommen des Elternteils, bei dem das Kind lebte. Und solange der Lover nicht mit Myriam zusammenlebte, zählte sein Einkommen sowieso nicht.

Wie zu erwarten war, wollten weder Myriam noch Jérôme sich mit diesen 150 Euros zufrieden geben. Man durfte nicht auf deren Mitgefühl oder zumindest Verständnis für Marios Lage hoffen. Ganz klar, dass sie auf die 700 Euro für Jérôme bestanden. Und so kam es natürlich zum Prozess. Obwohl Mario seine wirtschaftlich schlechte Lage schwarz auf weiß belegen konnte, verurteilte das Gericht ihn, weiterhin zu diesen immensen Unterhaltszahlungen, für seinen Sohn. Um der Ungerechtigkeit die Krone aufzusetzen, das ist französische Gerichtsbarkeit, wurde er außerdem auf Bewährung zu zwei Monaten Gefängnis verurteilt. Des Weiteren wurde ihm ein mindestens zweijähriges Ausreiseverbot aus Frankreich aufgebrummt. Inzwischen ist sein Fall beim Berufungsgericht. Ich hatte Mario die Aussichtslosigkeit einer Berufung zwar erklärt, aber er wollte es dennoch versuchen.

Mitte 2007 zog Stéphanie endgültig zu Mario. Mit dem Erlös inklusive großem Gewinn, den Mario aus dem Verkauf seiner Drei-Zimmer-Wohnung erzielte, kaufte er ein hübsches Häuschen, das er auf Stéphanie eintragen ließ, so dass er keinen Besitz vorzuweisen hatte, den man ihm hätte wegnehmen können, und somit lebte Mario bei Stéphanie und nicht umgekehrt. Er hatte im Moment zu geringe Einkünfte, um leben zu können, und er fand, dass es nicht gerechtfertigt war, ihm die letzte Lebensgrundlage unter dem Hintern wegzunehmen, um seinem Sohn ein Leben in Saus und Braus zu bieten. Schließlich brauchte Mario ja noch etwas auf der hohen Kante, womit er im Alter leben konnte. Stéphanie arbeitete als Beamtin in der Verwaltung von Aix-en-Provence. Wenigstens halfen ihre Einkünfte den beiden, gut über die Runden zu kommen.

Jérôme, der die Wochenenden von Gesetzes wegen immer wieder mal bei seinem Vater verbrachte, beklagte sich bei seiner Mutter, dass er gezwungen sei, aus Vaters Schlafzimmer die typischen Stöhngeräusche eines Matratzensport treibenden Paares mit anhören zu müssen. Dabei muss man betonen, dass er mit seinen siebzehn Jahren kein Kind von Traurigkeit war und auf diesem Gebiet selbst schon reichlich Erfahrungen gesammelt hatte.

Myriam rief daraufhin natürlich prompt bei Mario an, um ihm die Leviten zu lesen. Sie fragte ihn, ob er eigentlich noch bei Sinnen sei, dem Jungen die erotischen Laute seiner sexuellen Eskapaden mit einer billigen Nutte zuzumuten. Mario antwortete ihr darauf, dass jemand, der im Glashaus sitzt, nicht mit Steinen werfen solle, denn er frage sich, wer denn wohl hier die Nutte sei? Seine Freundin Stéphanie, die mit ihm in einer festen Beziehung lebe oder sie, Myriam, die mit mindestens fünf Liebhabern, das seien die, wovon er persönlich wisse, Ehebruch beging. Und außerdem, so meinte er, wenn Myriam beliebe, mit ihrem jetzigen Lover im Schlafzimmer den Rosenkranz zu beten, sei das ihre Sache. Er habe dazu keine Lust. Das war für

Myriam Grund genug, Mario einen Mitarbeiter des Jugendamts auf den Hals zu schicken, der ihm beibringen solle, wie er sich vor Augen und Ohren eines Jugendlichen zu verhalten habe. Daraufhin verzichtete Mario auf die Besuche seines Sohnes.

*

Anne, die mittlerweile auch schon die meiste Zeit bei mir lebte, war gerade in Deutschland, um nach fast zwölfjähriger Abwesenheit wieder mal nach dem Rechten zu sehen. Sie besaß in der Nähe von Mannheim ihr kleines geliebtes Häuschen, in dem vorübergehend ihr Sohn Stephan lebte. Just zu dieser Zeit besuchte Mario mich in meinem Haus in Südfrankreich. Er wollte einerseits Anne kennenlernen, was ja nun nicht möglich war, und andererseits wollte er, dass ich Stéphanie kennenlernte. Er hatte wahrhaftig nicht übertrieben, als er Stéphanie damals beschrieb. Sie war eine wundervolle Frau. Ihre ebenmäßigen Gesichtszüge waren ernst, ihre Statur zierlich, ihre Sprache gepflegt. Man spürte, dass sie sehr gebildet war. Ich hatte sie natürlich gleich ins Herz geschlossen.

Wir saßen gerade bei Kaffee und Kuchen, als das Gespräch wieder auf das leidige Thema Jérôme kam, diesen verzogenen ungehörigen Bengel, der wahrscheinlich nicht mal wusste, wie man das Wort Anstand schrieb, geschweige denn davon nur eine Spur besaß.

»Dass ich in meinem Sohn einen Taugenichts zeugte, muss wohl an den Genen der beiden Abstammungsfamilien liegen«, beschrieb Mario Sohn und

Familie. »Ich hatte nicht so viel Glück, Stéphanie, wie du es mit deinen Mädels hattest. Jérôme hat ein großes freches Maul, hat schon in der Schule nur Mist gebaut, konnte sich nicht unterordnen, schlug ständig quer und wechselte somit von einer Privatschule zur anderen. Du weißt ja selbst, Stéphanie, hast ihn ja auch kennengelernt, wie unmöglich er sich benimmt. Dass er heute mit seinen siebzehn Jahren immer noch kein Ziel vor Augen hat, geschweige denn, dass er irgendeinen Schulabschluss oder anständige Ausbildung bis zu Ende gebracht hätte, passt zu ihm. Die Gärtnerlehre hatte er dieses Jahr geschmissen, weil er nach gut zwei Jahren meinte zu wissen, dass es die falsche Wahl war. Was die richtige Wahl gewesen wäre, konnte er jedoch nicht sagen. Er würde wohl am liebsten als ›Sohn von Beruf‹ ein Leben lang auf meiner Tasche liegen.«

»Na ja, Jungs sind vielleicht etwas schwieriger, als Mädchen«, entgegnete Stéphanie in ihrer ruhigen und feinen Art. »Warte bis er aus dem Flegelalter heraus ist. Er wird sicherlich seinen Weg finden und ganz bestimmt ein achtbarer Erwachsener werden, so wie du es bist.«

»Oh Stéphanie, diese Hoffnung habe ich längst aufgegeben. Von wegen achtbarer Erwachsener. Doch nicht bei *der* Erziehung, die er durch meine Exfrau genossen, oder ich sollte besser sagen, *nicht* genossen hatte. Nächstes Jahr wird er volljährig, und eigentlich müssten es schon jetzt langsam irgendwelche Anzeichen eines Erwachsenwerdens geben. Der ist innerlich total vergiftet und ... ich werde den Verdacht nicht los ... er ist krank ... psychisch krank.«

»Mario!«, rief Stéphanie erschrocken aus.

»Es wurde nie von einem Fachspezialisten bestätigt, aber nur deswegen, weil Myriam sich seit jeher dagegen sträubte, Jérôme einem solchen vorzustellen.«

Mario sagte es ohne Zynismus, nur einfach entmutigt, desillusioniert.

»Und apropos Mädchen, deine Mädchen sind vielleicht nicht schwierig gewesen, aber die drei Mädchen meiner Schwiegermutter – nun ich will die jüngste der dreien mal ausschließen – hätten da jedem flegelhaften Burschen den Rang abgelaufen. Frag Zama, er kann ein Lied davon singen.«

Ich nickte zustimmend und sagte nur: »Oh ja, es war äußerst schwierig mit den Mädels. Sie konnten einem das Leben schon richtig schwer machen und einen an den Rand der Verzweiflung bringen. Wie Myriam dir das Leben zur Hölle machte, kennen wir ja. Ich möchte nicht wissen, wie abfällig sie reagieren werden, wenn sie erst einmal erfahren, dass ich in meinem Alter nochmals eine Frau gefunden habe. Aber mit dieser Bekanntmachung lasse ich mir noch Zeit. Ende Jahr fliegen wir erst nochmals nach Kenia, um den Verkauf von Annes Resort festzumachen. Zwölf Jahre Kenia sind genug. Schließlich gibt es noch einiges Neues kennenzulernen. Wir sind offen für alles.«

Mario stand auf und ging nach draußen auf die Veranda. Er liebte es, dort draußen zu sitzen und nur still aufs Meer hinauszuschauen. Ich glaube, dort konnte er entspannen und so richtig abschalten.

Stéphanie und ich blieben noch sitzen und unterhielten uns weiter. »Es ist so schlimm, Mario in diesem Zustand zu sehen. Eigentlich ist er von Natur aus kein trauriger Mensch, aber die ganze Sache mit seiner Ex und dem Sohn nagt an ihm. Die beiden haben eine toxische Wirkung auf ihn«, sagte ich mitfühlend.

»Ja, mich schmerzt es sehr, diese Entwicklung mit ansehen zu müssen, ohne etwas für ihn tun zu können.«

Dann schwenkte Stéphanie plötzlich um und begann ein anderes Thema.

»Es ist sehr beeindruckend, was Ihre Anne in Kenia auf die Beine gestellt, und vor allen Dingen dann alleine durchgezogen hatte«, sagte Stéphanie charmant und blickte auf den Sims meines Cheminées, wo ein eingerahmtes Foto von Anne und mir stand. Sie stand auf, ging zum Kamin, betrachtete das Foto von der Nähe. Dann drehte sie sich wieder zu mir um. »Ist sie *das*, Ihre Anne?«, fragte sie.

Ich stand auf, trat neben sie, holte das Bild vom Sims und sagte: »Ja, das ist sie.«

»Sie ist schön. Ihre Augen wirken noch so jung und voller Lebenslust.«

Nun gesellte sich auch Mario wieder zu uns. Auch er blickte lange auf das Foto, das ich in Händen hielt. »Sie ist so schön wie du Stéphanie«, sagte er lachend in Anspielung auf die letzten Worte, die er beim Hereinkommen aufschnappte.

Stéphanie errötete leicht und stupste ihn an. »Ach du«, sagte sie verlegen. Ich stellte das Bild zurück und bestätigte Marios Feststellung. »Ja, Mario hat recht. Sie sind eine sehr schöne Frau, Stéphanie.«

»Ihr macht mich verlegen«, sagte sie etwas verwirrt und lächelte beschämt.

»Lasst uns noch ein bisschen auf die Veranda hinaus sitzen«, warf Mario ein, »es ist so wunderschön draußen.«

»Das ist eine gute Idee«, bestätigte ich, holte eine Flasche Wein und Gläser und wir setzten uns draußen hin. Ich füllte die Gläser und hob meines hoch.

»Stéphanie, darf ich Ihnen das DU anbieten? Ich bin Paul, oder ganz einfach Zama.«

Stéphanie hob ebenso ihr Glas, stieß es sachte gegen meines und sagte: »Ich fühle mich geehrt Paul … ähm Zama.« Wir lachten alle und küssten uns traditionsgemäß links und rechts auf die Wangen. Mario schien glücklich. Er wollte nur nicht an seine Familie denken, denn dieser Gedanke verursachte in ihm immer wieder Bauchschmerzen. Aber für einmal konnte er alles, wenn auch nicht vergessen, so doch beiseiteschieben.

Die beiden blieben über Nacht und sie hatten mich am nächsten Morgen gerade verlassen – ich saß auf der Veranda, um die Zeitung zu lesen – da klingelte es an der Haustür. Ich staunte nicht schlecht, als nach so langer Zeit Myriam wieder einmal davor stand.

»Nanu, du?«, fragte ich ganz überrascht. Na ja es passte hervorragend, nachdem wir gestern einmütig ihr Verhalten in der Runde kritisierten.

»Ja warum auch nicht?«, gab sie im gleichen Tonfall zurück. »Guten Tag Zama. Kann ich reinkommen oder bin ich unerwünscht?«

»Komm rein, du bist nicht unerwünscht. Ich war für einen Moment nur sehr überrascht, zumal wir das letzte Mal ja nicht gerade in Friede und Freude auseinandergingen. Ich habe nicht mit dir gerechnet.«

»Ja, man muss die Vergangenheit auch mal hinter sich lassen können. Ich war grad in der Gegend und so zog es mich hier her …«, sie ließ ihre Augen bewundernd über den Teil meiner Villa kreisen, den ihr Blickfeld erfassen konnte, »… um dein Schloss zu sehen. Deine Residenz beeindruckt mich immer wieder aufs Neue.« Sie trat schließlich ein.

Wenn nicht dieser, den Wert meines Anwesens abschätzende Blick gewesen wäre, der ihr wahres Interesse offenbarte, hätte sie mich fast überzeugen können, dass es ihr Ernst gewesen sei mit der edlen Gesinnung, die Vergangenheit auch mal hinter sich zu lassen. Nicht ich war einen Besuch wert, sondern das Anwesen. Aber ich kannte das kleine Miststück zu genüge, und so wusste ich, dass das nur einschmeichelnde Zurschaustellung war. Ich spielte die Komödie mit.

»Freut mich, dass es dir gefällt. Möchtest du gerne einen Kaffee?«

»Gerne.«

Ich ließ zwei Kaffees aus der Maschine, stellte sie vor uns auf den Couchtisch und wollte mich gerade setzen, als das Telefon klingelte. Ich entschuldigte mich bei Myriam, ging zum Tischchen und hob den Hörer von der Basis. Ich lief hin und her während ich sprach: »Ah, hallo Chérie. Wo bist du?«, fragte ich. Ich lauschte in den Hörer und beobachtete dabei amüsiert Myriams fragendes Gesicht. Sie sprach nämlich nur Französisch, ich aber sprach mit Anne Deutsch und demnach verstand Myriam nichts.

»Schön, dann bist du ja in zehn Minuten da. Ich freue mich Chérie. Bis später.« Ich hauchte einen Kuss in den Hörer, legte auf und ging wieder in Richtung Couchtisch, um mich zu Myriam zu setzen. Ich genoss es, sie zappeln zu lassen, indem ich in ein ganz normales Plaudern überging. »Ähm, wo sind wir stehen geblieben?«, fragte ich ganz belanglos.

»Wir sind noch nirgends stehen geblieben«, sagte Myriam, »du hast nur Kaffee gemacht und dann klingelte ja schon das Telefon.«

»Ach ja, stimmt. Nun, wie geht es dir? Was macht Jérôme so?«, fragte ich, ohne es eigentlich wissen zu wollen. Ich hatte diese Brut so etwas von satt, dass ich mich nicht mehr für sie interessierte, und zwar seitdem ich erlebt hatte, wie sie mit Mario verfuhr.

»Wer war das eben am Telefon?«, fragte sie, statt mir zu antworten. Du sprachst Deutsch. Ich verstand aber nur ein Wort und das war »Chérie.«

›Aha‹, dachte ich, ›*also doch neugierig du kleine Hexe?*‹ Ich faltete die Hände hinter dem Kopf und streckte lässig die Beine von mir: »Ach, du weißt das ja noch gar nicht. Hab ich ganz vergessen, es dir zu erzählen. Na ja, du warst ja auch nicht gerade in meiner Nähe und der Kontakt ist ja über die Jahre abgebrochen. Also, es gibt eine neue Frau in meinem Leben, eine Deutsche. Sie wird in zehn Minuten da sein, dann kannst du sie gleich kennenlernen.«

Myriam blieb der Mund offen stehen und sie starrte mich verblüfft an. Wohl mit allem, nur nicht damit hatte sie gerechnet, und ich glaube, dass ihr das gar nicht in ihr Fadenkörbchen passte. Sie dachte wohl, dass ihr alter Stiefvater, immerhin war ich inzwischen schon achtundsiebzig Jahre alt, in absehbarer Zeit das Zeitliche segnen würde, damit sie bald mal ihr Erbe würde antreten können. Ich würde darauf wetten, dass dieser Besuch heute nur dem Umstand galt, Bestandsaufnahme zu machen. Sie wollte wahrscheinlich sehen, wie die Aktien standen … ob ich vielleicht schon langsam senil und pflegebedürftig sei, so dass es nur noch eine Frage der Zeit sein würde, bis ich das Handtuch warf.

»Hat dich diese Nachricht so schockiert?«, fragte ich scheinheilig.

»Ähm, nein, natürlich nicht … überrascht vielleicht, aber schockiert … nein, nein das nicht«, sagte sie betont gleichgültig. Sie schlürfte an ihrem Kaffee, nahm einen von den Keksen, die ich hingestellt hatte und … sie schwieg mit verkniffener Miene. Zum ersten Mal, dass Myriam die Sprache wegblieb. Meist ist sie doch ziemlich schlagfertig, hat zu allem ihre passende Antwort, und jetzt, jetzt ist sie einfach nur sprachlos. Und ich tat so, als würde ich von alledem nichts mitbekommen, als wäre alles ganz normal. Aber dann setzte ich noch einen kleinen drauf.

»Weißt du Myriam, da bin ich wochenlang alleine hier, kein Besuch von meinen Verwandten, und dann an zwei aufeinanderfolgenden Tagen gleich zwei Besuche. Gestern war nämlich Mario da … mit seiner netten neuen Freundin.«

Myriam schluckte und ihr Blick verriet, was in ihrem Kopf vorging.

»Ich übertreibe nicht. Die ist wirklich sehr nett, sieht gut aus, ist hochintelligent und hat eine feine Art«, fuhr ich sehr betont weiter, mit der Absicht, ihr ihre eigene Unzulänglichkeit vor Augen zu halten. »Die beiden blieben über Nacht und …«, ich lachte, als hätte ich etwas ganz Urkomisches auf der Zunge, das ich unbedingt loswerden musste, »… heute Morgen sind sie wieder abgereist, fünf Minuten bevor du angekommen bist. Ihr habt euch fast die Klinke in die Hand gegeben. Ist doch lustig, nicht wahr?«

»Na, dann habe ich aber Glück gehabt, dass ich zu spät kam, um eine Begegnung zu vermeiden.«

»Da hast du auch wieder recht. Ich denke Mario und auch Stéphanie wären nicht gerade darauf erpicht gewesen, dich hier anzutreffen«, gab ich den Ball an sie zurück. Sie sollte einfach wissen, dass es nicht nur um sie ging. Andere konnten ebenso denken, und sehr wohl darauf bedacht sein, eine Begegnung mit ihr tunlichst zu vermeiden.

»Mich wundert nur, was Mario bei dir noch zu suchen hat. Er hat mit der Familie doch überhaupt nichts mehr zu tun und dennoch redest du immer noch von ›Verwandten‹.«

»Er ist, wenn auch von dir geschieden, noch immer mein Schwiegersohn. Und, auch wenn es dir nicht passt meine Liebe, als solchen liebe ich ihn nach wie vor«, stellte ich die Situation klar.

Bevor Myriam zu einem erneuten Schlag ausholen konnte, zumindest erwartete ich einen, denn sie schien sich von ihrer Sprachlosigkeit erholt zu haben, hörten wir die Haustüre.

»Oh, Anne ist da«, sagte ich und stand auf, um sie draußen zu begrüßen. Ich sah noch, bevor ich mich wegdrehte, wie Myriam unruhig auf ihrem Sessel hin und her rutschte. Ich genoss diese Situation und grinste beim Hinausgehen.

Zusammen mit Anne betrat ich wieder den Salon, während Myriam von ihrem Sessel aufstand. Anne ging auf sie zu, streckte ihr die Hand entgegen und begrüßte sie auf Französisch. Myriam stand da, wie angewurzelt. Irgendwie schien alles zu viel für sie zu sein. Erst Mario mit seiner Neuen und nun noch ich mit meiner Neuen. Ihr war die Situation sichtlich unangenehm.

Nachdem ich eine dritte Kaffeetasse hingestellt hatte, bedeutete ich den beiden, sich doch zu setzen. Die Atmosphäre war jetzt ziemlich angespannt. Anne lächelte und Myriam räusperte sich.

»Nun«, begann ich, »jetzt wird die Kommunikation etwas kompliziert. Da du Myriam kein Deutsch und du Anne nicht Französisch sprichst, muss ich als Dolmetscher fungieren.«

»Hatten wir das nicht schon einmal?«, fragte Myriam, die sich zu meiner Überraschung relativ schnell gefangen hatte, in abfälligem Ton. Natürlich dachte sie an die, wie sie sie immer nannte, italienischen Affen.

»Oh, du spielst wohl auf deine Schwiegereltern an«, stellte ich gelassen fest. »Da hast du recht, es ist wirklich schade, dass du kein Englisch sprichst, denn dann könntest du dich mit Anne unterhalten. Anne spricht nämlich Deutsch und Englisch. Sie kann sich gut in Swahili verständigen und versteht sogar auch etwas Französisch, aber nicht genug, um sich in dieser Sprache zu unterhalten. Doch du beherrschst halt leider nur eine einzige Sprache, deine Muttersprache.«

Das saß. Sie wird sich weiter hüten, meine Freundin in irgendeiner Form kränken zu wollen.

Myriam fing langsam an, sich unwohl zu fühlen. Damit es nicht so offensichtlich wurde, versuchte sie nochmal so etwas Ähnliches wie Konversation zu machen und sagte: »Du fragtest nach Jérôme, wie es ihm geht. Ich kann Gutes berichten. Er hatte sich nach einer längeren Praxiszeit als Disc-Jockey jetzt endlich zur Ausbildung in Paris angemeldet. Nächstes Jahr im April kann er sie beginnen. Im Anschluss daran wird er auch gleich das Aufbaustudium anhängen. Er will schließlich ein richtiger Profi werden.«

Ich lobte zwar seine Bemühungen, dennoch konnte ich es nicht unterlassen, zumal ich ja wusste, dass er damit weitere Jahre, trotz guter Einkünfte, auf Marios Tasche liegen würde, meine kritische Bemerkung anzubringen: »Es ist ja lobenswert, wenn junge Leute einen Beruf erlernen … aber ausgerechnet Disc-Jockey? Ist das überhaupt ein anerkannter Ausbildungsberuf? Ich meine halt, weil er ja jetzt auch schon als DJ arbeitet und dabei gut verdient. Das zeigt doch, dass es dazu keine Ausbildung braucht. Oder liege ich falsch?«

»Zama, das zeigt mal wieder, dass du überhaupt keine Ahnung hast. Na ja, du bist ja auch schon ein älteres Semester und hast von den Änderungen der Moderne keine Ahnung. Auch Berufsbilder ändern sich. Heute gibt es Berufe, von denen du als junger Mann noch nicht mal geträumt hast.«

»Mag sein, aber ich denke du klärst mich jetzt gleich auf, dass auch ich älteres Semester mitreden kann.«

»Also Zama, ein DJ ist nicht einfach nur ein Plattenaufleger, der nur als Gewerbegehilfe arbeitet. Der moderierende Disc-Jockey ist ein Profi, der ähnlich einem Conférencier, als Angestellter zu betrachten ist. Und er hat die besten Chancen, zukunftsorientiert zu arbeiten. Um aber die Ausbildung beginnen zu können, muss er eine Tätigkeit als DJ nachweisen. Dass er dabei gut verdient, ist eine wahrlich nette Begleiterscheinung.«

»Na ja, hört sich so weit plausibel an. Doch was muss er denn da noch lernen, wenn er doch schon jetzt in diesem Beruf arbeitet?«, hakte ich nach.

»Zama, ich hätte von dir, einem weitgereisten Mann, schon etwas mehr Kombinationsfähigkeit erwartet, die zeigt, dass du mit dem Lauf der Zeit schritthalten kannst«, appellierte sie an mich und fuhr weiter: »Ein wichtiges Fach bei der Ausbildung ist zum Beispiel die Spracherziehung. Weiter gehört Journalismus dazu, was ihn befähigt auch als Rundfunkmoderator zu arbeiten. Auch gibt es viele berufliche Kniffe, die ein Disc-Jockey beherrschen muss, dazu gehört auch der richtige Umgang mit sogenannten VIPs. Eine ausführliche Ausbildung dauert mindestens zwei Jahre. Bei der Ausbildung muss nicht nur der Disc-Jockey, sondern auch die Stellung der Diskothek in der Freizeitindustrie behandelt werden. Ebenso werden auch Aspekte der Jugendsoziologie in einer erfolgreichen Ausbildung behandelt. Manche Ausbildungsaspekte, und da wären wir wieder bei seiner jetzigen Tätigkeit, lassen sich nur in der Praxis erlernen, wie zum Beispiel die schon genannte Spracherziehung, Präsentationstechnik, manuelle Fertigkeiten der Gerätebedienung, Tanzanleitungen etc. Tja und im Anschluss an die Ausbildung wird er gleich noch das Aufbaustudium in Angriff nehmen. Schätzungsweise dauert die Ausbildung alles in allem vier Jahre.«

»Nun, ich gebe zu, das hört sich gut an, wenn Jérôme denn die Ausdauer hat, das Ganze auch bis zum Ende durchzuziehen. Eine Ausbildung hat er ja schon einmal geschmissen.«

»Nun ja, was ist schon eine Gärtnerlehre. Mein Sohn ist doch zu Höherem berufen als zum Gärtner.«

Mein nächster Kommentar zielte natürlich wieder darauf hin, dass Jérôme im Hinblick auf sein jetziges Einkommen, zumindest auf einen Teil seiner Forderungen an den Vater verzichten könnte. »Toll, dass er endlich etwas macht. Das finde ich ja auch gut, auch wenn er die Ausbildung jetzt erst mit seiner Volljährigkeit beginnt, wo andere eigentlich meist schon abgeschlossen haben und im Berufsleben stehen. Jérôme, der ja quasi auch schon im Berufsleben steht, will immer alles, sowohl den Fünfer als auch das Brötchen. Wer kann sich denn schon, bevor er seine Ausbildung überhaupt begonnen hat, einen solch verschwenderischen Lebensstil leisten? Wenn ich mir vorstelle, dass er bis 22 Jahren Mario immer noch auf der Tasche liegen wird, finde ich das einfach nicht fair, angesichts seines jetzigen Einkommens.«

»Egal, was Jérôme tut, dir kann er nichts recht machen. Du wirst immer etwas an ihm auszusetzen haben. Mario, Mario Mario, immer nur Mario. Nur er ist dir wichtig, nicht aber dein Enkel«, sagte sie vorwurfsvoll.

»Mein geäußertes Begehren war nur, dass Jérôme freiwillig auf einen Teil des Unterhaltsgeldes verzichtet, da es ihm doch so gut geht und Mario im Moment wirklich Schwierigkeiten hat.« Ich machte für die Dauer eines Atemzuges eine Pause und fuhr schließlich weiter. »Und außerdem stimmt es nicht, dass mir mein Enkel nicht wichtig ist. Im Gegenteil, er ist mir sogar sehr wichtig. Deswegen hat es mir in meinem Herzen so sehr geschmerzt, zu erleben, wie du ihn verzogen und von der Familie mehr und mehr entfremdet hast. Wenn ich nur eine vage Sorge wegen Jérôme äußerte, hast du abgeklemmt und mir zu verstehen gegeben, dass mich *dein Sohn* nichts angehe«, widersprach ich ihr, während ich die beiden Worte *dein Sohn* übertrieben betonte.

Darauf ging sie gar nicht ein. Sie fuhr einfach weiter, als hätte ich nichts dergleichen wie eine Kritik geäußert.

»Auf jeden Fall tut er etwas, lungert nicht herum und wenn er diese Ausbildung jetzt durchzieht, kann er sich später ein wirklich herrliches, sorgenfreies Leben leisten, denn das Einkommen eines DJs ist respektabel. Man merkt es ja schon jetzt während seines Stages. Wie du ja richtig formuliert hast, verdient er richtig Kohle«, sagte sie voller Mutterstolz. Dass ihr Sohn in jungen Jahren das große Geld verdiente, war für die raffgierige Myriam natürlich ganz nach ihrem Gusto. »Und er wird keineswegs auf einen Teil des Unterhalts verzichten. Er steht ihm zu und zwar so lange, bis er seine Ausbildung abgeschlossen hat. Basta.«

»Sturheit war schon immer ein herausragender Charakterzug von dir.«

»Ich bin nicht stur, sondern beharre auf unserem Recht. Jérôme macht seinen Weg und er könnte eigentlich schon jetzt auf eigenen Füßen stehen und ich bin stolze Mutter.«

»Nun, da wir wieder beim Thema wären. Ihr seid euch also nicht zu schäbig, nachdem du selbst erklärt hast, Jérôme könne schon jetzt auf eigenen Beinen stehen, dennoch von Mario diese hohen Unterhaltszahlungen zu fordern, obwohl Marios Geschäfte im Moment alles andere als rosig sind. Und dieses Mal scheint es nicht nur eine vorübergehende Flaute zu sein.«

»Und ich wiederhole es nochmals, ganz langsam, dass es auch in deinen Schädel geht. Marios Geschäfte interessieren mich nicht. Außerdem hat er genug Polster auf die Seite geschafft, und Jérôme steht Unterhalt zu. Schließlich kostet seine Ausbildung auch Geld.

Und überhaupt, kümmere du dich um deine Angelegenheiten und nicht um meine. Um die kümmere ich mich schon selbst.«

»Ich sehe schon, du bist nach einer vorübergehenden Sprachlosigkeit wieder zu alter Form aufgelaufen«, sagte ich in Anspielung auf ihre Reaktion zur Eröffnung meiner Neuigkeit über mein junges Glück, »ganz die Alte, wie gewohnt, unangenehm und unsympathisch.«

»Der Profi definiert sich dadurch, dass er sich von einem Schock schnell erholt und ohne weiteres Zögern zur Tagesordnung übergeht.«

»Aha, warst also doch geschockt«, kommentierte ich ihren Klugscheißer-Kommentar, »ach ja, und du bezeichnest deinen miesen Charakter als Profigebaren! Interessant. Ich sagte dir doch, dass du weit entfernt bist vom Profi. Du bist unangenehm und unsympathisch, so unsympathisch, dass ich nichts dagegen hätte, wenn du dich jetzt verabschieden würdest.«

Anne, die von unserer Konversation nicht die Hälfte verstand, dennoch aber merkte, dass wir nicht gerade freundschaftlich miteinander verkehrten, schaute mit fragender Miene hin und her, von mir zu Myriam und wieder zurück.

Myriam wurde es dann doch langsam zu ungemütlich, und um weiteren Diskussionen aus dem Weg zu gehen, blickte sie beflissen auf die Uhr und tat so, als hätte sie es nun furchtbar eilig. »Oh, schon so spät«, stellte sie Überraschung vortäuschend fest, »ich muss gehen, hab noch einen wichtigen Termin.«

»Aha, einen wichtigen Termin!«, stellte ich mit hochgezogenen Augenbrauen in spöttischem Ton fest.

Sie lief rot an … aber ich hatte das Gefühl, dass es eher Wut war, denn Scham, die ihr diese lebhafte Farbe verlieh.

»Ich bin froh, dass du meiner Aufforderung nun doch folgst«, sagte ich und brachte Myriam zur Tür, und als ich sie hinter ihr wieder schloss, atmete ich erleichtert tief durch. So, jetzt weiß die kleine Hexe auch Bescheid über meine Neuigkeiten.

*

Zum Jahresende verließen Anne und ich Frankreich, um in Kenia alles für den Verkauf des Resorts vorzubereiten. Die Käufer waren ein Ehepaar, das viele Jahre in Annes Resort seinen Urlaub verbrachte. Die beiden hatten sich über die Jahre hinweg so richtig in das Resort verliebt, und nachdem sie ihr kleines Gästehaus in Deutschland aufgegeben hatten, beschlossen sie, für immer nach Kenia auszuwandern. Da kam ihnen das Angebot, das Resort zu erwerben natürlich sehr entgegen. Anne war es recht, dass es diese beiden waren, die ihr Resort kauften, da sie mittlerweile auch gute Freunde waren. Das Ehepaar verabschiedete uns, aber nicht ohne uns das Versprechen eines baldigen Besuchs abgenommen zu haben.

Anne und ich nutzten die Zeit in Kenia schließlich noch, um auf der französischen Botschaft in Mombasa unserer Verbindung durch den PACS eine gesetzliche Grundlage zu geben.

Kapitel 6

*I*ch war kaum zurück in Frankreich, das war Mitte März 2008, da rief Mario mich an, um mich über die letzten chaotischen familiären Neuigkeiten ins Bild zu setzen.

»Zama, du wirst es nicht glauben. Myriam hatte mich Anfang Jahr doch tatsächlich angebaggert, wollte, dass ich Stéphanie in die Wüste schicke und zu ihr zurückkomme. Und du hättest hören sollen, wie sie gesäuselt hat.« Mario hob seine Stimme, um Myriams Stimme nachzuahmen: »›Mario, wir hatten doch auch gute Zeiten, und denke daran, wir haben zusammen einen Sohn. Der braucht doch seinen Vater.‹«

»Das ist ja nicht zu fassen. Dennoch hätte ich mir so etwas auch denken können. Als sie das letzte Mal kurz nach euch bei mir zu Besuch war, erfuhr sie, dass es dir mit der neuen Frau ernst ist. Das lässt ihr weibliches Ego natürlich nicht zu. Sie hat dich verlassen, aber sie kann es nicht ertragen, wenn du mit einer anderen ein neues Leben beginnst und dabei womöglich auch noch glücklich wirst«, stellte ich abschätzig fest. »Was hast du ihr daraufhin denn geantwortet?«, fragte ich neugierig.

»Nun, ich sagte ihr, dass ich mich nicht mehr daran erinnern könne, dass wir auch mal gute Zeiten hatten. Das müsse wohl sehr, sehr weit zurückliegen.«

»Gut, so«, warf ich dazwischen.

»Und dann sagte ich noch, dass ich mich an einen gemeinsamen Sohn nur insofern erinnere, als dass ich mit ihr damals guten Sex hatte, aber der Sohn von Geburt an ihr Sohn war, weil sie ihn mir gleich von Anfang an entzogen und gegen mich aufgewiegelt habe. Ja und schließlich, dass ich nur daran merke, dass ich einen Sohn habe, weil dieser Nichtsnutz mit seinen achtzehn Jahren bis heute nichts zustande brachte, und mir immer noch auf der Tasche liegt.«

»Wow, da hast du aber in die Vollen gegriffen. Aus diesen Äußerungen spricht große Wut. Wie hat sie daraufhin reagiert?«

»Sie war stinkesauer, kannst du dir vorstellen. Sie hatte hysterisch geschrien und per Knopfdruck das Gespräch subito beendet.«

»Was bildet diese dusslige Kuh sich eigentlich ein? Sie kann Stéphanie nicht im Geringsten das Wasser reichen, weder vom Anstand noch von der Intelligenz her.«

»Ja Zama. Aber wenn du glaubst, dass die Geschichte mit diesem Gespräch sein Ende nahm, dann hast du deine Tochter tüchtig unterschätzt«, kommentierte Mario meine Rede.

»Adoptivtochter, nicht Tochter«, korrigierte ich ihn.

»Ja, deine Adoptivtochter. Sie hat dann Stéphanie nachgestellt, ist ihr bis zu ihrer Arbeitsstelle gefolgt und hat dort einen Skandal vom Zaun gebrochen. Sie hat Stéphanie aufs Übelste beschimpft. Hatte erzählt, dass ich mich ihretwegen nicht mehr um meinen Sohn kümmere, weil diese Schlampe mir den Kopf verdreht habe. Sie sagte, dass nämlich bis anhin alles gut lief und wir uns in gutem fairem Einvernehmen getrennt hätten, mittlerweile sogar erwogen, eventuell wieder zusammenzukommen, bis diese billige Hure – stell dir vor, so nennt sie ausgerechnet Stéphanie – sich in mein Leben geschlichen habe. Stéphanie allein sei schuld daran, dass sich jetzt alles geändert habe, weil sie sich zwischen mich und meinen Sohn und natürlich auch sie gestellt habe, indem Stéphanie angeblich schlecht über sie spricht.«

Mario machte eine Pause, musste sich erst beruhigen, und ich war schockiert. Dann fuhr Mario weiter.

»Tja, und am Schluss wurde Myriam gegen Stéphanie handgreiflich, so dass die Polizei gerufen werden musste. Du kannst mir glauben Zama, es war furchtbar … furchtbar für Stéphanie und furchtbar auch für mich. Stell dir vor, auf deiner Arbeitsstelle werden die Kollegen Zeugen eines Eifersuchtsdramas. Wie peinlich das ist. Und Stéphanie hat sich absolut nichts vorzuwerfen.«

»Ich bin erschüttert. Was ist nur in Myriam gefahren. Was hat sie so böse gemacht. Sie war es doch, die den Ehebruch beging und nicht du. Sie hat keinen Grund so wütend zu sein und dein Glück mit aller Gewalt zu verhindern. Will sie dich ruinieren?« Ich war ziemlich aufgebracht. Während ich sprach ist auch Anne aufmerksam geworden und sie schaute mich mit fragenden Augen an.

»Ich erkläre es dir nachher«, bat ich Anne um Geduld und zu Mario gewandt, »hast du noch weitere Hiobsbotschaften?«

»Ja leider. Myriam, die ja meine Eltern nie leiden konnte – wie hatte sie doch über sie geschimpft, nie hatte sie ein gutes Wort für sie übrig – versucht jetzt beide gegen Stéphanie auf ihre Seite zu ziehen. Sie hatte versucht, sich bei ihnen einzuschleimen, machte wegen Stéphanie einen Skandal, wollte, dass sie sie, weiß der Teufel für welches Vergehen, verurteilen.«

»Welch durchtriebenes Miststück. Ich bin so weit, sie meines Hauses zu verweisen. Ich mag sie nicht mehr sehen.«

»Nun, Zama, bei dieser Aktion ging der Schuss nach hinten los, denn meine Eltern mögen Stéphanie und kamen auf die gleiche Idee wie du sie eben vorgeschlagen hast, nämlich dass sie Myriam des Hauses verwiesen haben. Sie tobte natürlich wie eine Furie. Wie du sagtest. Ich habe das Gefühl, dass sie mich vernichten möchte.«

»Wir werden ja sehen, wer hier wen vernichtet.«

Anne hatte versucht, aus meinem Gespräch einen Sinn herauszuhören, doch ihre mageren Französischkenntnisse reichten dazu nicht aus. Ohne genau zu wissen, worum es ging, spürte sie, dass hier ein ganz übles Spiel getrieben wurde und war gespannt alles zu erfahren. Aber sie musste sich noch etwas gedulden, denn aus Mario sprudelte es nur so, um mir alle Neuigkeiten zu berichten, die sich in den Monaten unserer Abwesenheit zugetragen hatten. Mit den guten Nachrichten, also dass Myriam erfolglos versuchte ihre Schwiegereltern für sich zu gewinnen, hatte er bis zum Schluss zugewartet, so quasi als Zuckerchen in diesem ganzen hinterlistigen, von Myriam inszenierten Plan.

Dennoch, trotz der guten Botschaften war ich überzeugt, dass das Ganze erst der Anfang einer Katastrophe war. Es war einfach so ein Gefühl, das mich beschlich. Irgendwie traute ich auch Marios Eltern nicht. Die hielten ihr Fähnchen regelmäßig in den Wind, immer sehr darauf bedacht, ihren eigenen Vorteil nicht aus den Augen zu verlieren.

Nachdem ich das Gespräch mit Mario beendet hatte, erstattete ich nun Anne minutiös Bericht über alles, was mich in der letzten dreiviertel Stunde so erschüttert hatte. Sie schüttelte nur immer wieder den Kopf vor Unverständnis. Jeder halbwegs vernünftig denkende, anständige Mensch ist über ein solches Verhalten, wie Myriam es an den Tag legte, schockiert. Es ist sehr schwierig, sich in solche Menschen hineinzuversetzen und die Beweggründe nur halbwegs nachzuvollziehen.

*

Im Herbst wartete Mario, der gerade in Marseille zu tun hatte und dies für einen Kurzbesuch bei mir nutzte, mit einer weiteren Hiobsbotschaft auf. Dieses Mal sorgte Jérôme für Furore.

»Schön, Mario, dass du mich wieder mal besuchst«, sagte ich ehrlich erfreut, ohne etwas von der neuen Desaster-Botschaft, die mich erwartete, zu ahnen. »Wie geht es euch beiden? Gibt Myriam jetzt endlich Ruhe?«, wollte ich wissen, denn die üble Sache mit Myriam war mein letzter Wissensstand über die raffgierigen Machenschaften meiner Adoptivtochter.

Mario winkte nur ab und meinte: »Da fragst du noch? Du kennst sie doch besser, um zu wissen, dass die nie Ruhe geben wird. Es ist nur eine Frage der Zeit, bis sie wieder etwas gefunden haben und weiter zuschlagen wird. Beim Bestreben mir zu schaden, ist sie sehr einfallsreich und kein Mittel ist ihr dabei zu heimtückisch. Aber im Moment gibt es ein anderes Problem, das da heißt Jérôme.«

»Ach herrje. Was hat der nun schon wieder ausgefressen?«, fragte ich, seine früheren Delikte wie Ladendiebstahl und Schlägereien immer noch in meiner Erinnerung präsent.

»Ja, das kann man diesmal wohl laut sagen: ›ausgefressen‹«, sagte er, während er nachdenklich in seine Tasse schaute und rührte. Dann richtete er den Blick wieder auf mich und fuhr weiter: »Der hat sich eine einjährige Gefängnisstrafe auf Bewährung mit zweijähriger Bewährungszeit wegen Drogenhandels eingehandelt. Zusätzlich bekam er eine Strafe von 1'200 Euro aufgebrummt und, du wirst es nicht glauben Zama, er ist der Meinung, dass *ich* für diesen Betrag aufkommen sollte, da er schließlich gerade wieder einmal in Ausbildung sei. Doch darauf kann er lange warten, zumal er schon jetzt selbst ziemlich viel verdient.«

»Dir bleibt aber auch gar nichts erspart. Dass Jérôme irgendwann einmal auf die richtig schiefe Bahn geraten würde, war bei der Erziehung irgendwie abzusehen. Seine früheren kleinen Delikte waren zwar nur ein relativ harmloser Anfang, dennoch ein ganz klarer Hinweis für eine mögliche Steigerung der Schwere seines Sündenregisters. Aber, dass er gleich ins Drogengeschäft einsteigen musste!« Ich schüttelte vor Unverständnis meinen Kopf.

*

Marios Blick war traurig. In der Tat, er war nicht mehr der unbeschwerte Lebemann, wie damals, als ich ihn kennenlernte. Sicherlich würde so mancher sagen, dass er halt auch mal hätte kürzer treten und nicht auf so großem Fuß hätte leben sollen. Doch ich finde, er hatte es sich verdient. Er hatte immer viel gearbeitet, hatte viel erreicht und auf seine Kosten lebte eine ganze nichtsnutzige Familie, Eltern und Brüder sowie Ex-Frau und Sohn. Bei dieser Familie gab es kein Quidproquo, das heißt sie brachten und bringen nie etwas hinein für das, was sie jahrelang herausgeholt haben. Doch warum sollte Mario die Früchte seines Wirkens nicht auch für sich ernten dürfen? Er war halt ein zu guter Junge, weil viel zu leichtgläubig und in bestimmten Dingen zu naiv. Aber ich liebte ihn und für mich war klar, dass ich alles für ihn tun würde.

*

»Ja, Zama, das kann man wohl sagen. Ich war wie vor den Kopf gestoßen. Ich erfuhr es ja erst, als ich wegen der 1'200 Euro angehauen wurde. Weißt du, Zama, dabei verdient Jérôme alles zusammen genommen natürlich inklusive meiner Unterhaltszahlungen, wenn auch etwas gekürzt, mittlerweile mehr als ich. Trotzdem habe ich ihn zu unterstützen.«

»Hat diese Straftat einen Einfluss auf seine Ausbildung?«, wollte ich wissen.

»Nein, sein Arbeitgeber weiß nichts davon. Ist ja auch gut so, denn wenn der ihn dann auch noch rausschmeißt, nimmt das Schmarotzertum ja nie ein Ende.«

»Das macht mich alles so traurig Mario«, erwiderte ich auf diese aktuellen Neuigkeiten.

»Weißt du Zama, mein Sohn, der Aufschneider, lässt keine Gelegenheit aus, überall mit seinem ihn umgebenden Luxus herumzuprahlen, so dass jeder Bescheid weiß, wie gut es ihm geht. Kürzlich, als wir alle zum vierundsiebzigsten Geburtstag meines Vaters versammelt waren, posaunte er gegenüber seinem Cousin Louis ziemlich überheblich und in zynischem Tonfall heraus, dass er mit achtzehn ohne Studium schon mehr verdiene als Louis mit seinen sechsundzwanzig Jahren und dass er wahrscheinlich schon längst ausgesorgt und sich zur Ruhe gesetzt haben würde, bevor Louis sein Medizinstudium überhaupt abgeschlossen und auch nur einen mickrigen Euro verdient habe. Jérôme gehört zu der Gattung Mitmensch, die auch mal, wenn es gefällt, 400 Euro für einen Gürtel hinlegt. Und dann, pass auf, jetzt kommt's, du wirst es kaum glauben. Der Angeber von Sohn präsentierte voller Stolz seine gebraucht erworbene Suzuki GSX 1100. Das Teil ist wirklich noch sehr gut in Schuss, wurde vom Vorbesitzer nicht viel gefahren, ist also fast noch wie neu. Er posierte vor seinem Gefährt wie ein aufgeblasener Gimpel. Ja, so ist es, Zama. Mein bedürftiger Sohn kann sich auch so etwas wie ein teures Luxusgefährt leisten.«

»Moment mal, darf er eine solch große Maschine mit achtzehn Jahren überhaupt schon fahren?«, fragte ich etwas verwundert.

»Leistungsgedrosselt auf 35 PS darf er das. Aber vermutlich darf er nicht in eine Verkehrskontrolle geraten, denn ich glaube kaum, dass Jérôme sich an die Buchstaben des Gesetzes hält. Er wäre nicht Jérôme, wenn er auch mal etwas Vernünftiges täte.«

Ich war erschüttert. Alles passte zusammen, Drogenhandel, Aggressionen, Betrug gepaart mit seiner Entwicklung und das Benehmen eines aufgeblähten, eingebildeten Gockels sind die Früchte von Myriams Erziehung. Vielleicht schlummerte tatsächlich, so wie Mario es schon immer vermutete, zusätzlich noch ein sadistisches Potenzial in ihm, wie es bei Menschen mit soziopathischem Verhalten üblich ist, und wofür niemand verantwortlich gemacht werden konnte. Zumindest nicht in der Entstehung. Doch wofür Myriam ganz klar verantwortlich zu machen war, war die Tatsache, dass sie sich nie die Mühe machte, Jérômes Verhalten zu hinterfragen. Mit einer gezielten Behandlung hätte man vielleicht noch etwas retten können. Nein, stattdessen bestand sie auf ihrer Meinung, dass Jérôme sich normal entwickelte. Alle, die etwas anderes behaupteten, waren in ihren Augen selbst behandlungsbedürftig.

Doch, wie sollte es mit Jérôme weitergehen? Wohin sollte dieser ganze Irrsinn führen? Das Schlimmste an der ganzen Sache war die Ohnmacht. Man wollte gerne etwas tun. Man wollte gerne etwas verändern können. Doch es gab nichts, was dieser Entwicklung ein

Ende hätte setzen können. Es blieb einem nichts anderes übrig, als wachen Auges zuzuschauen, wie der Karren ungebremst ins Unglück fuhr. Man hätte manchmal am liebsten dreingeschlagen.

Am meisten bedrückte mich jedoch, dass dieses traurige Schicksal ausgerechnet den rechtschaffenen Mario traf. Er hatte wahrhaft Besseres verdient.

Umso mehr war ich angenehm überrascht über meinen erstgeborenen Enkel Louis, Antoinettes Sohn, der mit seinem Medizinstudium einen guten Werdegang einschlug. Er machte eine erstaunlich gute Entwicklung, wenn ich bedenke, welches Luder seine Mutter einmal gewesen war. Auch Murielles Sohn, Roger, der zwei Jahre vor der Matura stand, war ein ganz angenehmer, vernünftiger Junge geworden, der seinen Eltern nur Freude bereitete.

Ich nahm Mario in die Arme. Er tat mir so unendlich leid, dass ausgerechnet er es so schlecht getroffen hatte. ›Wenn Esther, diese liebende, herzensgute Frau, das alles noch hätte erleben müssen‹, dachte ich bei mir, ›ihr wäre schwer ums Herz geworden vor Kummer.‹

Die Familienstory
ab Mitte 2008

B: *Stéphanie erzählt*

Kapitel 7

*I*ch hatte Glück, dass Marios Eltern mich gut aufgenommen hatten, denn, wie Mario mir erzählte, war das keine Selbstverständlichkeit. Mit Myriam wurden sie nämlich niemals richtig warm. Im Gegenteil, sie mochten sie von Anfang an nicht.

Im August 2008 saßen wir, Marios Eltern, Mario und ich im Wohnzimmer der Galanis' und verhandelten über die Übernahme zweier ungenutzter Räume für den Umbau in einen Wellness-Salon für mich und ein Büro für Mario. Die Räume wurden bisher nur als Abstellkammern genutzt und entsprechend waren sie in einem ziemlich schlechten, heruntergekommenen Zustand. Der eine Raum, der mein Salon werden würde, war so groß, dass man daraus zwei Räume, einen Behandlungs- und einen Ruheraum, gestalten konnte.

»Es wird einiges zu renovieren geben«, hatte Mario erklärt, und es schien den Eltern willkommen zu sein, dass er diese Arbeiten in Angriff nehmen wollte, denn das steigerte den Wert ihrer Immobilie.

»Mach du, wie es dir gefällt. Du hast freie Hand. Wir wissen, dass bei allem was du anpackst, immer etwas Rechtes herauskommt«, ermunterten sie ihren Sohn.

Diese Großzügigkeit, dass wir die Räume frei nutzen durften, wurde leider nie schriftlich festgehalten. Es blieb eine mündliche Vereinbarung zwischen den Eltern und Mario, und dieser war zu gutgläubig, um auch nur das geringste Misstrauen aufkeimen zu lassen.

Anfang Oktober war es soweit. Ich durfte in meinen neuen stilvoll und gemütlich eingerichteten eigenen Wellness-Salon einziehen. Ich war glücklich und auch mächtig stolz. Mario hatte sein ganzes Können seiner erlernten Kunst hineingelegt, um aus den verkommenen Räumen ein Kleinod zu zaubern. Dass sein Büro ebenfalls stilvoll gestaltet und eingerichtet war, verstand sich von selbst. Er war einfach ein Künstler, der das Schöne liebte.

Endlich konnte ich meine Ausbildung in Angriff nehmen. Nicht, dass ich zu wenig Erfahrung auf dem Wellness-Sektor gehabt hätte. Nein, ich hatte während meines vierjährigen Hongkongaufenthalts wirklich eine gute Lehrzeit durchlaufen, hatte alles von der Pike auf gelernt, so dass ich ohne Zusatzausbildung hätte arbeiten können. Und das hätte bei unselbständiger Anstellung auch gereicht. Doch mein Wunsch nach beruflicher Selbständigkeit konnte nur nach erfolgreich absolviertem Staatsexamen in Frankreich in Erfüllung gehen. Durch meine große Erfahrung war ich natürlich zuversichtlich, dass ich den Ausbildungsgang schneller durchlaufen könnte, als der Ausbildungsplan ursprünglich vorsah. Alles lief wie geschmiert. Während meiner Lehrzeit behandelte ich regelmäßig meine Schwiegermutter in spé, die meine Anwendungen sehr genoss. Sie sagte mir, dass sie sich nie in ihrem Leben so wohl fühlte, wie jetzt, da sie ständig meine Behandlungen genießen konnte. Es verstand sich natürlich von selbst, dass sie meine Wellnessangebote gratis in Anspruch nehmen konnte. So erwies ich ihr auf meine Art meine Dankbarkeit.

Da mein Angebot vielseitig, die Behandlungen sehr fachgerecht und die stilvollen Räume zum Verweilen einluden, kamen immer mehr Kunden zu mir, die zu Stammkunden wurden. Sie sagten mir, dass die Zeit bei mir für sie immer eine ausgesprochene Relax- und Erholungszeit sei. Manche Beschwerden, die sie in meine Praxis mitbrachten, verloren sich allmählich unter meinen Händen. Ich war erfolgreich und viele meiner Kundinnen kauften bei mir 10er-Abonnements. Ich möchte nicht verhehlen, dass es auch eine sehr anstrengende Zeit war, erstens die Ausbildung zu durchlaufen und zweitens nebenher die Behandlungen durchzuführen. Aber ich liebte meinen Job und ich wusste, dass ein Ende dieser anstrengenden Zeit absehbar war.

Eines Tages, es war kurz vor Weihnachten, erschien bei mir im Salon Scarlett, Alessandros eklige rothaarige Errungenschaft, wie Mario sie zu nennen pflegte. Sie war im fünften Monat schwanger. Neugierig blickte sie sich bei mir um, ihre Lippen hatte sie verbissen zusammengekniffen.

»Möchtest du gerne einen Termin vereinbaren?«, fragte ich sie höflich. Sie beantwortete meine Frage nicht, stattdessen meinte sie nur mit hämischer Stimme: »Da hast du dich aber in ein schönes heimeliges Nest eingenistet.«

»Ich habe mich nirgendwo eingenistet«, erwiderte ich ihre zynische Bemerkung, »diese Räume waren unbewohnt und unansehnlich. Sie standen jahrelang un-

128

genutzt. Nur überflüssiges Gerümpel war hier verstaut. Mario und ich haben die Räume so hergerichtet, dass sie, wie du es formulierst, zu einem schönen heimeligen Nest umfunktioniert wurden.«

»Na ja, wir werden sehen«, sagte sie mit unverhohlener Gehässigkeit, drehte sich um und verließ hoch erhobenen Hauptes und staksigen Schritts meinen Salon.

Ich erkannte, dass es purer Neid war, der aus ihr sprach und der auch durch ihre Körpersprache ausgedrückt wurde. Sie hatte ein Auge auf diese zwei geschmackvoll renovierten Räume geworfen und der Neid, dass es nicht Alessandro war, der diese Idee hatte und uns nicht zuvorkam, zerfraß sie. Es hätte ihr wohl gut gefallen, für sich einen eigenen Friseursalon zu eröffnen. Aber das konnte mir egal sein. ›Wer zuerst kommt, mahlt zuerst‹, so dachte ich zumindest. Doch ich sollte mich getäuscht haben. Diese Räumlichkeiten waren Grund genug für immer heftiger werdende Angriffe, nicht nur von Scarlett.

Scarlett gab seither keine Ruhe mehr, wie ich später von Concetta erfuhr. Sie bearbeitete Alessandro unermüdlich, damit er seinerseits bei seiner Mutter den giftigen Stachel gezielt platziere. Ich wähnte Concetta auf unserer Seite, denn sie ging erst mal nicht auf Alessandros Drängen ein.

»Der Dummkopf, immer prahlen bei seine Weiber, dass alles gehört ihm, um zu bekommen große Sympathie bei sie«, sagte Concetta mit ihrem für sie typischen italienischen Akzent. »Doch, der noch nix hat richtig gemacht fertig. Niemals er würde können machen so schönes Salon wie Mario gemacht. Mario und ganz besonders meine Tiziano sind große Künstler, haben beide goldene Hände, nicht aber Alessandro.«

Nach Concettas Bekenntnis war ich erst einmal beruhigt, wenn auch der kleine Unterschied von ihr gemacht wurde, bei ›meine‹ Tiziano. Bei Mario sagte sie nie ›mein Sohn‹. Darüber wollte ich aber nicht nachdenken, denn ich hatte im Moment etwas Wichtigeres zu tun. Ich konzentrierte mich nämlich ganz auf mein Staatsexamen und das fand Gnade in Concettas Augen, die selbst nie etwas gelernt hatte.

*

Anfang Mai 2009 gebar Scarlett ihren Sohn Félipe und der wie immer gutmütige, nein blauäugige Mario ließ sich zur Übernahme der Patenschaft für Pépé, wie Félipe bald genannt wurde, überreden.

Anfang Juli legte ich mein Staatsexamen mit großem Erfolg ab. Ich war mächtig stolz über meine Leistung, diese eigentlich dreijährige Ausbildung, gerade mal in neun Monaten gemeistert zu haben. Das brachte mir sogar große Bewunderung auch bei Concetta ein.

Ende Juli heirateten Alessandro und Scarlett, und wie sollte es auch anders sein, von unserem Geld. Korrekter gesagt, Mutter Concetta bezahlte die Hochzeit und die ihrerseits lebte ja auf unsere Kosten. Kurz nach deren Hochzeit fing die Misere erst einmal richtig an. Scarletts vor Monaten erst noch bedeckte, jedoch regelmäßig stichelnde Eifersucht wuchs aus zu offenen verbalen Attacken. Man könnte schon sagen, dass es der Beginn eines Familienkriegs war.

»Hallo du Erbschleicherin, wie geht es dir?«, begrüßte Scarlett mich, als sie wieder einmal meinte, mich in meinem Salon besuchen zu müssen.

»Es ginge mir wirklich gut, wenn du hier nicht so dumm rumsabbeln und die Luft durch deine Anwesenheit verpesten würdest. Es stinkt nämlich nach Schwefel, seit du hier bist«, beantwortete ich ziemlich wütend ihre freche Frage.

»Ach, Madame werden überheblich. Wo bleibt die allseits viel gerühmte Vornehmheit der edlen Stéphanie von und zu hochwohlgeboren derer von Faubourg?«, antwortete Scarlett mit bissigem Hohn.

»Es gibt einfach Leute, die nur eine Sprache verstehen, und auch wenn es mir schwerfällt, lasse ich mich dennoch auf die Stufe herunter und passe mich diesen primitiven Leuten in ihrer Umgangssprache an«, konterte ich mit fühlbarem Zynismus und ich merkte, wie die Glut in Scarletts Gesicht stieg. Ihre Gesichtsfarbe hätte locker mit der Farbe ihres Haares konkurrieren können.

Scarlett und ich waren so unterschiedlich, wie zwei Menschen nur sein konnten und daher legte ich keinen Wert auf weitere Kommunikation mit ihr. Noch wusste ich nicht, dass der gegenseitige verbale Austausch auch in Zukunft nicht zu vermeiden sein würde, auch wenn es mir gegen den Strich ging.

»Ich sagte dir ja, dass du schon noch sehen wirst«, sie ließ ihren Blick über meinen Salon schweifen, »wie lange du dich hier noch einnisten kannst.«

*

An einem Sonntag im Oktober, alles saß wieder einmal bei den Galanis' zum von uns beiden finanzierten Mittagessen, als Mario mit seiner Gabel an sein Weinglas schlug, um sich Gehör zu verschaffen. Entgegen Zamas Ratschlag – der war nämlich ziemlich vorausschauend – Mario solle mit der Neuigkeit nicht zu früh aufwarten, um der Sippschaft nicht die Zeit zu lassen, sich gegen ihn zu stellen, verkündete er unsere Pläne: »Leute, ich teile euch heute feierlich mit, dass Stéphanie und ich beschlossen haben, unseren gemeinsamen Weg durch Eheschließung zu besiegeln. Den Termin haben wir auf den 12. Juni 2010 festgelegt.« Während er sprach, warf er mir einen liebevollen Blick zu und besiegelte das eben gesagte mit einem flüchtigen Kuss auf meinen Mund.

Die unkultivierte, eklige Scarlett quittierte diese eben verkündete Neuigkeit mit einem bissigen Blick in meine Richtung. Die anderen bekamen vor Überraschung den Mund nicht mehr zu. Ich konnte das nicht verstehen. Es war doch keine große Affäre, wenn jemand in dieser Familie heiratete. Alessandro hatte im Sommer doch auch den Schritt in den Ehehafen gewagt, ohne dass jemand irgendeinen unpassenden Kommentar vorgebracht hätte. Bei uns war das anders. Als erstes ergriff Luciano das Wort: »Wieso wollt ihr denn heiraten?«, fragte er nur ganz kurz auf Italienisch.

»Wieso sollten wir nicht heiraten?«, stellte Mario die Gegenfrage.

»Na weil du schon eine andere dumme Tussi herumlaufen hast, die unser Familienleben mit ihrem Gift verseucht«, kommentierte Tiziano, Vaters Frage.

»Wenn du auf Myriam anspielst, so brauche ich dir doch wohl nicht zu sagen, dass wir seit gut fünf Jahren geschieden sind«, erklärte Mario, »und was Stéphanie anbelangt, so kann Myriam ihr das Wasser bei weitem nicht reichen. Also mäßige dich mit dem Verteilen von Schimpfworten. Von wegen dumme Tussi.«

»Aha, du bist seit gut fünf Jahren geschieden. Warum geistert Myriam dann immer noch herum, so dass wir nicht umhin kommen, sie nicht zu vergessen«, meinte Alessandro sich einmischen zu müssen. »Irgendwann wird es mit der da auch so kommen«, er nickte mit seinem Kopf verächtlich in meine Richtung, »nichts als Ärger mit deinen Weibern.« Zu den anderen gerichtet fügte er hinzu: »ihr seht ja, wie geschickt Stéphanie sich alles unter den Nagel reißt. Ich denke nur an dieses Bijou von Nutzraum, den sie für sich einheimste.« So, wie er seinen Kopf mit wichtigem Gesichtsausdruck hochhielt, wollte er uns wohl demonstrieren, dass er soeben etwas ganz Geistreiches zum Thema hinzugefügt habe.

Mir blieb ob dieser Bösartigkeit die Sprache weg und Mario war jetzt sichtlich wütend, und er ließ sich so weit auf die Stufe seiner Brüder hinunter, dass er sich ihren Hetztiraden anpasste.

»Komm Alessandro, nimm deinen Mund nicht so voll. Du warst es doch, der zuerst eine Araberin geschwängert und dann gleich anschießend dieses rothaarige Monster da an Land gezogen hat. Pack deine Xanthippe und schleich dich davon«, sagte er ziemlich beißend.

Scarlett schnappte ihren Mund auf und zu wie ein Fisch in einem Aquarium, in dem das Wasser zu kippen drohte.

Doch Mario war noch längst nicht fertig. »Ich habe wenigstens aus meiner früheren Verbindung mit Myriam meine Lektion gelernt, indem ich mich jetzt mit einer kultivierten Frau zusammentat. Aber du begingst denselben Fehler gleich noch ein zweites Mal, indem du Scarlett, quasi die Verhaltensschwester von Myriam, an Land gezogen hattest. Und was das Bijou anbelangt: ich habe diese Räume erst dazu gemacht, du siebenmal kluger Scheißer.«

»Willkommen auf der niederen Kaste«, kicherte Tiziano. »Du vergisst ja ganz deine bisher gewahrte Etikette. Wo bleibt denn deine vornehme Sprache? Lässt du dich so weit herunter auf das Niveau deiner unwürdigen, unmanierlichen Verwandtschaft?«

»Unmanierliche Verwandtschaft? Welche Untertreibung? Nutzloser Klüngel wäre angebrachter«, konterte Mario beißend. »Ihr seid Luzifers Brüder und Schwestern.«

Scarlett kochte vor Wut. Wahrscheinlich hatte sie bei dieser Bemerkung auch immer noch meine Worte im Ohr, als ich ihr sagte, sie verpeste mit ihrem Schwefelgestank meine Geschäftsräume.

Mario konnte ich indessen sehr gut verstehen. Er war es doch, der die Familie am Leben erhielt. Keiner von der Sippschaft war doch in der Lage, seinen eigenen Lebensunterhalt einigermaßen zu bestreiten. Insbesondere der nichtsnutzige Alessandro, der eigentlich nie etwas zustande gebracht hatte, riss seinen Mund am weitesten auf. Tiziano hatte wenigstens sein Künstleratelier und kann einigermaßen leben, na ja mehr schlecht als recht, während er immer noch bei Mario schmarotzte. Schließlich benutzte er immer noch gratis Marios Maschinen.

Dankte man es Mario auf diese Art? Er hatte diese Behandlung wahrhaftig nicht verdient. Und ich hatte mir die Eröffnung unserer Heiratsabsichten romantischer vorgestellt. Eigentlich erwartete ich, dass man uns erfreut zu unserem gemeinsamen Schritt in die Zukunft gratulieren würde.

Es war Concetta, die diesem zum Kleinkrieg ausgearteten Familienstreit ein Ende bereitete.

»Kinder, bitte vertragt euch«, sagte sie beschwichtigend und im gleichen Atemzug wies sie Mario zurecht. »Mario, beherrsche dich. Das war wirklich sehr abfällig, was du da eben sagtest«, rügte sie ihn.

Komisch, dass man von Mario immer gute Manieren erwartete, während man bei den anderen großzügig hinwegsah, wenn sie verbal entgleisten. Es ehrte mich zwar, dass man uns immer wieder gute Etikette nachsagte und sich selbst als unwürdig im Umgang mit uns darstellte, doch wenn das ein Grund war, uns ständig zu bekriegen und zurechtzuweisen, dann schien dieser Charakterzug in dieser Familie doch eher ein Fluch, denn ein Vorzug zu sein.

Merkte Concetta eigentlich nicht, was hier ablief? Wie konnte sie so etwas sagen? Was hatte Mario denn Schlimmes getan, indem er unsere Heiratsabsichten verkündete? Entweder war sie strohdumm und merkte nichts, oder sie war genauso hinterhältig wie die ganze Sippschaft. Papa Luciano blieb stoisch ... wie er halt eben war, kein Freund von Worten. Er schwieg eisern, dafür sprachen seine wasserblauen Augen umso mehr. Es war ein Blick, dem jede Aufrichtigkeit fehlte. Seine Mundwinkel zuckten verächtlich. Mich schauderte beim Anblick dieses kalten, gefühllosen Mannes.

Für Mario war der Tag verdorben. »Komm Stéphanie, lass uns gehen«, sagte er nur, und so schickten wir uns an, die ungemütliche Runde zu verlassen.

Alessandro rief uns nach, in Anspielung auf Marios Äußerung über Luzifers Brüder und Schwestern: »Na dann ... ciao ... wir sehen uns in der Hölle.«

Mario drehte sich an der Türe nochmals um und sagte: »Geht schon mal voraus. Doch kann ich euch nicht versprechen, dass ich euch dort besuchen komme. Aber wenn ihr schon mal heimkehrt in den Hades, nehmt doch bitte Myriam gleich mit. Dann seid ihr in bester Gesellschaft.«

*

*D*as Sprichwort, steter Tropfen höhlt den Stein, scheint sich ganz speziell in Marios Familie zu beweisen. Alessandro und seine rothaarige Hexe ließen keine Gelegenheit aus, bei den Eltern immer wieder zu sticheln. Sie fanden immer neue Ärgernisse, die ausreichten, dass die Eltern sich gestört fühlen könnten. Die beiden ließen sich, weiß der Teufel warum, auch immer leicht beeinflussen. Einmal war es die Lüge, dass Mario und insbesondere ich, der blutsfremde gierige Eindringling, alles an sich reißen wolle. Erst habe Mario Papas Geschäft übernommen, machte sich immer breiter, überall stand sein Gelumpe herum – mit Gelumpe meinte Alessandro Marios Ausstellungsstücke – und dann schleifte er die nimmersatte Myriam an und nun setzt sich wieder eine Wildfremde in das Familiennest. Sie die Brüder würden somit übervorteilt.

Ein andermal waren es das ständige Kommen und Gehen der vielen Kunden und die vielen Autos, die in der elterlichen Anlage parkten, was den Eltern doch nicht zuzumuten sei. Diese Argumente trafen bei den Eltern natürlich auf die richtige Stelle. Sie überlegten dabei nicht, dass es ja gewissermaßen nicht relevant war, von welchen Kunden die Autos schlussendlich stammten. Ob es jetzt meine Kunden waren, oder ob es die Kunden sein würden, die in Scarletts potentiellen Friseursalon kommen würden – darauf zielte die ganze Inszenierung doch schließlich ab – das wäre doch eigentlich einerlei.

Unterzog man die Autos jedoch mal einer genaueren Betrachtung, stellte man sehr schnell fest, dass die wenigsten Autos von Kunden stammten. Einerseits stand dort Tizianos Mercedes als Dauerparker, zwei Autos stammten von den Eltern und zwei von Mario und mir. Meist stand auch Alessandros Wagen da, weil der Schnorrer mit seiner Rothaarigen sich ja immer noch gerne an Mutters Tisch labte. Von meinen und Marios Kunden parkten vielleicht zwei oder höchstens drei Autos gleichzeitig auf dem Gelände. Zusammengezählt standen dort, wenn es hoch kam, vielleicht neun Autos, die meisten davon privat von der eigenen Familie.

Ohne darüber nachzudenken, übernahmen die Eltern unkritisch den von Alessandro wohl platzierten Dolch. Jetzt hatten sie etwas, worüber sie sich beklagen konnten. Dennoch war es mir ein Rätsel, wie Concetta so wankelmütig sein konnte. Sie war wie ein Fähnchen im Wind. Aus Bewunderung und Zuneigung wurde Ablehnung bis zum Hass. Es hätte mich auch nicht gewundert, wenn es dann ganz plötzlich andersherum abgelaufen wäre, und die verhasste Myriam plötzlich Gnade in Concettas Augen gefunden hätte. Bei der Familie war alles möglich.

Zum auslaufenden Jahr hatte ich nochmals richtig viel zu tun. Jeden Tag hatte ich mehrere Behandlungen. Der nächste Schock traf mich, als eine Kundin, die ich eben behandelt hatte, nach Verlassen meines Salons aufgeregt wieder hereinstürmte.

»Schauen Sie sich das mal an, Stéphanie!«, sagte sie ganz aufgelöst und ich folgte ihr nach draußen. Was ich da sah, versetzte mir einen mittleren Schock. Das Auto dieser Kundin war vom Kotflügel bis über die

Fahrertür mit einem spitzen Gegenstand zerkratzt worden.

»Sind Sie sicher, Madame, dass dieser Kratzer nicht schon vorher da war?«, fragte ich vorsichtig.

»Natürlich, hundertprozentig sicher bin ich. Das Auto ist ganz neu. Dieser Kratzer wurde jetzt gemacht, als ich zur Behandlung bei Ihnen war. Der wäre mir beim Aussteigen doch aufgefallen.«

Ich hatte einen Verdacht und ging zum nächsten Auto, das auf dem Gelände stand und da war mir klar, wem diese Sachbeschädigung zuzuschreiben war. Auch das andere Auto zierte ein solcher unschöner langer Kratzer.

»Es tut mir leid, dass das passiert ist. Da spielt jemand ein übles Spiel mit uns. Wir werden das in Ordnung bringen«, versuchte ich die Kundin zu trösten. Danach hatte ich die unglückliche Aufgabe, die zweite Kundin über die Sachbeschädigung zu informieren. Wo sollte das noch hinführen. Zu welchen Untaten waren die noch fähig, um ans Ziel zu kommen. Ich war total unglücklich.

Natürlich brachte Mario alles wieder in Ordnung. Was blieb ihm denn anderes übrig? Wir konnten dieser vermaledeiten Bagage die Zerstörungswut ja nicht nachweisen. Und wenn wir es gekonnt hätten, hätten die überhaupt die Mittel gehabt, für den Schaden aufzukommen? Vermutlich nicht. Und so wäre die Wiedergutmachung auf jeden Fall an Mario hängen geblieben, wenn wir unsere Kunden nicht verlieren wollten.

Wir ließen zwar die Polizei kommen und erzählten ihr von unserem Verdacht, doch das nutzte nicht viel. Sie interviewten die Eltern, Alessandro und seine missgünstige rothaarige Hexe und schließlich Tiziano, doch es war nur eine Alibiübung. Es ist halt für die zu Hilfe gerufene Polizei eine lästige Pflicht, tätig zu werden und so erfüllten sie dieses unliebsame Leistungssoll.

Von diesem Moment an, gab es viele Familienverschwörungen unter Beizug eines Rechtsanwalts, mit der Absicht eine Möglichkeit zu finden, wie man uns beide aus dem elterlichen Haus verjagen könnte. Zuerst fand alles im kleinen Kreis des von Hass verseuchten Familienclans statt. Mario ließ man vorerst außen vor. Aber das sollte sich ändern. Wir sollten nicht zur Ruhe kommen.

Kapitel 8

Für mich, die ich aus einer intakten Familie stamme, in der jedem Mitglied von jedem stets gegenseitiger Respekt entgegengebracht wurde, war ein solches Verhalten, wie das der Galanis' unbegreiflich. Wie kam es, dass innerhalb einer Familie so viel Hass und Neid erzeugt wurde, zumal ja alle sehr lange von Marios Erfolg profitierten? Ich fragte mich auch, wann dieser Zwist wohl entstanden sein mochte und vor allen Dingen, was der Auslöser dafür war? Eine logische Antwort dafür würde es wohl nie geben. Eines wusste ich jedoch von Anfang an: Mario hatte keine glückliche Kindheit, denn er wurde von den Eltern nie wirklich geliebt. Als er mir seine Eltern beschrieb, nannte er sie gar emotionale Krüppel, denen es an jeder sozialen Kompetenz mangelte.

Ich finde, dass sie leicht beeinflussbar waren, insbesondere die Mutter, und ganz speziell dann, wenn Reklamtionen aus der Ecke des Lieblingssohnes oder des Nesthäkchens kamen. Wenn ich daran denke, wie positiv sich Concetta bei mir ausließ, letztes Jahr, als ich sie gratis behandelte. Ich wähnte sie auf unserer Seite. Doch Mario schien nicht diesen Einfluss auf ihre Meinung zu haben wie seine Brüder. Die hatten es nämlich geschafft, dass sie ihren Standpunkt um180° änderte.

Und Luciano? Nun der war erstens ein Mitläufer. Der hatte neben seiner dominanten Frau nicht viel zu sagen. Concetta hatte in dieser Familie augenscheinlich

die Hosen an. Ihr Mann war eher der, der zu Gewalt-
ausbrüchen neigte. Und zweitens, so zumindest hatte
ich das Gefühl, war er an Mario nicht im Geringsten
interessiert. Im Gegenteil, Luciano schien seinen Sohn
tief im Innern abzulehnen. Mehr noch. Mir schien, dass
er Mario hasste. Vielleicht täusche ich mich auch,
wenn ich sage, dass aus seinen Augen purer Hass
funkelte, wenn es um Mario ging, was immer auch der
Grund sein mochte. Das zumindest sagt mir meine
weibliche Intuition.

Tja, und drittes war er mundfaul. So etwas Kurzan-
gebundenes wie ihn habe ich nie zuvor in meinem
Leben gesehen. Vielleicht fehlte ihm ja auch nur, um
eine Meinung zu äußern, der Alkohol, der in früheren
Zeiten einen bestimmten Pegel nie unterschritten
hatte. Doch seit der Leberzirrhose war er clean. Der
Arzt hatte ihm sehr ans Herz gelegt, sich strikt an das
Abstinenzgebot zu halten, wenn er das Leben noch ein
paar Jährchen genießen wollte.

Zwischen den Jahren kamen wir etwas zur Ruhe.
Wir hatten keine große Lust, uns die Feiertage, Weihnachten und Neujahr, von der Familie verderben zu
lassen. Außer an Heiligabend. Um diese traditionelle
Pflicht kamen wir leider nicht herum. Wir waren mit
der Familie um den Weihnachtsbaum versammelt und
das war mehr als genug, denn die Situation war
erwartungsgemäß explosiv.

Auch Jérôme war anwesend. Er ist ein richtig
unsympathischer junger Mann von neunzehn Jahren
geworden, der sich für Wunder was hielt, nur weil er
als Disc-Jockey arbeitete und dabei so viel Geld ver-

diente, dass er sich ein gehöriges Maß an Luxus leisten konnte. Seine überhebliche Art war abstoßend. Mit einem hämischen Seitenblick zu Mario nuschelte er durch die Zähne, so dass nur Mario es hören konnte: »Schau du zu, dass du deiner Verpflichtung mir gegenüber nachkommst. Ich absolviere immer noch eine Lehre und du bist zum Unterhalt verpflichtet, vergiss das nicht. Ich warne dich. Ich kann nämlich auch anders, wenn du nicht funktionierst.«

Selbstgefällig grinste er und wollte gerade in Richtung seiner Nonna weggehen, als er sich nochmals umdrehte, und immer noch nuschelig sagte: »Ich brauche Geld. Ich möchte mit meiner Nana zusammenziehen.« ›Nana‹ nannte man die Lebensgefährtin oder Geliebte.

Von der Familie wurde natürlich weiterhin erwartet, dass Mario an Weihnachten bei allen Mitgliedern des Clans mit großzügigen Geldgeschenken aufwartete.

Diese willkommene Aufmerksamkeit war zur lieben Gewohnheit geworden. Eigentlich erstaunlich, nachdem die Feindschaften so eskalierten. Doch es schien, dass in den Augen der Familienmitglieder das eine mit dem anderen nichts zu tun hatte. Keiner dachte auch nur im Geringsten daran, dass Mario sich aufgrund der Gehässigkeiten irgendwann einmal umbesinnen könnte. Keiner kam auf die Idee, dass er gekränkt sein könnte. Schließlich hatte er bis jetzt immer wunderbar funktioniert. Änderungen waren nicht vorstellbar und schon gar nicht akzeptiert. Einfach unglaublich diese Familie; so unglaublich, dass sich niemand auch nur im Traum hätte vorstellen können, meine Erzählungen entsprächen der Wahrheit.

Tja, und diese Weihnachten fielen die Geschenke um einiges spärlicher aus. Mario war zwar nicht arm, dennoch musste auch er sich einschränken, denn die Rezession hatte ihren Tribut gefordert. Die lang andauernde Weltwirtschaftskrise, die besonders seiner Branche schwer zusetzte, hatte ihm immer wieder herbe Rückschläge bereitet. Wir waren ziemlich froh um den Verdienst aus meinem Wellnesssalon, denn der lief zu Scarletts Verdruss nach wie vor sehr gut.

Doch, auch wenn Mario im Geld geschwommen wäre, und das war so sicher wie das Amen in der Kirche, hätte er sich nach all den Erfahrungen der letzten Wochen und Monate mit seiner hinterlistigen Familie dennoch zu diesem Schritt entschieden, seiner Schenkfreudigkeit einen Riegel vorzuschieben. Diese Familie, die auf seine Kosten immer sehr gut lebte, ihn aber bei jeder Gelegenheit ausbremste oder ihn auszutricksen suchte, diese Familie, die selbst nichts zustande brachte und nichts aber auch gar nichts zum Familienunterhalt beitrug, ließ ihn endlich umdenken und eine andere Strategie auffahren.

Die Galanis' jedoch wollten auf ihre Geldgeschenke nicht verzichten und so wurde Mario natürlich mit Vorwürfen überhäuft, weil er die Familie nur mit einfachen Sachgeschenken bedachte. Einzig seinem Patenkind, dem rothaarigen Pépé, der schon jetzt mit seinen acht Monaten alle Anzeichen für ein unmögliches Kind nach Jérômes Vorbild erkennen ließ, brachte er ein bescheidenes Geldgeschenk mit. In meinen Augen war das mehr als großzügig. Doch Concetta meinte: »Du hast schließlich eine Verpflichtung deiner Familie gegenüber. Die Familie ist ein heiliges Gebilde, und dieses zu missachten stellt eine Todsünde dar.«

Bei diesem Satz entrang sich mir ein gequältes, empörtes Lachen. Ausgerechnet diese diabolische Familie nahm das Wort ›heilig‹ und ›Todsünde‹ in den Mund.

Am stärksten riss Scarlett ihren Mund auf. Sie keifte und spuckte vor mir auf den Boden. »Dafür bist du Schlampe doch verantwortlich«, geiferte sie. »Du gierige Tussi hast doch nur einen schlechten Einfluss auf meinen Schwager.« Immerhin sprach sie von ›ihrem‹ Schwager, um damit ein sogenanntes Zusammengehörigkeitsgefühl, das es in Wirklichkeit nie gab, zu demonstrieren.

Und Alessandro, der chronisch unter Geldnot litt und entsprechend mit seinem Geldbetrag fest gerechnet hatte, stimmte gleich in diesen Chor von Schimpftiraden seiner Frau mit ein.

Mario hatte mit einer Tradition gebrochen und das stieß dem Clan äußerst sauer auf. Mit der Zeit sprachen und schimpften alle durcheinander, was der landläufigen Vorstellung eines typisch temperamentvollen, italienischen Familienbildes entsprach. Ich saß da und staunte nur. Träumte ich oder war das alles Realität?

Mario hörte sich eine Weile schweigend mit an, wie seine Familie wie ein Rudel räudiger Hunde über ihn und mich herfiel. Sein Gesicht wirkte düster und die Muskeln seiner Wangen bewegten sich gefährlich. Ich wusste, so gut kannte ich ihn, dass er jetzt im Stillen einen Plan aussheckte.

Ohne ein weiteres Wort zu verlieren, stand er auf, schaute mich nur an, und ich verstand. Ich erhob mich ebenso von meinem Platz, Mario nahm meine Hand und wir verließen diese Hölle der Raffgier, ohne uns auch nur noch einmal umzudrehen.

Natürlich kam es so, wie ich vermutete. Im neuen Jahr holte Mario zum Gegenschlag aus. Er ging zum Priester, der den kleinen Pépé getauft hatte, um ihn zu bitten, dass er im Register die Löschung der Patenschaft für Pépé veranlasse.

Der Priester, für den ein derartiger Akt etwas ganz Neues war, versuchte Mario umzustimmen. »Nun Herr Galanis, ein solcher Schritt überrascht mich sehr. So etwas habe ich in meiner ganzen Amtszeit noch nie erlebt. Ich bitte sie, sich nicht von ihrer Wut leiten zu lassen und sich diesen Schritt doch bitte nochmals zu überlegen. Ein unschuldiges Kind kann doch nichts für die ganze Familienfehde. Es würde damit verurteilt, für das Verhalten seiner Eltern zu büßen, und das ist doch nicht gerecht. Finden Sie nicht auch, Herr Galanis.« Er flehte Mario förmlich an, doch dieser blieb hart.

»Wissen Sie, Herr Pfarrer, ich kenne das zu genüge von meinem Sohn aus erster Ehe. Aus einem unschuldigen Kind wird ein verkorkster Charakter, wenn ihm Jahre lang regelmäßige Dosen von Gift injiziert werden. Und der Einfluss auf Pépé ist nicht gerade der beste. Tut mir wirklich sehr leid Herr Pfarrer; ja, und ich schäme mich für meine Familie, dass alles so ist,

146

wie es ist. Und genau deshalb, weil es so ist, wie es ist, bleibe ich dabei. Ich wünsche die Löschung der Patenschaft.«

Der Priester ließ entmachtet seine Schultern sinken. Ihm blieb nichts anderes übrig, als Marios Wunsch zu respektieren.

Da war das Gezeter groß, als Wochen später, ein Auszug des Registers mit der Änderung bei Alessandro eintraf. Dass der Familienmensch Mario so etwas fertigbringen könnte, damit hatten sie zuletzt gerechnet und das bedeutete natürlich eine Verschärfung des Krieges.

Die Familienstory

ab 2010

C: *Mario erzählt*

Kapitel 9

Anfänglich plagte mich das Gewissen, wegen des Schritts mit der Aufhebung der Patenschaft. Es ist, wie der Pfarrer ja sagte, nicht nur ein Schlag gegen die Sippschaft, sondern gegen das Kind. Und ein solcher Akt würde doch nur weitere Angriffsgründe nach sich ziehen. Auf der anderen Seite schob ich meine Zweifel beiseite. Was waren denn die Gründe für die Angriffe, bevor ich die Patenschaft zurückzog? Man konnte mir doch bisher nichts vorwerfen. Ich war immer großzügig, habe gegeben, was ich konnte. Ich lieferte doch nie irgendeinen Grund, dass man mich hätte bekämpfen müssen. Konnte es sein, dass es nur so niedrige Beweggründe wie Neid waren, die den Clan dazu bewegte, ein anderes Familienmitglied zu zerstören? Wenn ja, war das aber auch nicht logisch, denn wer sägt schon am Ast auf dem er sitzt? Ich hatte wirklich Mühe, mich in die Köpfe meiner Familie hineinzuversetzen, um Ihre Beweggründe zu verstehen.

*

Es brodelte und schwelte. Immer wieder traf der Familienrat zusammen und die ganze Brut geilte sich gegenseitig auf, wenn es darum ging, gegen mich und auch Stéphanie vorzugehen. Ich erfuhr es von meiner Mutter. Ich war gerade dabei, die gesamte Ausstellungsfläche plus den Zugangsweg zu sanieren, das heißt ich pflasterte das Ganze total neu und richtete alles neuzeitlich ein, als sie zu mir kam, um mich zu belabern: »Mario, wir müssen die Sache regeln, damit wieder Ruhe und Frieden einkehrt. Es rumort gewaltig. Ich mag das nicht.«

Ich ließ sie sabbeln, sagte nichts, schaute sie auch nicht an und arbeitete einfach weiter. Ich wusste, dass, wenn meine Mutter sich der Worte wie Frieden und Ruhe bediente, sie in Wirklichkeit meinte, ich solle nachgeben und nach ihrer und des Clans Pfeife tanzen.

»Niemand will akzeptieren, dass eine Fremde sich bei uns breit macht. Auch Myriam meinte, dass, bevor Stéphanie sich hier ausbreitet, ja wohl eurem Sohn diese Rechte zustünden, zumal in seinen Adern Galanisblut flösse.« Sie räusperte sich fast unmerklich, aber immer noch so, dass ich es vernahm. Als sie Myriam erwähnt hatte, hob ich aufmerksam geworden meinen Kopf und schaute ihr zum ersten Mal seit sie dastand und laberte in die Augen. War es also soweit, dass nun, wie erwartet, Myriam ins Spiel kam. »Ah, Myriam ist bei der Verschwörung auch dabei? Schau an, schau an! Ist ihr eigentlich erst jetzt gekommen, dass es, um einen Sohn zu zeugen, zwei Zweibeiner brauchte?« Ich schüttelte nur den Kopf und fuhr mit meiner Tirade weiter. »Hat sie euch also mit dem süßen Honig des Galanisblutes besänftigt? Galanisblut! Ha, das hat euch doch so richtig in euer Sippenherz getroffen; bestimmt ging das runter wie Öl, nicht wahr? Mit dieser hochtrabenden Formulierung hat die ungeliebte Ex-Schwiegertochter es doch tatsächlich geschafft, euch einzuwickeln. Aber ich sage euch, dass in Jérômes Adern mehr Clermontblut fließt, denn solches der Galanis'. Das ist eines, was sicher ist«, sagte ich zynisch. Mutter zuckte für einen Moment zusammen. Auch das entging mir nicht.

Sie fasste sich schnell. »Sei nicht so gehässig Mario. Sie ist trotz eurer Scheidung schließlich immer noch unsere Schwiegertochter und die Mutter unseres Enkels. Immerhin sagte Myriam uns, und das hat uns bis jetzt noch keiner gesagt, dass, wenn Stéphanie nicht wäre, ihr noch immer beisammen wärt. Sie wäre bereit gewesen, es nochmals zu versuchen, aber dir schien Stéphanie wichtiger zu sein, als dein eigener Sohn. Man sieht es doch schon daran, dass du nicht einmal den Unterhalt in voller Höhe bezahlen möchtest.«

»Ich fass es nicht. Ich fass es nicht«. In der Tat, mir blieben die Worte weg. In welchen schlechten Film bin ich hier denn geraten? Meine Sprachlosigkeit schien für meine Mutter Beweis genug, dass Myriam mit der Wir-wären-uns-einig-Lüge die Wahrheit sprach und so fuhr sie weiter: »Mario, gib Stéphanie den Laufpass! Verzichte auf die Heirat! Stéphanie ist nicht gut für dich und auch nicht für die Familie. Sie bringt dir und uns kein Glück. Seit sie da ist, gibt es doch nur Streit. So zerstritten waren wir noch nie.«

›Unglaublich‹, dachte ich, ›als wäre Stéphanie je für irgendeinen Streit verantwortlich gewesen‹.

»Mutter, du gehst mir auf den Nerv. Geh jetzt, ich habe zu arbeiten.«

»Du wirst schon sehen, was du von deiner Sturheit hast. Ich habe es nur gut mit dir gemeint. Aber du willst ja kein Einsehen haben.«

»Mutter, merkst du eigentlich nicht, welchen Nonsens du hier rauslässt? Sag mir doch nur eine Begebenheit, wo du es je einmal gut mit mir gemeint hattest!

Ich kann mich nämlich an keine erinnern. Es galt immer nur: Tiziano hinten, Tiziano vorne, Tiziano oben und unten … immer nur Tiziano, seit jeher.«

»Sei nicht eifersüchtig. Das steht dir nicht zu. Schau lieber, dass du dein Leben geregelt bekommst, denn, so wie Myriam uns erzählte, wird sie wieder eine neue Klage wegen der Unterhaltszahlungen gegen dich anstrengen.«

»Ach, und das findest du in Ordnung? Du findest also in Ordnung, dass mein 20jähriger Sohn, der als Disk-Jockey mittlerweile so gut verdient, um damit herumprahlen zu können, immer noch von mir unterhalten werden will? Du findest es okay, dass das Gericht seine Einkünfte und den daraus resultierenden luxuriösen Lebensstil nicht in die Unterhaltsberechnung mit einbezieht? Mein Geschäft hat sich vom letzten Tiefschlag noch nicht vollständig erholt, so dass ich über die Einnahmen, die Stéphanie aus ihrem Wellness-Salon erzielt, froh bin. Ich hingegen habe im Moment nur wenige Aufträge.«

»Das wird auch wieder besser. Es war doch schon immer so. Du hast es doch auch damals geschafft, Papas Pleitebetrieb, der ganz am Boden lag, wieder hochzupäppeln. Du wirst es auch jetzt wieder schaffen.«

»Ist ja schön, dass wenigstens *du* daran glaubst.«

»Ja, ich glaube daran.«

»Ja klar, dass du gerne daran glaubst; war bis jetzt ja auch nur zu eurem Vorteil. Es ist doch bequem, ein Stehaufmännchen in der Familie zu haben, auf das man sich verlassen kann, nicht wahr? So kann man sich auch immer gewiss sein, dass das Polster nie durchgelegen sein wird, so dass man sich immer wieder weich betten kann.«

»Hör auf damit! So zu reden steht dir nicht zu. Ich glaube an dich und ich glaube auch, dass Jérôme, wenn er schon auf seinen Vater verzichten muss, zumindest ein Unterhalt zusteht. Er zeigte doch guten Willen, als er eine Lehre als Disc-Jockey begann.«

Ich konnte das ›Es steht dir nicht zu‹ aus dem Munde meiner Mutter nicht mehr hören. Es brachte mich in Rage, und ich wurde laut: »Du hörst mir nicht zu, Mutter. Ich erzählte dir, dass meine Geschäfte im Moment nicht rosig sind. Ich bin auf Stéphanies Einkünfte – die zu mindern meine Brüder und die rote Xanthippe alles daransetzen – angewiesen, während Jérôme sich ein schönes Leben gönnt, sich teure Klamotten kauft und heute schon prahlt, dass er bald ausgesorgt haben wird. Und was deine Rede über den armen Jungen, der auf seinen Vater verzichten muss anbelangt, ich habe nie einen Sohn gehabt. Dafür hatte Myriam von klein auf gesorgt.«

»Du übertreibst«, meinte sie leichtfertig und »schreie mich bitte nicht so an. Es steht dir nicht zu.«

Ja, da war es wieder. Es hatte keinen Zweck. Meine Mutter verstand es, Dinge herunterzuspielen oder gar nicht darauf einzugehen. Darin war sie eine Meisterin. Ja, und immer wieder betonte sie, dass mir gewisse Verhaltensweisen oder Reden, die für die anderen Familienmitglieder zur Gewohnheit wurden, nicht zustehen würden. Pah, ich war dem allem überdrüssig.

»Unglaublich Mutter, wie taub und blind du bist, wenn es um die anderen im Clan geht, und wie scharfsinnig kalkulierend und prinzipiengetreu du sein kannst, wenn es um mich geht. Bin ich denn nicht Teil der Familie? Bin ich denn nur ein lästiges Geschwür am Appendix des Clans, das froh sein kann, wenn der Clan ihm gut gesinnt ist, und das sich die gute Gesinnung ihm gegenüber zu erkaufen hat?«

»Ich mag darüber jetzt nicht diskutieren. Das führt zu nichts. Am Freitag haben wir wieder Versammlung im Familienrat. Du bist gebeten auch teilzunehmen.«

Auch das war ihre Spezialität, dass sie dann nicht mehr darüber diskutieren wollte, wenn es von ihrer Seite her nichts Überzeugendes zu sagen gab, an das zumindest sie selbst hätte glauben können. Sie sprang dann sofort über zu einem nächsten Thema. Es hatte keinen Wert. Diskussionen mit meiner Mutter waren fruchtlos, unbefriedigend, führten einfach zu nichts. Ich fand es somit besser, das Gespräch zu beenden. »Wo findet die Versammlung statt?«, fragte ich nur noch.

»Bei uns oben, im Wohnzimmer. Kommst du?«

»Nur, wenn Myriam nicht dabei ist. Mit ihr setze ich mich nicht mehr an einen Tisch.«

»Nein, sie wird nicht dabei sein. Und du bringst Stéphanie nicht mit, weil die andern sich mit ihr ebenso wenig an einen Tisch setzen wollen. Also, bis Freitag?«, hakte sie nochmals nach und ich bestätigte.

»Okay, bis Freitag«, sagte ich, ohne zu ahnen, was mich erwarten würde.

Kapitel 10

*D*iese ganze Tragödie tat mir so leid. Nicht nur wegen mir, der ich der Hauptleidtragende war. Nein, ganz besonders wegen Stéphanie. Sie war so anständig, ohne Falsch und Tücke. Ich hatte Angst, dass sie dem Druck, der durch meine Familie auf uns ausgeübt wurde, nicht standhalten könnte. Dass sie plötzlich von sich aus entscheiden würde, die Hochzeit abzusagen und wieder zurück nach Paris zu gehen. Und ich war mir sicher, dass genau das in der Absicht meiner mephistophelischen Familie war. Zum ersten Mal hatte ich Angst. Ich hätte am liebsten alles gepackt und wäre mit Stéphanie ausgewandert, um irgendwo, fern der Familie einen Neuanfang zu starten. Doch diesen verlockenden Traum konnte ich mir abschminken, zumindest vorerst, da ich während des laufenden Verfahrens gegen mich das Land nicht verlassen durfte. Ich fühlte mich schon jetzt wie im Gefängnis. Und dass dieses Gefängnis auch durch Mauern hätte eingegrenzt werden können, war so abwegig nicht. Anfang März nämlich telefonierte mir der Flegel von Sohn und drohte mir. Wörtlich sagte er: »Wenn du nicht zahlst, gehst du in den Knast.«

›Warum?‹, fragte ich mich immer und immer wieder. Ich konnte es nicht verstehen. ›*Was habe ich falsch gemacht? Warum spielte man mir von allen Seiten so übel zu? Werde ich irgendwann aufwachen und tief durchatmen, dankbar, dass alles nur ein böser Traum war?*‹

Am Freitag, es war der 7. Mai 2010 – ich werde dieses Datum nie mehr vergessen – ging ich mit gemischten Gefühlen zur Veranstaltung des Familienclans. Als ich hereinkam und den durchdringenden, feindseligen Blick bemerkte, mit dem die rothaarige Hexe mich maß, fragte ich unwirsch: »Was suchst *du* denn hier?«

»Wenn dir das bis jetzt entgangen sein sollte, ich gehöre zur Familie«, gab sie schnippisch zurück.

Ich hörte den Zynismus in ihrer Stimme förmlich heraus. Doch ich ließ es bei dieser Bemerkung bewenden, denn schon spürte ich Alessandros giftigen Blick auf mich gerichtet. Bevor ich hier herkam, hatte ich mir fest vorgenommen, es beim heutigen Gespräch nicht so weit kommen zu lassen wie an Weihnachten. Ich wollte mich keineswegs provozieren lassen, wollte eher ruhig bleiben und gelassen reagieren. Wir teilten uns nur noch wortlos unsere wechselseitige Verachtung mit.

Papa saß neben dem Kamin in seinem Ohrensessel. Noch nie zuvor ist mir so sehr bewusst geworden, wie alt mein Vater geworden war. Er war ein schrumpeliges Häuflein Mensch, kleiner denn je, mit durchsichtiger blasser Haut und gekrümmten Schultern. Seine wasserblauen Augen schauten miesepetrig in die Welt. Man hätte ihn fast bedauern mögen, wenn man es nicht besser gewusst hätte. Diese jämmerliche, bedauernswerte Erscheinung spiegelte nur sein Äußeres wider, im Innern war er nicht minder gehässig als meine Brüder. Nein, er war die Gehässigkeit in Person.

Ich selbst kam mir irgendwie, wie ein Fremdkörper vor in diesem Haus, das so schlicht und kalt war, wie meine freudlosen Eltern selbst.

Mutter stellte Gläser auf den Tisch, deckte ein paar Knabbereien auf, als Tiziano eintrat und ich staunte nicht schlecht, dass er gleich seinen Rechtsanwalt mitbrachte. Das hatte Mutter mir nicht gesagt, als sie mich zur Versammlung einlud.

»Wieso brauchen wir einen Rechtsanwalt?«, fragte ich überrascht.

»Mein Name ist Bertrand, Christian Bertrand, und ich vertrete die Interessen der Galanisfamilie, sprich Ihrer Eltern und Ihrer Brüder. Ich würde Ihnen, Herr Galanis, vorschlagen, dass sie kooperieren. Je eher sie sich fügen, desto schneller ist die Sache hier beendet. Wir wollen doch nicht, dass unser Gespräch ausufert und sich zu einem hässlichen Kampf ausweitet, nicht wahr, Herr Galanis?«, versuchte der Rechtsanwalt mich einzuschüchtern. Sein Lächeln, das sich nur auf einen Mundwinkel beschränkte, wirkte leicht spöttisch.

Ich schaute etwas verwirrt in die Runde dieser illustren Gesellschaft, denn ich konnte nicht glauben, was ich eben erlebte. Diese hinterhältige Bande lud mich zu einer Familienversammlung für eine Aussprache ein und brachte einen Rechtsanwalt mit. Mutter wich meinem Blick aus, während das mickrige Männchen in der Ecke, das mein Vater war, mich mit regloser Miene anstarrte. Tiziano blickte siegesgewiss, hatte er doch *seinen* Rechtsanwalt zur Unterstützung. Alessandro und seine Xanthippe waren sich einig mit dem Schneiden einer hämischen Grimasse.

»Und was verlangt der hier versammelte, verstummte hohe Rat von mir?«, fragte ich in Anspielung auf das eiserne mich umgebende Schweigen meiner Familie. Mit dieser Frage eröffnete ich quasi die private Gerichtsverhandlung, ohne zu ahnen, was mich erwartete.

»Sie verzichten zumindest auf einen der beiden umgenutzten Räume zugunsten Ihres Bruders Alessandro«, gab mir Bertrand unverblümt zu verstehen.

»Und mit welcher Begründung, oder besser gesagt, mit welchem Gegenangebot sollte ich einen Raum zur Verfügung stellen?«, wollte ich wissen.

»Nun, wenn Sie nach der Begründung fragen: es wird in der Familie allgemein wenig goutiert, dass Sie wie ein Hamster alles an sich reißen. Und um ihre zweite Frage zu beantworten: es ist wohl sehr anmaßend von Ihnen, dass Sie, nachdem sie sich alles unrechtmäßig unter den Nagel gerissen haben, glauben, einen Anspruch auf Ersatz geltend machen zu können. Im Moment ist die Lage nämlich so, dass Sie nichts zu fordern haben.«

»Erstens habe ich mir nichts unrechtmäßig unter den Nagel gerissen. Es handelte sich bei dieser Lokalität um zwei ehemals leer stehende, ungenutzte Räume und zweitens, war es vereinbart, dass ich diese Räume zur Nutzung, und zwar zu meiner und Stéphanies Nutzung, umgestalte.«

»Und, können Sie mir bitte sagen, mit wem dies vereinbart wurde?«, fragte er spöttisch. Er hielt während er sprach selbstgefällig seinen Kopf hoch erhoben, um Überlegenheit zu demonstrieren.

»Es war mit meinen Eltern vereinbart«, erklärte ich.

Bertrand grinste und blickte in die Runde, während er spöttisch wiederholte, »es war vereinbart mit den Eltern ... so, so.« Dann blickte er wieder zu mir und richtete die nächste Frage an mich: »Dann können Sie mir doch sicher die schriftliche Vereinbarung zeigen, oder nicht?« Er grinste noch breiter und hämischer.

»Es war eine mündliche Vereinbarung. Oder glauben Sie, ich hätte einfach umgebaut, ohne das Einverständnis der Eigentümer zu haben?«, wandte ich ein, »Sie hatten meine Renovationsarbeiten ja mitbekommen. Wenn es nicht rechtens gewesen wäre, hätten sie ja einschreiten können.«

Er machte eine wegwerfende Handbewegung und setzte gleich wieder sein hochnäsiges Grinsen auf. »Aha, mündlich vereinbart. Ich verstehe sie also richtig, sie haben überhaupt nichts Schriftliches und wenn es auch nur ein handgeschriebener Schnippel wäre, das Sie uns vorlegen könnten?«

Ich blickte hilfesuchend zu meiner Mutter. Sie aber schwieg.

»Mutter, sag doch etwas. Du weißt doch genau, dass wir uns im Vorfeld zur Übernahme der Räume durch mich geeinigt hatten. Du gabst mir freie Hand für den Umbau und die Einrichtung und du bist auch immer gerne in den Genuss von Stéphanies Behandlungen gekommen. Das hättest du doch nicht gemacht, wenn du mit der Nutzung der Räume nicht einverstanden gewesen wärst, oder?«

»Nun ja, Mario«, fing sie zögerlich an, »es ist schon so, dass wir mal darüber gesprochen hatten, ja, und ich habe mich auch behandeln lassen … vorläufig. Doch eine schriftliche Vereinbarung fehlt tatsächlich. Da hat Monsieur Bertrand schon recht«, stotterte sie. Ihre Augen bewegten sich dabei nervös unruhig hin und her. Oh, wie schlüpfrig meine Mutter sein konnte. Ja, es war eine Logik, ihre Logik. Sie wusste alles so naiv rüberzubringen, dass es darauf gar nichts zu erwidern gab.

»Nun Herr Galanis, Sie sehen, dass Sie hier schlechte Karten haben. Es gibt kein Schriftstück, das beweist, dass Sie zur Nutzung dieser Räume berechtigt sind und dass Sie froh sein dürfen, wenn man Ihnen wenigstens einen Raum noch lässt«, sagte er, während sein Grinsen einer ernsteren Miene wich. Er kniff die Augen zusammen, kam mit seinem Gesicht näher an meines, und fuhr weiter: »Doch, Herr Galanis, es ist nicht ganz so, dass es kein Schriftstück gäbe«, sagte er, richtete sich wieder auf und griff in die Mappe, die er zu Beginn der Sitzung vor sich auf den Tisch gelegt hatte und zog ein Schriftstück hervor, mit dem er vor meiner Nase herumwedelte. »Hier haben wir doch tatsächlich ein nettes kleines Schriftstück … von Ihnen unterzeichnet …«, er tat so, als sehe er das Dokument heute zum ersten Mal, so als hätte er es nicht schon im Vorfeld äußerst gründlich studiert, um zu wissen, was es beinhaltete und auf wann es datiert war. Er gab den Anschein, als müsse er erst genau hinsehen, um das

Datum zu entziffern und den Inhalt kurz zu überfliegen. Das war sein Stilmittel, um Überlegenheit zu demonstrieren. Er räusperte sich, legte seine Stirn in Falten, und sagte, zwischen jedem Wort eine kleine wirkungsvolle Sprechpause einlegend, »… und, wenn ich das richtig lese, stammt dieser Vertrag aus dem Jahre 1992.« Er blickte auf, mir direkt in die Augen. Seine Mimik war sehr wichtigtuerisch.

Im Moment hatte ich keine Ahnung, worum es hier ging. Erst, als Bertrand den Vertrag vor mir auf den Tisch knallte, dämmerte es mir allmählich. Oh mein Gott, das hatte ich ja längst vergessen. Es war die Vertragsänderung, die alle Nutzungsflächen meines Betriebes um die Hälfte kürzte. Ein Proforma-Vertrag nannten sie es damals. Es war, wie Myriam damals vermutet hatte, wahrscheinlich die Antwort darauf, dass ich Tiziano wegen Unzuverlässigkeit und schließlich einer Unregelmäßigkeit entließ. Ich war im Moment sprachlos. In meinem Kopf wirbelten die Gedanken umher. Wie ein Film sah ich unser damaliges Gespräch vor meinem geistigen Auge ablaufen, damals als Myriam mich kritisierte und mich einen gutgläubigen Naivling nannte. ›*Das hat doch einen Grund, wenn die so etwas machen. Das ist doch eine abgekartete Sache* ‹, sagte sie. Wer sollte schon hinter diese Heimtücke blicken, wenn nicht Myriam. Es entsprach doch ganz ihrem Naturell. Mir wurde auf jeden Fall schmerzhaft bewusst, wie recht sie in dieser Angelegenheit hatte.

Meine phantastische Familie schwieg indessen beharrlich und harrte gespannt der weiteren Dinge, die dieser Vertragsoffenlegung folgen würden. Eine Sensationslust schaute aus ihren Augen. Doch, ich hatte im

Moment nichts zu sagen, mir verschlug es einfach die Sprache. Ich musste das alles zuerst verdauen.

»Herr Galanis, hat es Ihnen die Sprache verschlagen?«, nahm Bertrand das Gespräch mit leichtem Spott in der Stimme wieder auf.

»Sie müssen verstehen, Monsieur, dass es für mich nicht einfach ist, zu erkennen, wie meine eigene Familie mich schamlos hintergangen hatte.«

Meine Mutter senkte beschämt ihren Blick auf ihre Hände, die sie vor sich gefaltet auf dem Tisch liegen hatte. Ihre Finger bewegten sich nervös. Sie konnte mir nicht in die Augen schauen.

»Na, na, na, das klingt jetzt aber sentimental. Doch, ich brauche Ihnen nicht zu sagen, dazu sind Sie Geschäftsmann genug, dass Business nicht mit Privatem vermischt werden sollte. Business ist Business, Privat ist Privat … alte Regel.«

»Und Betrug ist Betrug«, ergänzte ich seine alte Regel.

»Sie neigen zu Übertreibungen Herr Galanis. Nur, weil Menschen ihr Recht fordern, ist das noch lange kein Betrug«, drehte er diesen hässlichen Vorgang ins Gegenteil um.

Aber wahrscheinlich wusste er auch gar nicht, unter welcher Voraussetzung und Begründung die Vertragsänderung 1992 vorgenommen wurde. Oder vielleicht wusste er noch nicht einmal, dass es eine Vertragsänderung war, weil die vermaledeite Familie dies vermutlich verschwiegen hatte. Vielleicht verkauften sie ihm dieses Papier als Ursprungsvertrag. In meinem Kopf arbeitete es wie wild. ›*Ich muss den Ursprungsvertrag unbedingt heraussuchen und wegschließen ... unbedingt*‹ hämmerte es in meinem Kopf.

»Herr Galanis, ich mache Ihnen einen Vorschlag zur Güte«, er blickte in die Runde, »die Familienmitglieder sind ja keine Unmenschen. Wir wissen ja alle, dass sie kurz vor der Hochzeit stehen und andere Dinge im Kopf haben, als die belagerten Gebäude zu räumen und umzuziehen und ihr künftiges Geschäft in Ordnung zu bringen.«

Bei dieser Formulierung ›*belagerte Räume*‹, kam ich mir vor wie ein Hausbesetzer.

Im nächsten Moment richtete er seinen Blick wieder auf mich. »Und wir wissen ja alle, eine Hochzeit muss geplant werden. Soweit ich informiert bin, und das bestätigt mir wieder einmal den Goodwill Ihrer anständigen Familie, können Sie Ihre Hochzeit im Haus Ihrer Eltern feiern. Die Familie lässt Ihnen Zeit mit der Räumung bis nach Ihrer Hochzeit. Und auch da dürfen Sie sich Zeit lassen Es muss nicht alles von jetzt auf gleich erledigt sein. Das ist doch fair ... finde ich ... nicht wahr?«

Ich gab keine Antwort, saß nur noch geknickt da. In meinem Kopf wirbelten die Gedanken wild durcheinander. Ich sah ganz klar vor meinen Augen, wie sich damals alles abspielte. Plötzlich war mir klar. Meine Eltern hatten die Teilung von langer Hand geplant. Sie warteten nur noch zu, erstens weil sie nicht wollten, dass es auffiel, so kurz nach Vertragsänderung, und zweitens, weil sie wussten, dass ich noch viele Umbau-

164

arbeiten vornehmen würde, um mein Geschäft zu verschönern. Sogar die letzten, eben abgeschlossenen Arbeiten, das Fließen und Herrichten der sich im Freien befindlichen Ausstellungsfläche, hatten sie abgewartet. Das alles steigerte doch nur noch den Wert des ganzen Anwesens.

Was habe ich getan, dass sie mich so hintergingen, dass sie mich so straften. Reichte alleine die Tatsache für ein solches Verhalten aus, dass ich nicht ihr Lieblingssohn war. Aber vielleicht bestraften sie mich ja auch nur dafür, weil ich so dumm war, ihnen zu vertrauen. *Dummheit gehört bestraft.* Das hatte mein Vater schon früher immer gesagt, vorausgesetzt er sagte mal etwas.

»War's das?«, fragte ich schließlich und erhob mich zum Gehen. Ich blickte in erstaunte, nein es waren enttäuschte Gesichter, denn alle erwarteten wohl, dass ich mich wehrte, gar lautstark ausrastete. Denn allein meine Familie wusste, dass ich allen Grund dazu gehabt hätte. Weg, ich musste weg hier. Dieser Raum knisterte förmlich voll unguter, zerstörerischer Energie.

»Ja, das war's ... vorerst«, sagte Bertrand mit erstaunter Stimme.

Ich verließ den Ort des Schreckens. Ohne mich auch nur einmal noch umzusehen, setzte mich in mein Auto und fuhr davon.

Ich war aufgewühlt. Wie sollte es jetzt für mich weitergehen. Dieser Vertrag sah vor, dass ich nur noch in meinem selbst erbauten, sowieso mir gehörenden

Atelier arbeiten durfte, während ich das ursprünglich vorhandene Gebäude räumen musste. Ebenso durfte ich nur noch die Hälfte der Fläche für meine Ausstellungsstücke nutzen und zusätzlich musste Stéphanies Wellness-Studio einem Friseursalon weichen. Bekam die rothaarige Hexe also ihren Willen. Und keiner würde ihr vorwerfen, sich in ein gemachtes Nest gesetzt zu haben. Erstaunlich, dass Gleiches nicht immer das Gleiche war.

Was mich jedoch am meisten bewegte, war die Frage, warum meine Eltern mich so hassten, ganz besonders mein Vater. Um das zu sehen, brauchte man ihm nur in seine kalten, lieblosen Augen zu schauen. Stéphanie sagte schon ziemlich früh, nachdem sie meine Eltern kennenlernte, dass mein Vater ihr Angst einflöße und sie meinte auch, dass jeder Blick und jede Geste in meine Richtung verrate, dass er mich ablehnte. Plötzlich sah ich mich als das unerwünschte Kind der Galanis. Nur das Materielle, das ich der Familie viele Jahre bot, zählte. Der Mensch, der sich hinter diesen Annehmlichkeiten verbarg, war unwichtig. Er war einfach.

›Doch die werden sich noch wundern. Jetzt fahre ich meine Geschütze auf, und wenn diese Geschütze bedeuteten, dass ich meine ganzen Um- und Ausbauten, die ich hier liebevoll vornahm, zerstören würde. Die sollen sich nicht in ein gemachtes Nest setzen‹, dachte ich wütend. Es wäre nur ein kleiner Sieg, aber es wäre einer, und wenn es nur der Sieg war, dass sie sich grün und blau ärgerten, weil alles, was sie mir wegnahmen unbenutzbar wurde. Bis die wieder etwas daraus gemacht haben würden, würde alles brach liegen, wenn sie es überhaupt je

schaffen sollten, etwas auf die Beine zu stellen. Und die rote Hexe könnte sich ihren Friseursalon erst einmal abschminken. Vielleicht sogar für immer, zumindest auf diesem Anwesen.

Aber dieser Bertrand hatte recht, jetzt gab es erst etwas anderes zu tun. Die Hochzeit musste vorbereitet werden, denn wir hatten gerade mal einen Monat Zeit. Eigentlich war ja ursprünglich ein Restaurant vorgesehen, denn ich hätte es lieber vermieden, meine Eltern um einen Gefallen zu bitten. Doch zu einem Essen im Restaurant reichten meine momentanen Finanzen nicht aus. Deswegen hatten meine Eltern und ich uns darauf geeinigt, dass das Essen nach der Trauung bei ihnen stattfinden sollte.

Zwei Wochen vor der Hochzeit kamen meine Brüder zu mir, um mich zu belabern. Sie rieten mir allen Ernstes nochmals eindringlich von der Hochzeit ab. »Blase sie ab«, sagten sie, »wir warnen dich. Mit dir werden wir immer einig werden, mit ihr nie.«

Nun, ich konnte mir vorstellen, dass ihnen diese Verbindung nicht passte, da Stéphanie durch ihre Ausbildung als Beamtin juristisch versiert genug war, um künftige Fehler von mir zu verhindern. ›Brauchte ich also eine Aufpasserin, damit ich keine Dummheiten mehr machen kann‹. Bei diesem Gedanken musste ich lächeln. Doch es war ein müdes, kapitulierendes Lächeln, das meine Augen nicht erreichte.

»Vergesst es«, antwortete ich nur und ließ sie stehen.

Aber es sollte noch dreister kommen. Es wäre doch nicht meine Familie, wenn sie nicht mit allen Mitteln versuchten, mir im Wege zu stehen, mich zu hintergehen und mir das Leben schwer zu machen.

Wir mieteten Stühle, Tische und Girlanden. Dann nahmen wir Kontakt mit diversen Caterern auf. Schließlich fanden wir einen guten, der auch erschwinglich war und stellten alles zusammen.

Die Familienstory
ab Mitte 2010

D: *Stéphanie erzählt*

Kapitel 11

*E*ine Woche vor der Hochzeit nahm meine künftige Schwiegermutter mich beiseite und erklärte mir, dass es total normal und nach italienischer Sitte auch üblich sei, wenn Mario vor der Hochzeit jedem Bruder jeweils ein Studio, die er im Hinterland besaß, überschriebe und ich solle ihn doch dahingehend überreden. Ich glaubte meinen Ohren nicht zu trauen. Mario hatte immer geschuftet und die Brüder wollten kassieren, so wie seit jeher. Und das alles, nachdem man ihn auf so fiese Art und Weise hintergangen hatte. Ich konnte diese Gedankengänge nicht nachvollziehen. In welcher Welt lebten die eigentlich? Lebten die in der Vorstellung, dass Mario, wenn man ihm auf die linke Wange schlug, gleich noch die rechte hinhielt? Diese Familie hatte ... nun, wie soll ich es nennen? Ich sag's vielleicht mal ganz ungeschminkt: Sie hatte einen Knall, war einfach nicht normal.

Mario passte nicht in diesen Clan. Er war anders, feinfühlender, edler, ehrlicher ... na ja, einfach anders. Es war genau das, was ich an ihm liebte. Es war der Unterschied zum ganzen verkorksten Galanis-Clan, der ihn so sympathisch machte. Vermutlich ging es jedem so, der ihn kennenlernte. Zama zum Beispiel liebte Mario vom ersten Tag an, so als wäre er sein eigener Sohn.

Ja, ich gebe zu, dass ich nach dieser ganzen Vorstellung zuerst einmal drauf und dran war, die Hochzeit abzublasen, denn ich befürchtete, dass diese Familie uns das Leben weiterhin würde zur Hölle machen. Sie würde uns nie mehr zur Ruhe kommen lassen. Ich würde mir mit der Heirat mit Mario Missgunst, Hass und Krieg einhandeln. Das brauchte ich nicht, nicht nach all meinen Erfahrungen, die ich mit meinem Chinesen sammelte. Damals hatte ich weiß Gott genug gelitten. Ich wollte mir nicht mehr freiwillig neue Probleme unverpackt ins Haus holen. Dann aber besann ich mich eines Besseren. Schließlich liebte ich Mario, und er sollte nicht auch noch durch mein Kneifen bestraft werden. Das war das eine, und auf der anderen Seite gönnte ich der Sippe diesen Triumph nicht. Denn darauf spekulierten sie, dass unsere Hochzeit nicht stattfinden würde.

Auf jeden Fall hatte das familiäre Dilemma auch eine Auswirkung auf unser zukünftiges Leben. Auf Concettas Anliegen, die Studios an Marios Brüder zu verscherbeln, antwortete ich: »Das werde ich gewiss nicht tun. Im Gegenteil, ich werde ihn hinsichtlich seiner Rechte juristisch beraten, denn so weit reichen meine juristischen Kenntnisse aus, um darin kompetent genug zu sein. Ich meine, dass Mario in der Vergangenheit zu genüge gelinkt wurde.« Ich wusste, dass ich mich damit in die Nesseln setzte, denn ich hatte sie damit indirekt betrügerischer Absichten der Vergangenheit und der Gegenwart bezichtigt.

»Nun, du musst es ja wissen, was gut für euch ist«, sagte sie hocherhobenen Hauptes. »Ihr werdet auf jeden Fall nie mehr mit uns rechnen können.«

»Oh ja, wir konnten bisher immer mit euch rechnen«, gab ich ihr Recht, jedoch nicht ohne beißende

Ironie aus meiner Stimme heraushören zu lassen. »Aber glaube mir, Mario hätte die letzte Zeit lieber nicht mit euch gerechnet. Es wäre ihm viel besser ergangen. Das Schlimmste ist, das befürchte ich, dass ihr gar nicht merkt, wenn ihr jemandem Unrecht tut. Ihr kennt den Unterschied zwischen Recht und Unrecht nicht.«

Sie lief verschnupft davon. Doch ihr Anliegen von wegen italienischer Sitte war mit ein Grund, dass wir beide einen Heiratsvertrag hinterlegten.

Die Quittung wurde uns auf den Fuß präsentiert. Zwei Tage vor der Hochzeit, und das war der Höhepunkt, sagten Marios Eltern ab, das Essen bei ihnen in Hof und Garten zu veranstalten. Doch wir waren von der Familie schon so viel gewohnt, dass uns auch das nicht mehr erschüttern konnte. Wir fanden einen Ausweg. Wir vereinbarten nämlich kurzerhand mit Zama, bei ihm das Fest zu veranstalten. Wir organisierten ein Buffet warm und kalt für 40 Leute, und … darauf bestanden wir … ohne Pépé. Dieses kleine Scheusal war jetzt schon mit gut einem Jahr unerträglich. Wie Jérôme genoss auch er bisher keine Erziehung. Wie sollte er, bei diesem Monster von Mutter und dem nichtsnutzigen Vater, der froh war, wenn er sich nicht um Erziehung kümmern musste?

Auch diese Entscheidung stieß dem Clan sauer auf. Schließlich, und darauf schienen sie immer besonders viel Wert zu legen und sich unbegründet auch etwas einzubilden, floss in Pépés Adern das Blut der Galanis', während ich eine Außenstehende war, die nicht angenommen werden könne. Ich konnte das Wort Galanisblut schon nicht mehr hören.

Da war aber noch eine andere Sorge, die da Myriam hieß. Die war unberechenbar und ihr war alles zuzutrauen. Das hatte sie ja bewiesen, als sie auf meiner Arbeitsstelle antanzte und eine Szene veranstaltete. Mario hatte richtig Angst, dass Myriam vor dem Bürgermeisteramt einen Skandal vom Zaun brechen könnte. Aufruhr zu erzeugen war nämlich ihre Spezialität. Mario informierte prophylaktisch die Polizei … ja wir alle hatten Angst, dass Myriam etwas aushecken könnte, bis zum letzten Moment hatten wir Angst. Gott sei's gelobt und getrommelt, sie erschien nicht. Das war ja schon mal was.

Aber dafür erschien Tiziano, als Zeichen seiner Missbilligung, in schmuddeliger Arbeitskleidung zur Zeremonie. Wir ignorierten es einfach oder taten zumindest so. Jede kleine Empörung darüber hätte nämlich Genugtuung bei ihm erzeugt. Die sollte er nicht bekommen.

Meine Schwester Martine und Schwager Alessandro waren Trauzeugen. Auch Alessandro hatte sich aus Protest gegen die Hochzeit seines Bruders unschicklich benommen und ebenso wie Tiziano erschien er in unpassender Kleidung. Scarlett war aus Protest nicht anwesend. Eine Giftspritze weniger, was soll's. Sollte sie sich doch um ihren Balg kümmern.

Im Standesamt saßen neben mir meine Eltern und neben Mario seine Eltern. Meine drei Töchter mit ihren Partnern saßen in den hinteren Reihen verteilt. Jérôme fehlte. Er war zwar eingeladen, aber er verzichtete auf eine Teilnahme, da er keine Lust auf die weite Anreise von Paris hatte. So zumindest war seine Begründung für die Absage. Wahrscheinlich jedoch nur eine Ausrede. Nun, auch über seine Abwesenheit waren wir nicht sonderlich traurig.

In der zweiten Reihe hinter uns saßen Zama, Anne und mein Bruder Gilbert. Daneben saßen die Trauzeugen Martine und Alessandro, und anschließend folgte Tiziano, der direkt hinter uns in der Lücke zwischen Mario und seiner Mutter saß. Noch bevor die Trauungszeremonie begann, hörte ich, wie er seiner Mutter mit gedämpfter Stimme ins Ohr raunte. »Ich werde nie heiraten, Mama, ich bleibe immer bei dir.«

Mario, der es auch hörte, und ich schauten uns bei diesen Worten leicht angewidert an. Mario flüsterte mir zu. »Was meinst du, wie das bei meiner Mutter runtergeht. Wie Öl. Sie fühlt sich geschmeichelt und darin bestätigt, dass der Schleimer schon immer ihr Liebling war.«

Ich nickte und mit gleicher Flüsterstimme bat ich ihn, sich darum nicht zu kümmern. »Mario, das heute ist unser Tag. Sie werden ihn uns nicht vermiesen. Ich bin dafür, es gelassen zu sehen, denn wir werden nichts daran ändern können. Deine Familie ist, was sie ist, ein Giftbehälter. Deshalb lass' uns den heutigen Tag genießen und einfach so tun, als wäre die widerliche Gesellschaft gar nicht da.«

Mario lächelte und schaute mir liebevoll in die Augen. »Ich liebe dich, Stéphanie«, flüsterte er, »über alles in der Welt, ich liebe dich.«

Ich beantwortete sein Bekenntnis mit einem gehauchten Kuss, während ich seine Hand leicht drückte. Dann begann die Trauungszeremonie.

Nach der Trauung sahen wir Marios Brüder nicht mehr. Sie verließen die Hochzeitsgesellschaft sofort, ohne uns zu gratulieren oder sonst ein Wort zu verlieren. Entsprechend fehlten die beiden auch auf dem Familienhochzeitsfoto. Gut so, denn das war in deren Aufzug gar nicht erwünscht. Wir hofften insgeheim, dass sie sich aus dem Staube machen würden. Wenigstens taten sie uns dann und wann einen Gefallen, und wenn es nur um deren wohltuende Abwesenheit ging.

Wir konnten unsere Hochzeit trotz dieser galanistypischen Unannehmlichkeiten genießen, denn ich hatte meine Eltern, Geschwister und meine Mädels nach langer Zeit wieder mal gesehen. Ebenso war es schön, wieder einmal mit Zama und Anne zusammen zu sein. Viele meiner Arbeitskolleginnen und meine beste Freundin aus der Schulzeit waren da. Marios Freunde und ein paar Geschäftspartner folgten gerne der Einladung. Und Marios Motorradkollegen ließen es sich natürlich nicht nehmen, in ihrer Bikerkluft Spalier zu stehen. Alles in allem war es eine schöne Hochzeit … ein schöner Start in unser gemeinsames Leben. Die Familienprobleme schoben wir einstweilen beiseite. Dabei half uns auch, dass sich Marios Eltern immer etwas abseits aufhielten. Meine Eltern wunderten sich einigermaßen, über deren seltsames Verhalten, als ich sie ihnen vorstellte. Als wir dann einmal kurz alleine beisammen standen, erklärte ich ihnen das Verhältnis zwischen Mario und seinen Eltern und ebenfalls die Ablehnung, die sie mir entgegenbrachten.

Meine Mutter war bedrückt darüber. Sie streichelte mir die Wange und sagte: »Ach mein Mädchen. Das tut mir so leid. Wie hätte ich dir das große Glück gewünscht, ohne Hindernisse.«

Ich umarmte sie und beruhigte sie: »Mama, Mario und ich sind glücklich und mit denen da«, ich wies mit einer Kopfbewegung in deren Richtung, »werden wir auch noch fertig. Auf jeden Fall lassen wir uns unser Leben nicht vermiesen und schon gar nicht lassen wir uns unterkriegen.« Ich wusste, dass ich zu viel versprach, denn dass das dicke Ende erst noch kommen würde, war so sicher wie das Amen in der Kirche. Aber wenigstens war unser Tag erst einmal gerettet.

*

Von jetzt an, also seit unserer Heirat, war nichts mehr wie vorher. Mario aß nicht mehr zu Mittag mit seinen Eltern, wozu er bisher immer großzügig beisteuerte. Auch die tägliche Zeitung, kaufte er nicht mehr; seitdem hatte sein Vater natürlich auch nichts mehr zu lesen, was ihm gewaltig zuwiderlief. Glaubten die denn allen Ernstes, dass Mario sich alles gefallen ließe, ohne zu reagieren? Glaubten sie, sie könnten weiterhin absahnen, nachdem sie ihm fast alles genommen hatten und indem sie gerade dabei waren, sein Geschäft zu zerstören?

Eine Woche nach unserer Hochzeit hatte man ihm mit einem Rückantwortschreiben vom Gerichtsvollzieher, die Order gegeben, dass er erstens die Hälfte seines Betriebes zur Verfügung zu stellen und zusätzlich die zwei umgebauten Räume, die zu meinem Salon gehörten, binnen zwei Monaten wieder zu räumen habe. Mit den anwesenden Gendarmen hatte ich vereinbart, dass ich die Räume noch so lange behielt, bis die bestehenden Abonnements mit den Kunden aufgearbeitet waren.

Meiner Schwiegermutter gefiel das natürlich nicht und so hatte sie, um mich während der Arbeit zu stören, jedes Mal, wenn jemand zur Behandlung da war, die uralte Waschmaschine im Nachbarraum, die so richtig laut klapperte, in Gang gesetzt. Ich versuchte ihr zu erklären, dass ein Wellness-Salon auch ein Ort der Ruhe und Entspannung sei und bat sie, dass sie es doch unterlassen solle, mich und meine Kunden jedes Mal zu stören. Wir seien doch erwachsene Leute, die es verstehen sollten, auch bei Uneinigkeit einen fairen Umgang zu pflegen. Doch das war bei meiner Schwiegermutter zu viel verlangt. Fairness war etwas, das sie nicht kannte. Sie meinte darauf nur: »Du kannst mir ja eine neue kaufen, wenn's dich stört.« Nachträglich ärgerte ich mich, dass ich die Maschine nicht durch geschickte Manipulation unbrauchbar machte. Ich bin halt einfach zu wenig durchtrieben.

*

Es nahte der Tag, dass wir allmählich alles räumten, und zwar mehr als der Familie recht war. Die hatte nämlich allen Ernstes erwartet, dass wir unsere Räume in diesem wunderschönen Zustand, zurück lassen würden, damit die raffgierige Scarlett sich ins gemachte Nest setzen und gleich im Anschluss ihren Friseursalon einrichten könne.

Nun, da hatten sie sich gewaltig geschnitten. Mario hatte vor dem Umbau, der damals 70'000 Euro kostete, Fotos gemacht. Es schien als habe er erstmals in seinem Leben, was die Familie betraf, vorausschauend gehandelt. Später erfuhr ich, dass das Fotoschießen eigentlich geschah, weil er für sich eine Dokumentation über das Vorher/Nachher haben wollte. So begann er peu à peu mit der Demontage, wenn auch mit viel Verlust, denn die Einrichtung konnte er nur bedingt verkaufen. Der Gerichtsvollzieher, der den Vollzug der Räumungsklage während seiner regelmäßigen Besuche überwachen sollte, konnte allen Klagen der Familie zum Trotz, nichts dagegen unternehmen. Er versuchte zwar, Mario umzustimmen. »Es ist doch jammerschade Herr Galanis«, sagte er mit einem bedauernden Ton, »wenn Sie das alles hier zerstören. Das hat doch viel Arbeit und Geld gekostet.«

»… und auch sehr viel Herzblut«, hatte Mario mit einer Spur schwarzen Humors noch ergänzend nachgelegt, während er verächtlich grinste, ohne wirklich zu lachen.

Ich glaube es war auch dem Gerichtsvollzieher angesichts dieser Zerstörungswut fast ums Weinen zumute.

Doch Mario machte ungeachtet dieser Gefühlsregung weiter. »Ich bringe alles wieder in den Originalzustand zurück, mehr nicht«, sagte er eiskalt. Diese Kälte in seiner Stimme, wenn auch durchaus verständlich, schauderte mich.

Als Mario dann mit einem Presslufthammer auffuhr, um die erst Anfang dieses Jahres schön hergerichtete Ausstellungsfläche zu zerstören, blutete den Galanis' das Herz. Doch auch die herbeigerufene Polizei, die der Zerstörungswut Einhalt gebieten sollte, konnte nichts ausrichten. Mario zeigte ihr die Fotos und sagte, dass er das Gelände in seinen hier auf den Fotos abgebildeten Ursprungszustand zurück verwandle. Nicht mehr, nicht weniger. »Die Familie erhält alles so zurück, wie sie es mir überließ«, sagte er den Beamten, ohne jegliche Rührung in seiner Stimme, und diese zogen unverrichteter Dinge wieder ab.

Niemand hätte auch nur im Entferntesten daran gedacht, dass der immer friedfertige Mario etwas, das er mit so viel Liebe gestaltet hatte, achtlos zerstören würde. Das war sein überraschender Schachzug, mit dem niemand je gerechnet hatte.

Marios Mutter stand da und hatte Tränen in den Augen. Nicht dass man ihr der Tränen wegen hätte Gefühlswärme nachsagen können. Nein, diese vergossenen Krokodilstränen galten dem nach und nach verloren gehenden Wert ihrer Immobilie und des Geländes und die damit schwindenden Felle. Tiziano verfolgte mit stumpfem Blick das Unvermeidliche. Natürlich durfte die rothaarige Hexe nicht fehlen. Die Tränen, die über Scarletts Wangen liefen, hinterließen auf ihrem übermäßig geschminkten Gesicht schmutzige Streifen. Ihre Miene wirkte verbissen, ihre Fäuste waren geballt. Ihre ganze Statur war eine einzige Anspannung.

Mir tat es gut, sie so leiden zu sehen. Ja, so schadenfroh, war ich, dass ich es genoss. Endlich fühlte der Clan, was es bedeutete, wenn einem nicht nur materieller, sondern auch seelischer Schmerz zugefügt wird. Nämlich jeder materielle Verlust war für diese Familie ein seelischer Schmerz.

Als Alessandro hinzukam wurde der Protest natürlich etwas lauter, denn der Bruder wies seit jeher ein hohes aggressives Potenzial auf. Er schrie und fluchte laut. Doch Mario, der wegen des Lärms durch den Presslufthammer einen Gehörschutz trug, hörte nichts. Einen Moment lang dachte ich, dass Alessandro auf Mario losgehen wollte, doch dann zögerte er. Ich denke, er hielt sich lieber zurück, angesichts der gefährlichen Waffe Presslufthammer, die Mario in der Hand hielt. Eigentlich wunderte ich mich, dass Tiziano sich so ruhig verhielt, denn immerhin ging es um seine zukünftige Ausstellungsfläche.

Auf jeden Fall war dieser Zerstörungsakt die Verschärfung eines heftig ausufernden offenen Krieges. Jede neue Tat wurde mit einer Revanchetat vergolten. So kam es, dass die Brüder zweimal in Marios Büro einbrachen, um in seinen Papieren zu stöbern, weil sie gewisse Verträge und Vereinbarungen gerne verschleiert hätten. Doch Mario hatte alles schon vorher in Sicherheit gebracht und nach dem zweiten Einbruch hatte er das Schloss ausgewechselt. Dann hatten die Eltern Mario den Zutritt zum Atelier, das er eigentlich rechtmäßig erworben hatte, verboten. Ihm blieb für den Moment nur noch das von ihm selbst erbaute Atelier. Natürlich schloss er darin alle Maschinen ein, die Tiziano bisher gratis zu benutzen beliebte. Und die Familie versammelte sich regelmäßig zu konspirativen Treffen im Wohnzimmer der Eltern.

Jetzt, da ich ja keinen Salon mehr hatte – die Lokalität war wüst und leer und entsprechend unbrauchbar geworden – arbeitete ich in Marios Büro. Er konnte Hilfe gut gebrauchen, zumal er auch keinen Buchhalter mehr hatte. Den hatte er aus wirtschaftlichen Gründen entlassen müssen.

Jeden Morgen, wenn ich kam, wurde ich angepöbelt. Man wollte mich einschüchtern, so sehr, dass ich Angst haben sollte, das Anwesen alleine zu betreten. Es war immer ein Spießrutenlauf. Und die Lage spitzte sich weiter zu, denn man konnte sich an einer Hand ausrechnen, dass Marios nächster Schritt gegen seine Eltern nicht ohne Folgen bleiben würde. Er verkündete nämlich nach der Halbierung seines Betriebes – im Prinzip nahm man ihm mehr als die Hälfte, da das verbliebene von Mario selbst erbaute Atelier sowieso ihm gehörte – die Miete von 800 Euro auf ein Sperrkonto einzuzahlen. Da wurde es für die Eltern mit ihrer vermutlich nicht gerade üppigen Rente ziemlich eng, so dass sie sich ihren Gürtel noch enger schnallen mussten. Nach jahrelangem Schmarotzertum war das eine ganz neue Erfahrung für sie.

Und so gingen wir jeden Montag mit Schrecken zur Arbeit, weil wir nie wussten, was uns erwartete. Wir mussten nach den Wochenenden immer wieder mit Überraschungen gegen uns rechnen, denn der Clan nutzte für seine Schandtaten gerne die Stille des Wochenendes.

Einmal hatten sie uns das Wasser abgestellt, ein andermal hatten sie unsere Toilette im wahrsten Sinne des Wortes ›verschissen‹ und wieder ein andermal hatten sie sie ganz ausgebaut. Es war Schikane pur.

Das neue Jahr brach an und im Januar kam mal wieder der Gerichtsvollzieher, um uns auszuweisen. Der kam jedoch nicht nur in Sachen Räumungsklage des Clans, sondern auch im Auftrag des Buchhalters, den Mario entlassen musste, um in einem Aufwasch gleich auch noch dessen Forderungen einzutreiben. Später musste der Gerichtsvollzieher zugeben, dass es eine unglückliche Panne war, als er das Geld für den Buchhalter einforderte. Bei Gericht erwirkte Mario die Rückzahlung des eingetriebenen Betrages und der Gebühren für den Gerichtsvollzieher.

Doch so richtig knüppeldick kam es im Frühling. Es war wieder einmal nach einem Wochenende – genau gesagt Montag, der 18. April 2011 – als der ganze Clan sich auf dem Zugang neben den Ausstellungsflächen aufbaute und damit vereint den Zugang zu Marios Büro versperrte. In geringem Abstand hatte sich Scarlett hinter dem Mob platziert. Sie wollte es sich natürlich nicht entgehen lassen, wenn es handfest zur Sache ging. Ein hinterhältiges Grinsen machte sich auf ihrem Gesicht breit und ließ dieses noch hässlicher erscheinen, als es ohnehin schon war.

»Was soll *das* jetzt?«, fragte Mario ärgerlich. »Ist das wieder ein neues Spiel, ausbaldowert während einer eurer vielen konspirativen Sitzungen?«

Alessandro trat als Wortführer hervor und mit drohender Gebärde baute er sich vor uns auf. »Die da«, er wies mit einer abfälligen Kopfbewegung in meine Richtung, »hat hier nichts zu suchen. Dies ist ein Privatgrundstück und ihr wird das Betreten ab sofort verboten. Die Missachtung des Verbots betrachten wir als Hausfriedensbruch.« Er kniff drohend die Augen zusammen und ballte seine Hände zu Fäusten, um uns zu demonstrieren, wie ernst es ihm war.

»Spinnt ihr jetzt ganz? Ihr könnt meiner Sekretärin doch nicht verbieten, dass sie in mein Büro kommt, um zu arbeiten«, wehrte Mario diese unsinnige Forderung ab.

»Du wirst schon noch sehen, was wir alles können. Die soll verschwinden, aber subito. Sonst gibt's ziemlichen Ärger«, drohte Alessandro.

»So ihr hattet jetzt euren Spaß. Und jetzt lasst uns vorbei, wir haben zu tun!«, sagte Mario unbeeindruckt. Er wollte Alessandro mit beiden Händen auf die Seite schieben, als dieser ausrastete und auf Mario losgehen wollte. Mario wich einen Schritt zurück, denn Alessandro war für seine unberechenbaren Ausraster berühmt-berüchtigt. Plötzlich löste sich auch Tiziano aus der Gruppe heraus und stürmte wutschnaubend auf Mario zu. Er ergriff Marios rechten Arm und drehte ihn ihm schmerzhaft auf den Rücken. Alessandro spurtete blitzschnell hinter Mario und ergriff seinen linken Arm und beide zwangen Mario in die Knie. Dann ging alles blitzschnell. Luciano lief zornig auf Mario zu. »Ich zeig's dir du Bastard.« Er sagte es nicht sehr laut, doch immer noch laut genug, dass auch ich es verstehen konnte. Erst jetzt sah ich, dass er bewaffnet war. Er trug eine schwere vierkantige Wasserwaage und ehe Mario sich versah, krachte das schwere Ding mit großer Wucht auf seinen Kopf. Sofort lief ihm

Blut über sein Gesicht. Seine Brüder hielten ihn immer noch von hinten fest und schon schnellte Lucianos Faust in Marios blutüberströmtes Gesicht. Ein Fußtritt traf ihn in den Magen und ein weiterer Faustschlag traf nochmals sein Gesicht. Ich schrie. »Hört auf! Spinnt Ihr? Wollt ihr Mario umbringen?« Ich wollte ihm zu Hilfe eilen und schon war die Satansbraut Scarlett da und stellte mir ein Bein, so dass ich stolperte, das Gleichgewicht verlor und stürzte. Wie ich am Boden lag, trat Concetta mich mit den Füßen. Sie traf mich schmerzhaft in den Bauch. Doch das war ihr nicht genug. Sie machte weiter. Mit meinen Armen versuchte ich, ihre Tritte von meinem Gesicht und Kopf abzuwehren. Dann ließ sie endlich von mir ab. Ich blickte hilflos zu Mario und sah, wie er blinzelte und der Blick plötzlich nach oben unter dem Lid verschwand und nur noch das Weiße der Augäpfel sichtbar war. Dann ließen die Brüder ihn los und Mario sank ohnmächtig zu Boden.

Was für eine teuflische Familie, die so vorgeht? Ein normal denkender Mensch kann so etwas nicht begreifen.

Die Familienstory

ab April 2011

E: *Mario erzählt*

Kapitel 12

Nicht in meinen schlimmsten Träumen hätte ich mir so etwas ausgemalt, was an diesem schrecklichen Montag geschah. Wie weit ist es mit unserer Familie gekommen? Was lief hier falsch? Und warum richtete sich der ganze Hass gegen mich? Warum nannte mein Vater mich einen Bastard? Ich hatte so viele Fragen und keine Antworten. Dann sah ich die ganze Szenerie nochmals vor meinem geistigen Auge.

In dem Moment als Alessandro auf mich losstürmte, bekam ich es schon mit der Angst zu tun. Ich wusste um seine Neigung zur Unbeherrschtheit. Deshalb wich ich gleich zurück. Doch dass die Schwelle zur Gewalt bei meiner *ganzen* Familie so tief lag, war eine neue Erfahrung für mich. Als die Wasserwaage auf meinen Schädel niederkrachte, hörte ich es in meinem Kopf krachen, als wäre meine Schädeldecke zersplittert. Dreimal noch bekam ich Vaters Wut durch Faustschläge und Fußtritt zu spüren. Ich wunderte mich über die Kraft, die der alte Mann noch aufzubringen vermochte, und ich dachte, dass er mich umbringen wolle. Diese blinde Wut in seinen Augen … es war erschreckend.

Ich wurde von höllischen Schmerzen gepeinigt. Sie raubten mir den Atem und ließen mir Tränen in die Augen schießen. Ich konnte mich schon nicht mehr bewegen … dann vernahm ich noch Stéphanies Schrei … ihre Stimme klang wie durch Watte gedämpft … ich musste hilflos mit ansehen, wie sie zu Fall gebracht und mit Fußtritten von meiner Mutter malträtiert wurde, als sich die Umgebung für mich auf einmal zu drehen begann und es plötzlich schwarz um mich wurde.

Ich erwachte wieder im Krankenhausbett. Stéphanie stand neben meinem Bett. Sie war blass und schaute mich besorgt an. Immer wieder verschwand mein Gesichtsfeld. Meine Wahrnehmung war leicht gestört, besonders räumlich konnte ich mich nicht orientieren. Ich sah nicht die Tiefe meiner Umgebung. Das Sprechen fiel mir schwer und ich war schläfrig, hatte denkbar Mühe wach zu bleiben. Dennoch hatte ich ein erstaunlich gutes Erinnerungsvermögen daran, was vor meiner Ohnmacht geschah.

Stéphanie erzählte mir, dass der Schlag mit der Wasserwaage ein mittleres Schädel-Hirn-Trauma zur Folge hatte und dass ich zwei Tage im Koma lag. Als ich aus dem Koma erwachte schlief ich drei Tage fast durchgehend.

»Wie geht es dir«, fragte ich unsicher. Meine Zunge wollte nicht so recht, wie ich wollte.

»Mir geht es gut. Danke. Aber sag mir lieber, wie es dir geht. *Du* liegst schließlich im Krankenhausbett.«

»Schädelbrummen habe ich, müde bin ich, und beim Lachen tut mir alles weh, aber sonst geht es mir blendend«, beschrieb ich schmunzelnd meinen Zustand.

Stéphanie lächelte zurück. »Schön. Du kannst ja schon wieder Witze machen. So gefällst du mir viel besser. Dich reglos im Bett liegen zu sehen, war quälend für mich. Ich hatte wirklich Angst um dich. Aber die Ärzte sagten mir, dass du großes Glück hattest. Es hatte sich kein Epidurales Hämatom entwickelt.«

Ich schaute sie nur fragend an.

»Ich ließ es mir vom Doktor erklären. Es handelt sich dabei um eine arterielle Blutung zwischen Knochen und Dura«, erklärte sie mir, das Fragzeichen über meinem Haupte wohl wahrnehmend.

»Und was bitteschön ist Dura?«, fragte ich von dieser medizinischen Fachterminologie ziemlich überfordert.

»Wenn ich es richtig verstanden habe, ist Dura mater ein Bestandteil der Hirnhäute, die das Gehirn zum Schädel abgrenzt«, versuchte Stéphanie ihr kurz zuvor vom Arzt erklärtes medizinisches Fachwissen laienhaft zu erläutern. Ich hatte Mühe zu folgen. Ich ließ es mir später, als es mir wieder besser ging nochmals genau erklären, doch zuvor wollte ich alles wissen, besonders was mit mir während der letzten Tage meiner geistigen Abwesenheit alles angestellt wurde.

»Wurde etwas gemacht an mir? Irgendeine Operation oder sonst was?«

»Deine Kopfwunde wurde genäht, das war alles. Tja, und ich rief am gleichen Tag noch Zama an und der sorgte dafür, dass dich der Gerichtsmediziner, der auch gleichzeitig sein Hausarzt ist, untersuchte und für die spätere gerichtliche Auseinandersetzung alles schriftlich festhielt.«

»Mein guter alter Zama. Ich liebe ihn. Er ist der einzige, der wirklich Familie für mich ist«, sagte ich, immer noch mit unsicherer Stimme. »Weißt du Stéphanie, das Sprechen fällt mir noch schwer.«

»Das ist die Folge des SHTs. Es wird sich wieder geben«, versuchte Stéphanie mich zu beruhigen.

Auch dieser Aussage zu folgen, hatte ich Mühe. »Was ist SHT?«, fragte ich wieder mal unwissend.

»Schädel-Hirn-Trauma.«

»Wurde der Überfall der Polizei gemeldet?«, wollte ich weiter wissen.

»Na klar doch. Leclerc, weißt du der Nachbar, der die Autospenglerei vom alten Dupont gekauft hatte, hatte alles beobachtet und gleich die Polizei gerufen. Vier Gendarmen kamen, noch bevor deine mephistophelische Familie sich vom Acker machen konnte. Es wird noch eine Gerichtsverhandlung geben. Aber jetzt musst du erst einmal gesund werden.«

»Leclerc hieß der?« Ich musste überlegen. Mir war der Name tatsächlich für einen Moment fremd. Einfach entfallen. Wahrscheinlich auch eine Folge des Hirntraumas. »Sag mal Stéphanie, dieser Leclerc will doch die Spenglerei zurückbauen und dafür das daneben stehende Wohnhaus erweitern, oder?«

»Ha ja, das weißt du doch. Der hat doch schon vorletzte Woche damit angefangen.«

»Stimmt«. Ich musste schmunzeln.

Stéphanie erwiderte sanft mein Lächeln. »Was amüsiert dich, mon Chèri?«

»Ich dachte gerade an die in der Präfektur von Aix eingetragene Commodo/Incommodo-Genehmigung, zu der Zama mir damals bei Geschäftsübernahme riet«, erklärte ich ihr den Grund meiner Erheiterung. »Das bedeutet doch, dass, wenn ich nicht mehr dort bin, niemand mehr unbeschränkt, das heißt ganz besonders während der üblichen Ruhezeiten, die Maschinen laufen lassen darf, da diese Genehmigung an die beantragende Person gebunden und nicht übertragbar ist. Womöglich müssen am Werksgebäude auch noch Umbauten, wie Schallschutz vorgenommen werden. Ich muss schon sagen, Zama war sehr vorausschauend. Ich glaube, er hat meiner Familie nie richtig vertraut. Sie schien ihm von Anfang an suspekt. Nur ich war zu blöd es zu merken.« Dann fiel mir wieder der Bastard ein. Hatte mein Vater wirklich dieses Wort gesagt? »Sag mal Stéphanie, hast du gehört, was mein Vater sagte, bevor er auf mich einschlug?«

»Du meinst das mit dem Bastard«, sagte sie mit besorgt gerunzelter Stirn mehr feststellend als fragend.

Ich nickte und fuhr nach einer kurzen Pause des Überlegens fort. »Ich frage mich, was er damit meinte. War dieses Wort nur leichtfertig dahingesagt, oder hat es für ihn eine bestimmte Bedeutung?«

»Das sollten wir herausfinden«, meinte Stéphanie. Sie schwieg einen Moment und überlegte. »Sag mal, Mario, hat dein Vater in Italien nicht noch zwei Brüder?«

»Es sind drei. Doch mit ihnen haben wir absolut keinen Kontakt. Seit unser Vater Italien verlassen hatte und nach Frankreich ging, rissen alle Bande zur Familie ab, zumal es ja kriselte. Wie meine Mutter erzählte, verstanden sich die Ehefrauen aller vier Brüder untereinander nicht und machten sich gegenseitig das Leben zur Hölle. Familienfehden scheinen in dieser Familie zur Tagesordnung zu gehören. Ich glaube sie haben sie erfunden. Aber warum fragst du?«

»Überleg doch mal. Vielleicht liegt in Italien noch ein Hund begraben, den wir eventuell ausbuddeln könnten. Vielleicht weiß in der Familie jemand etwas, was du nicht weißt, aber vielleicht dringend wissen solltest. Deswegen sollten wir recherchieren und da ist es wohl am naheliegendsten, dass wir Kontakt mit den Verwandten aufnehmen.«

»Das ist aber nicht so einfach. Ich weiß ja gar nicht, ob die noch leben, und wenn ja, wo sie leben?«

»Das herauszufinden dürfte nicht das schwierigste Problem sein. Du kennst doch sicher ihre Namen und der Nachname Galanis dürfte auch nicht so häufig vorkommen. Was meinst du?«

»Schon, ja, aber es fragt sich, ob sie bereitwillig Auskunft geben würden, da sie mit ihrem Bruder nicht gerade auf gutem Fuße standen.«

»Ja, das müssen wir herausfinden, mon Chéri. Nur wenn wir versuchen, sie zu kontaktieren, können wir erfahren, wie gut oder wie schlecht sie uns gesinnt sind. Also wie heißen die Brüder?«

»Na ja! Okay, lass mich überlegen. Weißt du, ich habe sie ja auch nicht gekannt. Meine Mutter erwähnte sie zwar mal, aber das ist auch schon wieder lange her.« Und schon war ich am Nachdenken. »Also ein

Onkel, das weiß ich bestimmt, hieß Riccardo. Er war derjenige, der gemäß Erzählungen, zwischen den Frauen immer wieder zu schlichten versuchte. Und dann war da noch der Onkel, der wie mein Großvater Loucas hieß, und … ähm … der letzte … ich glaube … der letzte, der hieß Fernando … oder Francesco? Wohnhaft waren alle in Treviso. Vielleicht sind die ja auch noch dort zu finden.«

»Na, das ist doch schon mal was«, rief Stéphanie freudig. »Da finde ich sicher noch Näheres heraus.«

Die Sache fing an, mich zu interessieren. »Na ja, einen Versuch ist es auf jeden Fall wert.«

Stéphanie lachte. »Na, wenn man dich so sprechen hört und spürt, wie du am Leben wieder Anteil nimmst, darf man annehmen, dass es dir schon wieder viel besser geht und du bald nach Hause darfst. Du klingst nämlich fast schon wieder wie früher. Viel besser, als kurz nach dem Aufwachen. Ich bin überzeugt, dass du bestimmt bald wieder zu deiner alten Form aufgelaufen sein wirst.«

Ich lachte. »Ja, ich bin wieder in Fahrt gekommen. Aber ermüdend ist es dennoch.«

Ich merkte nämlich, dass mich das Sprechen und das Grübeln anstrengten und ich zu kämpfen hatte, meine Augen offenzuhalten und wie ich gedanklich allmählich wegtrat. Kurz bevor ich mich von Morpheus' Armen wegtragen ließ, öffnete ich nochmals die Augen und sah meine geliebte Stéphanie, die immer noch meine Hand hielt. Sie blieb wohl so lange neben meinem Bett sitzen, bis ich eingeschlafen war.

Kapitel 13

Als ich wieder erwachte, lag auf meinem Gesicht strahlendes Sonnenlicht, das durch die Ritze zwischen den zugezogenen Vorhängen meines Krankenzimmers fiel.

Eine Schwester hantierte an einer Flasche über mir. »Wir können Sie heute abhängen«, sagte sie, als sie sah, dass ich blinzelte.

»Wie lange habe ich geschlafen?«, wollte ich wissen.

Sie schaute auf ihre Uhr, murmelte vor sich hin. »Es ist zehn ... eingeschlafen sind Sie gestern Abend um ca. fünf ...«, sie zählte an ihren Fingern ab, hob ihren Kopf und richtete ihre blauen Augen auf mich. »Siebzehn Stunden haben Sie geschlafen. Es ist auf jeden Fall weniger als das letzte Mal. Sie werden langsam wieder.«

Dann ging die Türe auf und Stéphanie streckte ihren Kopf herein.

»Oh, soll ich später kommen«, fragte sie, als sie die Schwester erblickte.

»Nein, nein, kommen Sie. Ich bin fertig.« Die Schwester verließ mein Zimmer.

»Zuerst mal frohe Ostern Chéri«, sagte sie und küsste mich. »Na, wie geht es dir? Du siehst gut aus. Der Arzt sagte, dass du Ende nächster Woche vermutlich entlassen werden kannst.«

»Na, wenn ich dich sehe, geht es mir immer gut. Ich glaube, du musst auch über Nacht hier bleiben. Das fördert bestimmt meine Genesung. Apropos Frohe Ostern? ... welches Datum haben wir heute?«

»Sonntag, den 24. April ... und Ostern«, lächelte sie.

»Na dann, frohe Ostern«, gab ich die Wünsche an Stéphanie zurück. »Gibt es irgendwelche Neuigkeiten?«, fragte ich übergangslos.

Stéphanies Gesicht verdüsterte sich. »Du hast eine Vorladung zur Gerichtsverhandlung wegen des Unterhaltsstreits – für Anfang Juni. Myriam und Jérôme geben natürlich keine Ruhe.«

Ich nickte nur. »Sonst noch was?«

Stéphanie zog eine Braue hoch und blickte mich vielversprechend an.

»Na komm schon. Lass es raus!«

»Ich habe etwas herausgefunden«, schmunzelte sie.

»Na schieß los und mach's nicht so spannend. Ich zerplatze schon vor Neugierde«, forderte ich sie energisch auf.

Sie begann ganz langsam, um die Spannung aufrecht zu erhalten. »Aaaalso. Riccardo und Rosa Galanis leben noch in Treviso. Francesco, so hieß er, ist vor zwei Jahren gestorben, aber seine Frau Theresa lebt noch dort, ist aber scheinbar schon ziemlich senil. Als dein Onkel starb hat sie wohl zusehends abgebaut. Tja, und Loucas ist mit seiner Frau Maria nach Kanada ausgewandert.«

»Und das hast du von gestern auf heute herausgefunden?«, fragte ich erstaunt.

»Yepp, während du fast 20 Stunden geschlafen hast«, sagte sie mit vor Stolz geschwellter Brust, »und ich habe auch schon mit Riccardo über ein weiteres Vorgehen gesprochen.«

Ich war immer überraschter über Stéphanies Tatendrang. »Und in welcher Sprache habt ihr gesprochen?«

»In Italienisch. Du weißt ja, dass ich die Sprache von der Schulzeit her ein bisschen beherrsche. Und bevor ich anrief, habe ich mir aus dem Internetwörterbuch LEO unbekanntes Vokabular herausgesucht. Teilweise habe ich mir ganze Sätze zurechtgelegt. Ich wusste ja, worüber ich sprechen wollte. Also meine Kenntnisse reichten vollends aus. Internet macht's möglich«, lachte sie übermütig.

»Und der Onkel hat bereitwillig mit dir gesprochen? Ich meine, der kennt dich doch gar nicht.«

»Nein, bereitwillig gesprochen hat er nicht.«

»Nein? Und warum tat er es dann doch?«

»Na Chéri, weil ich Charme habe. Da ist der alte Herr doch gleich mal aufgetaut«, schmunzelte sie, schränkte diese Aussage aber im gleichen Atemzug wieder ein. »Nicht nur … nein. Als sie hörten, dass es um Mario Galanis ging, wurde er hellhörig und natürlich gesprächsbereit. Rosa, die im Hintergrund mithörte, war erfreut, Nachrichten über dich zu erhalten. Ich hörte wie sie aus dem Hintergrund sagte ›Was, Mario, unser süßer kleiner Bengel? Oh mein Gott, wie ist das lange her‹. Ich habe das Gefühl, dass Deine Verwandten von deinen Eltern schlechter gemacht wurden, als sie es in

Wirklichkeit waren oder sind. Und, jetzt kommt's. Sie sind gespannt, ihren Neffen, den sie im Kindesalter das letzte Mal gesehen hatten, wiederzusehen. Deine beiden Brüder kannten sie ja nicht. Die wussten gar nichts von Lucianos weiteren Kindern. Deine Eltern ließen den Kontakt ja tatsächlich ganz abreißen. Dabei hatten Onkel und Tante, die ja kinderlos geblieben sind, so gerne Kinder um sich herum gehabt, und wenn's nur die der Brüder waren. Doch die zwei Kinder von Loucas sahen sie praktisch nie, die lebten in Kanada. Da waren nur noch die beiden Kinder von Francesco, die sie aber nur gelegentlich besuchten.«

»Tüchtig, tüchtig, meine schöne Frau. Da lernt sie mal eben auf die Schnelle meine Familie kennen und macht damit mein Versäumnis wett. Peinlich für mich. Nun denn, wenn meine Verwandten mich wieder mal sehen wollen, heißt das, dass wir, sobald ich genesen bin, auf Reisen gehen.«

»Mario, das ist leider nicht möglich. Du darfst Frankreich ja nicht verlassen.«

»Ach merde, das hatte ich ja ganz vergessen.«

»Kein Problem mein Lieber. Ich habe Riccardo und Rosa eingeladen, uns zu besuchen und die waren hell begeistert über diesen Vorschlag, zumal sie Italien bisher noch nie verlassen haben.«

»Und sie kennen den Grund deines Anrufes?«, fragte ich ungläubig.

»Ich habe es diffus angedeutet.«

»Aha? Und was bedeutet in diesem Fall diffus?«

Sie lächelte charmant und erklärte dann ganz nüchtern, als wäre alles das Selbstverständlichste der Welt. »Ich habe erzählt, dass es einen gewalttätigen Übergriff vom Vater auf den Sohn gab, und er sagte nur kurz, dass ihn das nicht wundere. Als ich nachhakte, hatte er abgeklemmt. Er meinte, dass er solche Dinge nicht gerne am Telefon diskutiere. Doch so viel ließ er durchsickern, dass es nicht wenig sei, das er dir als Informationen mitbringen würde. Jetzt müssen wir halt warten bis sie kommen, ja und dann werden sie alles erklären was du wissen möchtest, oder besser solltest. Ich denke, du hättest schon viel früher versuchen sollen, Kontakt mit deinen Onkels aufzunehmen. Vielleicht wäre dir manches erspart geblieben. Du hattest deinen Eltern leider zu sehr vertraut. Ich habe das Gefühl, dass dieser Riccardo und Rosa dich liebten.«

Für einen Moment hing ich meinen Gedanken nach. Das hörte sich alles so vielsagend an. Trugen meine Eltern wirklich so viele Jahre ein dunkles Geheimnis mit sich herum? Angesichts dieser von Riccardo gemachten geheimnisvollen Andeutung werde ich mich wohl auf einiges gefasst machen müssen.

»Nun, ich bin gespannt. So wie ich dich kenne, hast du doch sicher schon einen Termin vereinbart, oder nicht?«

Stéphanie feixte ertappt. »Anfang Mai. Die beiden freuen sich auf dich.«

»Wenigstens jemand aus der Familie, die sich auf mich freuen«, stellte ich mit zynischem Humor fest und schloss bewundernd an: »Stéphanie, du bist einfach unglaublich. Ach, ich freue mich auch so sehr meine Verwandten zu treffen, zumal ich die beiden überhaupt nicht kenne. Ich war ja damals zu klein, als wir Italien verließen. Vater wollte auch keine Familienfotos aufbewahren. Er sei schließlich nicht sentimental, hatte er immer gesagt.«

»Komisch. Was für ein griesgrämiger, verbitterter alter Mann«, sagte Stéphanie verständnislos den Kopf schüttelnd.

»Da wir wieder beim Thema wären. Was gibt es Neues in Bezug auf die Untersuchung, des schwarzen Montags?«, fragte ich neugierig.

»Im Moment gibt es nichts Neues. Der Fall liegt jetzt bei der Staatsanwaltschaft. Ich denke, dass die Familienbeziehung nach diesem Vorfall künftig nur noch vor Gericht möglich sein wird. Aber da sage ich dir wohl nichts Neues. Ja, und bis ein Gerichtstermin anberaumt sein wird, fließt noch eine Menge Wasser die Seine hinunter. So lange haben wir von der Bagage erst mal unsere Ruhe. Ich denke, die sind eifrig dabei, Beweismaterial gegen dich zu sammeln. Ein verzweifelter Kampf. Doch egal, was sie vorbringen werden, wir haben einiges dagegenzuhalten, allem voraus der tätliche Angriff. Das bleibt ein Vergehen, auch wenn der Schlägertrupp im Recht gewesen wäre.«

»Was er aber nicht war«, ergänzte ich Stéphanies Rede.

»Und, dass die Familienbeziehung künftig nur noch vor Gericht stattfindet, ist mir mehr als recht. Ich will nichts mehr mit ihnen oder ihrem Wald-und-Wiesen-Anwalt zu tun haben. Doch ich denke die Familie wird mich mehr vermissen, als ich sie«, fügte ich noch hinzu.

»Ich bin überzeugt, dass der Kontakt mit deinem Onkel noch einiges zu Tage befördern wird, das nicht gerade behilflich sein wird, den Sprung in der Beziehung zu kitten. Immerhin hatte er, auch wenn er sich nicht in Details verlor, eine bedeutende Anspielung gemacht.«

Amüsiert über Stéphanies Geschäftigkeit sagte ich lachend: »Und ich sehe, dass meine liebe Frau und gleichzeitige Semi-Juristin ziemlich emsig war.«

»In der Tat, ich war emsig. Ich bin nach dem Zwischenfall nochmals ins Büro, um ein paar wichtige Unterlagen aus dem Safe zu holen. Die Bagage wird sich noch wundern, wozu wir noch fähig sind. Auf jeden Fall wird das Ergebnis ihrer hinterhältigen Aktivitäten nicht zufriedenstellend sein. Von der Sippe habe ich übrigens niemanden gesehen. Die haben sich hinter ihren eigenen Mauern verschanzt.« Dann lachte sie, wenn auch mit einer Spur von Bitterkeit, vermutlich weil sie sich die Lokalität vor ihrem geistigen Auge nochmals so richtig plastisch vorstellte. »Du hast ja schon ganze Arbeit geleistet. Lokalität und Umgebung sind wirklich eine Stätte der Verwüstung geworden, wenn man bedenkt, wie pittoresk das alles mal ausgesehen hatte.« Sie blickte sehnsüchtig in die Ferne, wahrscheinlich ihren Wellness-Salon vor ihrem geistigen Auge nochmals vorstellend. »Ich glaube diesen Tag, an dem du alles zerstört hast, haben sie zum Staatstrauertag innerhalb der Familie ausgerufen. Die wagen im Moment auch nicht, irgendetwas, was dir gehört, anzufassen.« Wir schwiegen für einen Moment und vermutlich war es nicht nur ich, der die ganzen Ereignisse der letzten Zeit nochmals Revue passieren ließ.

Plötzlich fiel Stéphanie noch eine wichtige Sache ein.

»Mensch, fast hätte ich es vergessen. Zama will dich nach Ostern besuchen kommen. Er sagte mir, er habe dir einen grandiosen Vorschlag zu machen. Er verriet mir nicht, worum es geht. Er schmunzelte nur und meinte, dass er dir und natürlich auch mir gefallen würde.«

»Da bin ich aber gespannt.«

*

Ich konnte natürlich Zamas Besuch kaum erwarten. Am Dienstag nach Ostern streckte er den Kopf durch die Zimmertüre. »Hallo mein Junge«, sagte er mit froher Miene. »Dürfen wir reinkommen?«

»Natürlich, kommt rein.«

Sie traten beide an mein Bett. Anne wirkte etwas irritiert. Ich denke es war mein ramponierter Anblick, der sie so schockiert hatte. Zama versuchte lustig zu sein, um seine Erschütterung zu überspielen. »Mein lieber Scholli, diese Höllenbrut hat aber ganze Arbeit geleistet. Stéphanie hat mir alles erzählt. Ich staune nur, wie Luciano so brutal zuschlagen konnte. Sag mal, woher nimmt der zwergwüchsige Alte eigentlich diese Kraft?«

»Ja, darüber habe ich mich auch gewundert. Wenn man ihn so sieht, denkt man, er sei ein altes mickriges und gebrechliches Männchen. Aber der hat wirklich noch Schmackes in seinen Fäusten.«

»Es will mir einfach nicht in den Kopf, dass ein Vater seinen eigenen Sohn krankenhausreif schlägt, geschweige denn überhaupt schlägt«, sagte Zama mit einer Stimme, die klar zeigte, dass ihm solches Verhalten befremdlich ist.

»Hat Stéphanie dir von meinem Verdacht erzählt?«, fragte ich.

»Ja. Das hört sich schon spektakulär an, doch drängen sich einem bei solchen Äußerungen schon Vermutungen dieser Art auf. Ich bin gespannt, was dein Onkel zu erzählen hat. Ich habe Stéphanie angeboten, dass wir uns in meinem Haus treffen.«

»Das ist natürlich super. Da gibt es genug Platz und für Onkel und Tante ist es wie ein wunderschöner Urlaub in einem feudalen Hotel.«

»Du übertreibst wieder gnadenlos«, lachte Zama. »Na ja, nichtsdestotrotz ... ich kam ja mit der Absicht, dir mein Haus betreffend einen Vorschlag zu machen, oder sagen wir mal, es ist ein Vorschlag unter diversen«, eröffnete Zama seine Neuigkeit.

»Schieß los«, sagte ich ganz ungeduldig, »ich bin gespannt wie ein Flitzebogen.«

»Seit zwei Jahren bin ich daran, meine raffgierigen Adoptivtöchter dazu zu bewegen, dass sie ihre Zustimmung zum Verkauf meiner Villa geben. Jetzt endlich habe ich auch die letzte, Antoinette, soweit. Zwei unabhängige Sachverständige haben den Wert der Immobilie auf 1.7 Millionen Euro geschätzt. Ich habe eine Agentur damit beauftragt, den Verkauf in die Hand zu nehmen. Meine heiß geliebten Töchter haben ihrerseits eine zweite Agentur damit beauftragt. Die Agentur, die den ersten und besten Stich macht, hat auch die Provision. So ist es vereinbart.«

»Das hört sich gut an, aber was hab ich damit zu tun?«, fragte ich neugierig geworden.

»Nun, ich bin Realist. Ich weiß zu gut, dass die Situation im Moment nicht rosig ist, das heißt, dass es illusorisch wäre, zu glauben, eine solche Immobilie würde einem in solchen Zeiten aus den Händen gerissen. Eine solche Villa verkauft sich nicht von heute auf morgen.«

Zama machte eine Pause, und ich war neugierig wie ein junger Hund, denn ich konnte mir absolut noch nichts zusammenreimen.

»Und nun willst du wissen, welche Rolle du in dieser Geschichte spielen sollst«, begann er sein Anliegen langsam aber sicher auf den Punkt zu bringen.

»Zama, du machst es spannend«, lachte ich.

»Ja, ja, es kommt schon. Also, du weißt ja, mein lieber Mario, dass Anne und ich Wandervögelchen sind. Wir reisen gerne, einerseits, und andererseits ist es auch so, dass ich aus gesundheitlichen Gründen im Winter wärmere Gefilde den unseren hier vorziehe. Meinen alten Knochen tut der europäische Winter nicht gut, auch nicht der an der Côte d'Azur, der verglichen zu anderen Regionen etwas milder ist. Das heißt also, dass wir zwischen vier und sechs Monaten unterwegs sein werden. So lange würde mein Haus leer stehen und das ist nicht gut für ein solch riesiges Anwesen. Deshalb frage ich dich, und natürlich auch Stéphanie, ob ihr beide in meinem Haus wohnen, es in Schuss halten und bei eventuellen Verkaufsverhandlungen zwischen Agenturen und potentiellen Käufern anwesend sein würdet. Du hast eine Ahnung von Immobilien und du könntest auch bei Fragen Rede und Antwort stehen. Ihr würdet natürlich kostenfrei hier leben. Somit hättet ihr Eure Immobilie frei für eine sagen wir befristete Fremdvermietung und die Mieteinnahmen wären doch ein angenehmes Einkommen, das ihr in diesen schlechten Zeiten gut gebrauchen könntet. Da kann auch das Gericht nichts pfänden, da ja die Wohnung auf Stéphanie läuft.«

»Das hört sich ja phantastisch an, Zama. Ich möchte jetzt spontan zusagen. Doch bitte gestatte mir, dass ich diesen Vorschlag auch mit Stéphanie bespreche. Obwohl, ich bin schon jetzt überzeugt, dass sie angesichts dieses äußerst großzügigen Angebots einen Freudentanz vollführen wird.«

»Natürlich. Besprecht es miteinander. Wenn Ihr auf meinen Vorschlag eingeht, dann richtet euch darauf ein, dass es etwas länger dauern wird, bis das Haus verkauft ist, sicherlich nicht mehr dieses Jahr und nächstes Jahr vermutlich auch noch nicht. Macht eure Pläne und berücksichtigt bei der Planung auch, und diese Idee erscheint natürlich ganz besonders attraktiv, dass Stéphanie in diesem riesigen Haus ein neues Wellness-Center einrichten könnte ... größer und schöner als zuvor in der Höhle der Galanis. Und das Tollste, da muss nichts umgebaut werden. Unten sind ja Sauna und Ruheraum eingerichtet. Im Nebenraum steht eine Massageliege. Also Ihr seht, Platz ist mehr als genug.«

»Wow«, brachte ich nur noch heraus. »Das muss erst einmal verdaut werden.«

»Das Glück hat, trotz aller Widrigkeiten, die dein Dasein pflasterten, doch noch ein Lächeln für dich übrig«, sagte Zama und drückte meine Hand, während Anne, die mittlerweile schon recht gut Französisch verstand und sprach, liebevoll lächelte.

»Ich bin dir so dankbar, Zama. Du bist immer zu mir gestanden und ich weiß das zu schätzen. Ich werde wieder auf die Beine kommen, das verspreche ich dir, und dann werde ich die Gelegenheit haben, dir meinen Dank auch zu beweisen.«

»Das bezweifle ich nicht, Mario, dass du wieder auf die Beine kommst. Du bist fähig und auch tüchtig, hattest aber einfach nur Pech … in verschiedener Hinsicht. Weißt du, ich habe dich immer geliebt wie einen Sohn und ich war auch immer stolz auf dich, wie ein Vater auf seinen Sohn nur stolz sein kann. Und, wenn du mit Stéphanie wieder fest auf den Beinen stehst, ist das für mich Vergeltung genug. Doch lass mich weiterreden, denn ich sprach ja von einem Vorschlag unter verschiedenen.«

Zama verstand es, einen förmlich auf die Folter zu spannen. »Ich habe da noch eine Idee, die dir vorerst weiterhelfen soll.« Er schaute mich vielsagend an. »Du überschreibst mir deine sämtlichen wertvollen Ausstellungsstücke auf deinem Betriebsgelände, und ich lasse sie noch diese Woche mit einem LKW abholen und auf meinem Grundstück aufstellen. Wir müssen alles regeln, und zwar noch vor der Gerichtsverhandlung im Juni. Du darfst nichts besitzen, wenn es zur Pfändung kommen sollte. Ich gönne Myriam und Jérôme diesen Triumph nicht ... weil ich weiß, dass es Myriam vor allen Dingen nur um das Materielle und schließlich um deine Vernichtung geht. Sie mag dich am Boden liegen sehen. Der Wortlaut des Vertrages geht dahin, dass ich dir für den Ausbau der zur Verfügung gestellten Räume und die Sanierung des Zufahrtsweges und der Ausstellungsfläche einen großen Betrag geliehen habe und du mir im Gegenzug die Wertsachen verpfändest hast. So bleiben sie vor dem Kuckuck verschont. Und du kannst die Wertsachen so nach und nach in meinem Auftrag verkaufen. Die erzielten Beträge lege ich auf ein Sonderkonto auf den Namen von Anne, das weder Anne noch ich anrühren werden. Dir gebe ich aber die Zugriffsberechtigung auf das Konto, damit du drankommst, sollte uns unvorhergesehen etwas zustoßen.«

»Jesses, Maria ...«, sagte ich total überwältigt, »das hört sich ja, mein Gott, das hört sich so was von bombastisch an. Wenn du das für mich tätest, das wäre, ober, ober ... nein ich sag's nicht. Dieser Begriff gehört eher in die Teenagersprache«, sprudelte ich übermütig heraus.

Zama lachte. »Sag's nur! Du meintest sicher Ober-Affen-Titten-geil«

»Dass du diesen Ausdruck kennst?«, fragte ich überrascht und lachte.

»Na ja, Myriam sagte immer ich ginge nicht mit der Zeit. Ich beweise hier das Gegenteil.«

Ich lachte über Zamas trockenen wohl platzierten Humor »Nun, lass uns alles vorbereiten, sobald ich draußen bin ... und ... Zama, ich danke dir. Ich danke dir von Herzen.«

»Um genau zu sein, ich habe den Vertrag zusammen mit meinem Anwalt, ein langjähriger Freund von mir, schon abgefasst und auch mitgebracht. Selbstverständlich wurde er zurückdatiert auf die Zeit, als du die Baumaßnahmen vorgenommen hast. Dass wir die Ausstellungsstücke erst jetzt abholen, ist glaubwürdig rüberzubringen. Vorher war es nicht nötig, und jetzt da sie dich rausgeekelt haben, bestehe ich darauf, dass mein Eigentum auch bei mir steht, weil ich der Bagage nicht traue.«

»Ganz schön clever«, lachte ich. »Hast Du die Stücke in der Vereinbarung auch katalogisiert? Das braucht's ja, um das Ganze glaubwürdig zu machen.«

»Klar doch. Ich habe die Stücke durch einen Sachverständigen erfassen lassen. Der kam für die Bestandsaufnahme kurz nach dem Vorfall zusammen mit Stéphanie, so dass niemand argwöhnisch werden konnte. Es sah aus wie ein ganz normales Verkaufsgespräch. Stéphanie machte ihre Sache gut. Wenn dir die Idee gefällt, unterschreibst du die Vereinbarung und schon morgen werden die Sachen abtransportiert.«

»Wow Zama, ihr wart ja richtig aktiv. Natürlich unterschreibe ich die Vereinbarung mit Wonne«, sagte ich voller Begeisterung. »Etwas erstaunt mich dennoch. Stéphanie hatte mir kein Sterbenswörtchen davon gesagt, dass ihr da zusammen etwas ausbaldowert habt. Als ich sie fragte, worum es denn bei deinen Vorschlägen ginge, sagte sie nur, dass du nichts Genaues darüber verlauten ließest.«

»Nun, sie wusste nur von dieser Sache. Die Eröffnung der anderen Vorschläge habe ich auf die heutige Zusammenkunft vertagt.«

»Vorschläge?«, fragte ich erstaunt. »Kommt denn noch was?«

Zama schmunzelte wieder. »Hier mein dritter Vorschlag«, fuhr Zama weiter. »Für den Rechtsstreit gegen die Galanis habe ich für deine Verteidigung ein Anwaltsbüro an der Hand, das das Beste in der Region sein dürfte. Der Anwalt, der deinen Fall übernehmen wird, ist ein guter Bekannter von mir und …« Weiter kam Zama nicht, denn in diesem Moment ging die Zimmertüre auf und Stéphanie streckte ihren Kopf herein.

Alle drei blieben den ganzen Nachmittag und ich war am Ende der Besuchszeit ganz schön geschafft. Nicht nur, weil ich aufgrund meiner Verletzung überfordert war, mich so lange zu konzentrieren, sondern auch weil ich die Angebote erst einmal verdauen musste. Ich wusste, dass ich Zama blind vertrauen konnte. Auch wenn manch einer meinen Glauben in meine Mitmenschen wahrscheinlich nicht verstehen würde, zumal ich aufgrund meiner Gutgläubigkeit schon ziemlich reingerasselt bin, ließ ich mich hier bei Zama nicht beirren. Mir war klar bewusst, Zama war nicht von der Art des Galanisclans, der nur seine Interessen im Auge hatte und dafür über Leichen ging. Stéphanie war von Zamas großzügigem Angebot, in seinem Haus zu wohnen, begeistert und gerührt zugleich. Sie umarmte ihn spontan und ungestüm. Wir hatten alles noch an diesem Nachmittag geregelt. Zama erzählte uns auch, dass er mit dem befreundeten Anwalt über den Fall gesprochen hatte, und dieser schon einen Vorschlag äußerte, wie er die Klageschrift verfassen wollte.

Auf jeden Fall sollte es darauf hinauslaufen, dass ich noch zu bestimmende Entschädigungsforderungen stelle und zwar erstens für alle Auslagen der Um- und Anbauten der letzten Jahre, inklusive des neu erstellten Ateliers und zweitens für die zu erwartenden Verluste. Immerhin verliere ich nicht nur mein Atelier, sondern die Adresse, Telefon, meine ganze Existenz, einfach alles. Als drittes sollte der Betrag auch noch ein Schmerzensgeld einschließen. Ich meinerseits sollte versprechen, sollten meine Forderungen erfüllt werden, mich zurückzuziehen und zwar vom ganzen Anwesen, inklusive meines selbst gebauten Ateliers. Das hörte sich gut an. Damit konnte ich mich anfreunden. Ich war bereit … bereit zurückzuschlagen. Wem würde wohl zuerst die Luft ausgehen. Ich jedenfalls wollte dieses Mal nicht klein beigeben.

Jetzt war ich natürlich noch gespannt auf meinen Onkel Riccardo. Stéphanie hatte mit ihm schon einen Termin in der zweiten Maiwoche vereinbart.

*

Ende Woche, kurz bevor ich aus dem Krankenhaus entlassen wurde, erhielt ich von Zama einen Anruf. Es war eine schreckliche Nachricht ... eine Todesnachricht, die ihn ziemlich erschütterte. Roger, Murielles Sohn, ist überraschend 19jährig an seinem Arbeitsplatz an Herzversagen verstorben. Es war eine Tragödie, wie Zama es formulierte. Ich glaube er mochte Roger sehr, wie auch Louis, der mittlerweile als Facharzt für Dermatologie in einer Gemeinschaftspraxis tätig war. Zama erzählte mir, wie ergreifend das Begräbnis war: »Louis hatte am offenen Grab um seinen Cousin geweint«, berichtete Zama mir. »Doch die Bestattung war nicht nur ergreifend, sondern in einem Punkt auch unbegreiflich pietätlos. Denn Jérôme konnte sich nicht, wenn auch nur einmal, beherrschen. Er schaffte es nicht einmal, während eines solchen traurigen Anlasses – die Bestattung seines jungen Cousins – Anstand und Würde zu zeigen. Er kann an nichts anderes denken, als an Hass und Geld. Er machte ein unbekümmertes Gesicht, von Trauer keine Spur. Die Kälte, die sein Gesicht ausstrahlte, war erschreckend. Nach der Bestattung, bevor er sich aus dem Staub machte, sprach er mich an. ›Ich habe gehört, dass mein Vater ordentlich auf die Schnauze gekriegt hat. Dachte gar nicht, dass mein Nonno so gut drauf ist‹. Er sagte es mit einer Eiseskälte, dass mir ein Schauder den Rücken hinunterlief, und dabei lachte er spöttisch. Ich sagte zu ihm, ob es denn für ihn keinen Moment gebe, seinen Hass einmal, wenn auch nur für die ganz kurze Zeit eines traurigen Familienanlasses, auf die Seite zu legen. Er überging meine Frage, so als wäre sie nicht gestellt worden und fuhr fort. ›*Du kannst Daddy ausrichten, dass er schauen soll, bald wieder auf die Beine zu kommen, denn sein geliebter Sohn hat noch Forderungen. Und vor allen Dingen soll er schauen, dass er diese Forderungen auch zügig erfüllt. Nicht dass er deswegen sein Krankenhauszimmer gleich mal mit einen kleinen Raum im Knast eintauscht. Ciao Grand-Papa*‹.«

Zama war entrüstet. »Was für ein Widerling er doch ist. Langsam aber sicher beginne ich auch zu glauben, dass du mit deiner Annahme, Jérôme sei ein gefühlloser Soziopath, recht hast. Bevor ich mich von ihm abwandte, sagte ich ihm noch, dass er aufpassen solle, dass irgendwann nicht mal *er* ordentlich auf die Schnauze fällt. Doch Jérôme lief kichernd davon. Myriam hatte von dem Gespräch nichts mitbekommen. Sie stand mit ihren Schwestern am Grab. Ihr Gesicht wirkte versteinert. Vielleicht ist ihr mit einem mal bewusst geworden, wie wenig einem das Leben gewiss war. Unsere Blicke kreuzten sich nur kurz. Sie wandte sich ab, ohne ein Wort des Grußes.«

Kapitel 14

Am letzten Apriltag wurde ich aus dem Krankenhaus entlassen. Stéphanie fuhr mich gleich in Zamas
Villa. Ich musste immer wieder staunen, was so alles
während meiner Abwesenheit unternommen wurde,
so dass ich mich noch schonen konnte. Ich musste
mich um nichts kümmern. Alles, was wir hier brauch-
ten, hatten die drei hierher gebracht und unser Häuschen wurde als möbliertes Angebot in den Immo-An-
zeiger, der ganz speziell in Firmen ausgehängt wurde,
gesetzt. Die Firmen suchten nämlich immer möblierte
Angebote, da externe Mitarbeiter, seien es Stages oder
einfach Austausch mit den Auslandsfilialen auf der
ganzen Welt, immer nur befristet da sein würden. Das
hätte natürlich unserer Vorstellung entsprochen, für
den Fall, dass wir wieder in unser Häuschen ziehen
wollten. Alle meine Ausstellungsstücke standen auf
Zamas riesigem Grundstück. Die Dekostücke, Skulpturen und Säulen, zierten die Poolumgebung und die
Gebrauchsgegenstände, wie Tische, Cheminees und
Bänke, standen nicht weniger dekorativ unter einem
Pavillon in seinem parkähnlichen Garten.

Tja, und dann ging es richtig rund. In der ersten
Maiwoche kam der Rechtsanwalt, Dr. Raoul Beauchamp, ein knallharter Typ, und wir diskutierten alles
durch. Meine Forderungen bezifferten wir auf 230'000
Euros. Ich gab ihm sämtliche Unterlagen, wie frühere
Vereinbarungen, die ich Gott-sei's-gelobt-und-getrom-
melt alle aufbewahrte. Wir diskutierten alles bis ins
kleinste Detail, spielten alle Eventualitäten durch, so

dass wir gut vorbereitet zur Verhandlung gehen konnten. Er war natürlich auch gespannt auf die Aussagen meines Onkels.

»Wer weiß«, meinte er, »vielleicht ist da etwas Brauchbares dabei, das wir gegen Ihren Vater verwenden können. Und nun zu Ihren Brüdern. Ich war auf dem Gelände, auf dem der eine, wie hieß er gleich …?«

»Tiziano«, füllte ich seine Erinnerungslücke.

»… ja … auf dem dieser Tiziano sein Wohnmobil stehen hat. Dieses Gelände ist nicht als bebaubares Grundstück ausgewiesen, das bedeutet, dass er nicht berechtigt war, an sein Wohnmobil Atelier und Showroom anzubauen. Ihm werden wir gleich mal die Bauaufsichtsbehörde auf den Hals schicken …« er lächelte, »… dann hat er vorerst einmal genug zu tun. Und es schadet nicht, wenn er mit diesem kleinen Vorspiel schon mal merkt, dass künftig andere Saiten angeschlagen werden. Auch Sie können zurückschießen. Ein harmloser Schuss zwar, denn die Retourkutsche für die Beteiligung an der Gewaltausübung gegen Sie und alle sonstigen Gemeinheiten und Verlogenheiten darf schon noch ein bisschen spektakulärer ausfallen. Aber das kommt ja noch.«

»Hm, hört sich gut an«, sagte ich zufrieden.

»Gegen Ihren anderen Bruder - Alessandro hieß er, nicht wahr? - können wir neben der Schmerzensgeldklage nicht sehr viel mehr ausrichten, da Sie halt im Umgang mit ihm leider zu arglos waren. Doch zumindest hatten Sie sich damals den Schuldschein über

4000 Euro unterschreiben lassen, und das ist ja wenigstens etwas. Diesen Betrag klagen wir natürlich ein.«

»Den wird er längst vergessen haben.«

Dr. Beauchamp lächelte und meinte, »na wunderbar, dann werden wir seiner Erinnerung etwas auf die Sprünge helfen.«

Es war das erste Mal, dass ich gegen alle Ungerechtigkeiten meiner Familie mir gegenüber einen Anwalt beizog. Es war wirklich höchste Zeit. Und mit Beauchamp hatte ich einen verdammt guten an der Hand. Es lag nun an mir, nur kein Erbarmen aufkommen zu lassen. Das waren bei mir nämlich gefährliche Probleme: meine Gutmütigkeit und meine Blauäugigkeit. Ich besaß einfach zu viel Mitgefühl. Ich musste mir angewöhnen, jedes Mal, wenn mich ein Gefühl der Barmherzigkeit beschleichen sollte, dieses zarte Pflänzchen mit der gedanklichen Vorstellung des brutalen Übergriffs auf mich im Keim zu ersticken.

In der zweiten Maiwoche, es war der 9. Mai, erwarteten wir Onkel Riccardo und Tante Rosa. Ich war mittlerweile wieder so gut hergestellt, dass ich die beiden selbst am Flughafen in Marseille abholen konnte. Zama bereitete derweilen ein opulentes Mahl zu, das war schließlich seine Spezialität als Meister der Haute Cousine und Stéphanie und Anne richteten zum Empfang der beiden alles schön her.

Ich war natürlich viel zu früh am Flughafen ... hielt es zu Hause nicht mehr aus und musste einfach los ... war irgendwie nervös. So wartete ich in der Ankunftshalle des Flughafens, mit direktem Blick auf die Türe, durch die die ankommenden Gäste hindurch kommen mussten, und schaute alle paar Minuten im Wechsel auf die Anzeigentafel und auf meine Armbanduhr ... Flug von Venedig-Treviso, geplante Ankunft Marseille 16:10 Uhr ... Es war erst 15:30 Uhr ... Oh, wie war ich aufgeregt ... oder spielte da auch ein bisschen Bangigkeit mit? ... was würde mich erwarten? Was würden mir Onkel und Tante enthüllen? Gab es wirklich etwas, das so gewichtig war, dass ich vielleicht schockiert sein könnte ... etwas, das für meine Zwecke verwendet werden könnte? Ich durfte gespannt sein. Aber jetzt war ich erst mal neugierig auf die beiden. Wie sahen sie wohl aus? Würde ich Riccardo erkennen am charakteristischen Galanis-Typus? ... 15:50 Uhr ... Ich konnte nicht mehr ruhig sitzen, stand auf, ging auf und ab ... 16:05 Uhr ... die Anzeigetafel ratterte, alle Anzeigen rückten ein Stück nach oben ... wieso vergingen die Minuten so langsam, wenn man wartete ... 16:10 Uhr ... wieder ratterte die Anzeigentafel ... nichts ... warten ... 16:20 Uhr ... Rattern ... und endlich der erwartete Hinweis: ›arrivé/landed‹ ... mein Gott, wie dieses Warten nervte ... 16:45 Uhr ... die ersten Fluggäste kamen durch die Tür ... vier Gäste nacheinander ... keiner schaute suchend oder fragend ... alle kannten ihr Ziel ... gingen schnurstracks an mir vorbei ... die nächste Gruppe kam durch die Tür ... erst zwei ... kurz darauf nochmals drei ... warten ... 16:50 Uhr ... die Tür öffnete sich ... ein sehr hoch gewachsenes Paar ... und dahinter ... ein älterer Herr, mit schütterem Haar, nicht sehr groß, etwa so wie meine Mutter, seine Ausstrahlung wärmer, freundlicher als die meines Vaters ... und hinter ihm seine Begleitung, eine etwas kleinere, zierliche Frau mit kurzen grauen Locken, freundlichen braunen Augen, freundlichem Gesicht … sie schauten sich suchend um. Mir war sofort klar, dass sie das sein mussten. Ich hob meine rechte Hand und unsicher winkte ich ihnen zu. Als sie mich entdeckten strahlten sie beide. Einen Moment standen wir voreinander, schauten uns erst mal nur stumm an, lächelten und nachdem die erste Sprachlosigkeit sich gelegt hatte, rief Onkel Riccardo erfreut: »Rosa, er ist es. Er ist es. Schau nur, diese Augen. Er ist es.«

Tante Rosa nickte nur. Sie hatte Tränen in den Augen. »Mein Gott, bist du groß geworden, mein Junge«, sagte sie fast flüsternd, dann öffnete sie ihre Arme und streckte sie mir entgegen. Ich umarmte sie, hob sie sogar ein bisschen hoch, so dass ihre Füße den Boden nicht mehr berührten. Sie war so klein, so zierlich. Nachdem sie mir einen dicken Kuss aufgedrückt hatte, ließ ich sie wieder auf den Boden und umarmte Riccardo. Die beiden waren mir gleich von Anfang an irgendwie vertraut, obwohl ich sie gar nicht kannte. Sie waren sympathisch, und ich mochte sie. Mir war sofort klar, dass wir zusammen eine schöne Woche haben würden. Darauf freute ich mich. So wie beide mich anstrahlten waren sie in diesem Moment so richtig glücklich.

Kapitel 15

*A*ls wir die Auffahrt des Anwesens hinauffuhren, rief Tante Rosa ganz verzückt: »Maria und Josef, wie ist das schön. Hier lebst du Mario?« Ich blickte sie durch den Innenspiegel des Wagens an. Es war so wunderbar, Tante Rosas Augen zu sehen. Sie strahlten trotz ihres Alters etwas Kindliches in ihrer Begeisterung aus. Ich lächelte sie an. »Ja, hier wohne ich seit neustem. Es ist das Haus meines Ex-Schwiegervaters und er hat meine Frau und mich nach ...«, ich räusperte mich, »... nach meinem schrecklichen Unfall in dieses Haus geholt.«

Fast ein bisschen grimmig sagte Onkel Riccardo: »Du meinst, nach dem Übergriff deiner Familie auf dich, wie deine liebe Frau kurz andeutete?«

»Ja, nach dem Übergriff auf mich«, bestätigte ich Onkel Riccardos Feststellung.

Er schüttelte zornig den Kopf. »Mario, du musst mir alles erzählen. Ich möchte wissen, wie dein Leben war, nachdem deine Eltern Italien verlassen hatten.«

»Ja, Onkel Riccardo, wir haben ja eine ganze Woche Zeit.«

»Riccardo ... sag' einfach Riccardo, und lass' den Onkel weg. Du bist ein Mann von 51 Jahren, da braucht es diese Distanz ›Onkel‹ in der Anrede nicht«, sagte er jetzt wieder lächelnd. Dann seufzte er: »Wir hätten dich so gerne aufwachsen gesehen. Du warst so ein niedlicher kleiner Bub.«

Rosa stimmte dieser Bemerkung zu und hatte dabei natürlich wieder feuchte Augen: »Wir hatten dich viel bei uns, weil deine Mutter und dein Vater ... na ja, lassen wir das ... später, später ... lass' uns jetzt erst mal die Ankunft in diesem herrlichen Haus genießen.«

Ich hatte soeben das Auto abgestellt und blickte zum Eingang, wo sich Anne, Zama und Stéphanie schon neugierig versammelt hatten.

Es folgte eine herzliche Begrüßung, Komplimente wurden ausgetauscht und immer wieder ließen beide ihre Blicke über das wunderschöne parkähnliche Gelände und das riesige Haus mit dem Säulengang streifen.

Ich zeigte den Gästen ihr Zimmer, damit sie sich frisch machen konnten. Zwanzig Minuten später kamen sie in den Salon und ich führte sie auf die Veranda, wo Anne und Stéphanie aufgedeckt hatten. Stéphanie servierte einen Aperitif, der im Stehen getrunken wurde. Der begleitende Smalltalk war erfrischend.

Als schließlich jeder seinen Platz am Tisch eingenommen hatte, begann Zama aufzutragen. Er hatte zu Ehren der italienischen Gäste, ein Menü mit italienischem Touch gewählt. Als Vorspeise servierte er eine Weißwein-Kresse-Suppe. Es folgte ein gemischter Blattsalat mit Pfirsich und Parmaschinken. Der Hauptgang war ein Lammnierstück an Balsamico-Sauce, garniert mit grünem und weißem Spargel und Pommes Duchesse als Beilage. Dazu kredenzte er einen Cabernet Sauvignon. Zum Dessert servierte er verschiedene Käsesorten und den Abschluss bildete ein

Soufflé-Glace Limoncello mit Sesamkrokant und mit süditalienischem Zitronenlikör verfeinert. Man sah nur noch erstaunte aber auch äußerst zufriedene Gesichter.

Nach einem kurzen Verdauungsspaziergang entlang der Küste saßen wir bei Wein und kleinen Knabbereien bis spät in die Nacht, plauderten, lachten und Riccardo und Rosa genossen es sichtlich, hier bei uns zu sein. Kein Wort verloren wir an diesem Tag über die Verwandtschaft. Der Tag gehörte uns, mit all seinen Annehmlichkeiten. Nur ich dachte zwischendurch mal, warum Riccardo nicht mein Vater und Rosa meine Mutter sein konnten. Wie viel Wärme hätte ich in meiner Kindheit erfahren dürfen.

*

Am folgenden Tag führten wir unsere Gäste aus, zeigten ihnen Marseille und die Umgebung. Der Mai zeigte sich von seiner besten Seite. Frühsommerliche Temperaturen luden ein, sich in Straßencafés niederzulassen und die flanierenden Völker jeder Couleur zu beobachten. Onkel und Tante fühlten sich unbeschwert und lachten ausgelassen. Ihre Gegenwart wiederum tat uns wohl. Erst jetzt, da ich sie kennenlernte, spürte ich, was mir all die Jahre abging. Es war eine Familie; eine Familie, die Vertrautheit und Liebe vermittelte.

Am Abend dieses 10. Mai sollte ich dann die ganze Wahrheit unserer Familiengeschichte kennenlernen. Wir saßen bei einem Gläschen Wein auf der Veranda und Riccardo und Rosa ließen sich zuerst einmal von mir meine ganze Geschichte erzählen. Ich erzählte alles auf Italienisch und gleichzeitig auf Französisch. Wenn ich etwas vergaß, sprang Zama ein und auch Stéphanie erzählte von ihrer Erfahrung mit den Schwiegereltern und meinen Brüdern, was ich wiederum simultan ins Italienische übersetzte. Beide, Onkel und Tante, schüttelten immer wieder empört den Kopf. Rosa war so ergriffen, dass sie nicht immer an sich halten konnte. Immer wieder stiegen ihr Tränen in die Augen. Sie schnäuzte sich ihre Nase und immer wieder murmelte sie vor sich hin. »Mein armer Bub, mein armer Bub. Was hat man dir angetan?«

Dann waren sie dran mit ihrer Geschichte. Riccardo übernahm das Wort.

»Mario, es tut mir unendlich leid, was dir zugestoßen ist. Wie Rosa ja schon andeutete, bist du uns damals sehr ans Herz gewachsen, weil du mehr bei uns warst als bei deiner Mutter. Als sie Italien verlassen hatten und dich dann später nachholten, du warst knapp zwei Jahre alt, war es, als hätten sie uns das Herz aus dem lebendigen Leib herausgerissen.«

»Ich war zwei Jahre alt? Nicht neun Monate?«, fragte ich erstaunt.

»Hatten sie dir das so erzählt?«

Ich nickte.

»Nun, so stimmt es nicht ganz. Sie gingen zusammen, als du neun Monate alt warst und ließen dich bei uns. Wir waren glücklich, dich zu haben, zumal wir beide ungewollt kinderlos geblieben sind. Kurz bevor du zwei Jahre alt wurdest, um genau zu sein zwei Wochen vor deinem zweiten Geburtstag, kam Luciano plötzlich – es kam für uns unerwartet, wie aus heiterem Himmel – und holte dich nach Frankreich. Deine

Mutter war ja schwanger und diese weite Reise war ihr nicht mehr zuzumuten. Luciano sprach nicht viel. Er kam und sagte nur ›richtet für Mario alles zusammen, ich nehme ihn mit.‹ Er nahm dich wortlos, wie einen Sack Mehl, nicht wie ein Kind. Wir flehten ihn an, dich doch bei uns zu lassen. Du fühltest dich doch wohl bei uns, und wir wussten, dass er dich nicht liebte. Er sagte nur ›meinetwegen könntet ihr den Balg behalten, aber Concetta will es so; kann's nicht ändern‹. Du warst zu klein, um zu verstehen, wie dir geschah, hast geweint und mein Bruder schrie dich an, du sollest ruhig sein. Uns brach es fast das Herz, dies mit ansehen zu müssen. Unser kleiner Mario, von einem Tag auf den anderen, weg … einfach weg. Deine Geschichte, die du uns heute erzähltest, überraschte uns deshalb auch nicht. Sie passt zu Luciano wie auch zu Concetta. Und was sie dir antaten, ist mit nichts wieder gutzumachen. Wohl sind deine Brüder unter dem Einfluss deiner Eltern so geworden, denn Kinder merken sehr schnell, wenn ein Geschwisterchen abgelehnt wird und für alles als Buhmann herhalten muss. Gewöhnlich nutzen sie es schamlos aus, so sind Kinder eben.« Riccardo nahm einen Schluck von seinem Wein. Wir waren alle still und nachdenklich. Es war ziemlich harte Kost, was mir hier zugemutet wurde. Und was sollte noch alles kommen? ›Warum?‹, dachte ich, ›warum nur? Warum hat mein Vater mich abgelehnt, gar gehasst?‹

Als hätte er meine Gedanken gelesen, fuhr Riccardo weiter. »Du sollst natürlich auch wissen, warum dein Vater dich abgelehnt hatte. Luciano arbeitete damals im Betrieb unseres Vaters, dein Nonno. Der wurde dann ziemlich krank, konnte nicht mehr so wie er wollte, und so ging Luciano 1960 erst einmal versuchsweise nach Frankreich, wollte Concetta dann nachkommen lassen. Doch es klappte in Frankreich für ihn nicht so, wie er erwartet hatte und so kehrte er nach neun Monaten wieder nach Treviso zurück und fand seine Frau im fünften Monat schwanger vor. Sie hatte sich mit einem Spanier, einem begnadeten Künstler, namens Rodriguez La Mendola eingelassen. Künstler schienen es Concetta angetan zu haben. Das erklärt auch deine ungewöhnliche Körpergröße … ungewöhnlich für das Galanisgeschlecht … denn Rodriguez war knapp 190 Zentimeter groß. Als er erfuhr, dass sein Verhältnis mit Concetta Folgen hatte, machte er sich auf und davon nach Spanien. Von wegen unsterbliche Liebe, wie Rodriguez deiner Mutter während ihrer romantischen Begegnungen beteuert hatte. Concetta flehte Luciano an, ihr zu verzeihen und sie doch bitte nicht zu verstoßen. Sie gestand auch ein, einen großen Fehler begangen zu haben. Es sei einfach nur passiert, weil sie sich während Lucianos langer Abwesenheit einsam fühlte und nur einmal schwach wurde. Sie beteuerte, dass dies der einzige, Fehltritt gewesen sei, den sie bitter bereute. Dass dieses ›nur einmal schwach werden‹ über Monate hinweg dauerte, wusste Luciano natürlich nicht. Und wäre der andere nicht getürmt, sondern hätte zu Concetta gestanden, hätte sie ihren Mann für Rodriguez verlassen. Aber so blieben deine Mutter und mein Bruder trotz des kleinen Eindringlings in Concettas Bauch zusammen.«

Ich saß da, konnte vor Entsetzen nichts sagen. Vor meinem inneren Auge spulte sich mein Leben im Schnelldurchlauf ab und plötzlich ergab so vieles einen Sinn. Alle meine Erfahrungen, alle meine Kindheitserinnerungen ergaben einen Sinn. Wie meine Mutter jedes Mal zusammenzuckte, wenn im Zusammenhang mit Jérôme vom ach so wertvollen Galanisblut die Rede war. Auch das ergab nun einen Sinn.

Stéphanie legte ihre Hand auf meine und sah mich mitfühlend an.

»Ich … ich weiß nicht, ob ich darüber, dass ER nicht mein leiblicher Vater ist, nun traurig … oder eher froh sein sollte. Na ja, ein richtiger Vater war er eigentlich nie für mich gewesen … wie auch? Nein, nein zu viel Leid … ja er ließ mich zu viel leiden«, brachte ich nur stockend hervor. »Eigentlich sollte ich mich wie neugeboren, lebendig und frei fühlen; jetzt, da ich weiß, dass kein einziger Tropfen des mir mittlerweile so verhassten Galanisblutes in meinen Adern fließt. Aber … ich fühle mich nicht wie neugeboren … ich fühle mich nicht lebendig … ich fühle mich irgendwie … wie soll ich sagen … irgendwie leer. Ich … ich muss das alles wohl erst einmal begreifen.«

»Es tut uns so leid Mario. Es macht uns traurig, unsere schlimmsten Befürchtungen von damals nun bestätigt zu sehen. So wie dein Vater dich damals von uns weggerissen hatte, konntest du keiner liebevollen Kindheit entgegensehen«, erklärte Rosa mit traurigem Blick. Als ich die beiden lieben Menschen vor mir sah, nahm ich den Satz mit dem verhassten Galanisblut gedanklich zurück, denn das von Onkel Riccardo wäre mir lieb gewesen.

»Aber es geht ja weiter, Mario«, fuhr Riccardo fort, »die Geschichte ist hier noch lange nicht zu Ende.

Mein Bruder hat uns alle schändlich betrogen. Er war der einzige von uns vier Brüdern, der in die Fußstapfen unseres Vaters trat und den Beruf des Steinmetzes erlernte und er arbeitete erfolgreich im gut florierenden Geschäft unseres Vaters; zu erfolgreich, wie sich später herausstellte, denn er hatte während der ganzen acht Jahre, in denen alle Geschäfte durch seine Hände liefen, Geld unterschlagen und uns damit um unser Erbe gebracht. Vater merkte nichts, denn Luciano war clever genug. Wir begriffen es erst, als unser Vater 1968 gestorben und Luciano längst schon über alle Berge abgehauen war. Du sagtest, dass Luciano euch erzählte, sie hätten Italien verlassen, weil unsere Frauen nicht miteinander auskamen? Nein, das war nicht der Grund für seine Flucht. Ja ich nenne es Flucht. Die so genannten Ersparnisse, mit denen er in ... wie heißt der Ort nochmal? ... na ja egal ... mit denen er, wo auch immer, ein Stück Land kaufen und darauf ein Haus bauen konnte, gehörten ihm nicht, zumindest nicht alles davon.«

»Ich verstehe das nicht ganz. Mein Va ... ähm ... dein Bruder ging doch zweimal nach Frankreich. Nach dem ersten Mal kehrte er doch wieder zurück ... na ja zu dem Zeitpunkt, als er meine Mutter geschwängert antraf. Warum ist die Unterschlagung da nicht schon aufgeflogen, als er nicht mehr im Betrieb von Nonno arbeitete? Ihr hättet ihn doch festnageln können.«

»Unser Vater lebte ja noch, als Luciano Italien zum ersten Mal verließ. Vater, den 1960 eine schleichende Krankheit befallen hatte, setzte sich 1961 zur Ruhe. Er war ein hoffnungsloser Chaot, verlor schnell mal den Überblick und war froh, dass Luciano alles, auch das

Finanzielle, für ihn regelte. Denn, wenn sich jemand in Vaters Betrieb einschließlich der Finanzen auskannte, dann war es ja wohl unser Bruder. Vater war ein bescheidener Mann und brauchte nicht viel zum Leben. Niemand schöpfte Verdacht. Erst als Vater nach langer Krankheit verstorben war, begriffen wir. Denn plötzlich tauchten Leute auf, die Anspruch auf Vaters Haus erhoben. Unser Vater wusste wahrscheinlich gar nicht, dass er die letzten sieben Jahre seines Lebens in seinem eigenen Haus in Miete lebte. Luciano hatte das Haus, vermutlich zu verführerisch günstigen Bedingungen, verkauft unter der Prämisse, dass dafür der einzige Bewohner lebenslanges Wohnrecht besaß. Dieses lukrative Geschäft konnte der Käufer risikolos eingehen, denn Vater war, wenn zwar mit seinen 59 Jahren noch nicht alt, dafür aber sehr, sehr krank. Etwas, das wir auch nicht wussten, denn er sprach nicht über seine Krankheit. Die Mieten, die nicht sehr hoch waren, auch das gehörte zum Deal, bezahlte Luciano per Dauerauftrag und Vater hatte immer so viel auf dem Konto, dass er sein bescheidenes Leben bestreiten konnte. Luciano hatte bewusst gut für ihn gesorgt, dass sich niemand einzumischen brauchte, so dass ihm auch nie jemand je auf die Schliche gekommen wäre. Sieben Jahre lebte unser Vater dann noch, somit ging die Rechnung für Luciano gut auf.«

»Aber ihr hättet das Geld doch, nachdem ihr von der Unterschlagung wusstet, zurückfordern können«, warf ich ein.

Riccardo lächelte nur müde. »So einfach war das eben nicht. Das Problem war, dass wir ihm nichts hundert prozentig nachweisen konnten und Vater konnten wir ja nicht mehr befragen. Luciano war schon immer ein gerissener, mit allen Wassern gewaschener Ganove, der alle Tricks kannte. Auf diesem Gebiet konnte keiner von uns Brüdern mithalten.«

»Tja, in diesem Fall wird es jetzt auch nicht einfacher sein, ihm irgendetwas nachzuweisen. Das heißt also, dass zumindest die Unterschlagungssache für den bevorstehenden Rechtsstreit nicht hilfreich sein wird«, stellte Zama nüchtern fest, »und außerdem, ist die ganze Sache sowieso verjährt. Das einzige, was wir tun können, ist, ihm unser neues Wissen bei Gelegenheit immer wieder mal unter die Nase zu reiben. Es bringt außer der Genugtuung darüber, ihn entlarvt zu haben, juristisch aber rein gar nichts.«

»Zumindest wissen wir jetzt, mit wem wir es die ganzen Jahre zu tun hatten. Und im Prinzip braucht uns jetzt nichts mehr zu wundern. Manches versteht man jetzt viel besser«, ergänzte ich, inzwischen wieder etwas gefasster als eine Stunde zuvor, »und wer weiß was mein Anwalt da trotzdem noch ausschlachten kann?«

»Vielleicht könnte man ja auch die Sache mit Concettas Fehltritt in die Begründung bei Gericht hineinbringen, damit das Gericht die Zusammenhänge für dieses unglaubliche Vorgehen erkennt«, meinte Riccardo.

»Ich werde das auf jeden Fall mit meinem Anwalt genau anschauen«, kommentierte ich sehr sachlich und gefasst.

Es war mittlerweile ziemlich spät geworden und allmählich machten wir uns alle auf, uns in die Horizontale zu begeben. Wir versicherten uns, dass wir es nicht zulassen würden, die Schatten dieser neuen Erkenntnis unseren Himmel verdunkeln zu lassen. Der Besuch hier in Frankreich war schließlich für Onkel und Tante Urlaub und den sollten sie auch als solchen genießen können.

Diese Woche war wunderbar. Das Wetter hätte nicht besser mitspielen können. Wir zeigten den beiden alles, was sehenswert war, und sie genossen es, mit uns zusammen zu sein, vor allen Dingen, wie sie liebevoll sagten, ›mit ihrem geliebten Sohn Mario‹. Denn als solchen sahen und liebten sie mich.

Irgendwie hatte ich erst jetzt richtige Eltern. Zwei Väter – Riccardo und Zama – sowie eine Mutter. Und nicht zu vergessen, ich hatte eine wunderbare Frau. Es war einfach phantastisch. Ich empfand seit Langem wieder einmal richtige Lebensfreude. »Ich danke euch allen«, ich blickte dabei jeden einzelnen in der Runde an, »ich liebe euch von ganzem Herzen«, sagte ich, bevor ich mich mit meinen neu gewonnen Eltern zum Flughafen aufmachte.

Ich ließ sie nicht abreisen, ohne ihnen mein Versprechen gegeben zu haben, sie, sobald ich wieder Reisefreiheit besaß, zu besuchen.

Der Abschied war sehr rührend. Rosa hatte sehr nahe am Wasser gebaut … sie konnte ihre Gefühle nicht verbergen. Ich küsste sie auf die Wange und sagte: »Ciao Mamma«. Sie lächelte und strich mir zärtlich über die Wange.

Kapitel 16

*D*ie Verhandlung vor dem Tribunal d'Instance Anfang Juni in Sachen Unterhaltsrechtsstreit Jérôme Galanis gegen Mario Galanis ging nicht sehr lange. Mein Rechtsanwalt war einfach super. Die auf Antrag von Dr. Raoul Beauchamp getroffene Entscheidung des Gerichts ließ mir zumindest für die nächsten sechs Wochen etwas Luft. Beauchamp hatte nämlich dargelegt, dass meine momentane durch die aktuelle Rezession nachweisbar unverschuldete Zahlungsunfähigkeit unter anderem auch aufgrund der mutwilligen Täuschung und des damit verbundenen schweren Betrugs innerhalb der Familie zu begründen sei. Große finanzielle Verluste im sechsstelligen Bereich machten es seinem Mandanten unmöglich, seinen Unterhaltspflichten gegenüber seinem inzwischen volljährigen Sohn in der vollen Höhe nachzukommen. Doch biete er dem Kläger die Abtretung des Schuldscheins von über 4000 Euro, zahlbar durch Alessandro Galanis an Jérôme Galanis ab, womit zumindest eine erste Schuld getilgt sei. Ein faires Angebot, wie er meinte, und es zeige doch den guten Willen des Beklagten.

Da aufgrund des guten Nebeneinkommens des Sohnes im Moment keine gravierende Notsituation bestünde, beantrage er, Beauchamp, die Vertagung der Verhandlung bis nach der Verhandlung des Betrugs- und Körperverletzungs-Rechtsstreits Galanis gegen Galanis Mitte Juli vor dem Tribunal de grande Instance. Das Gericht gab diesem Antrag statt.

Ich schielte aus den Augenwinkeln zu Myriam und es tat mir gut zu sehen, wie ihre Kinnlade herunterfiel.

Auch dem Rechtsanwalt der Gegenseite, der neben Jérôme saß, war anzusehen, dass er mit dieser Entscheidung nicht zufrieden war. Es war übrigens Christian Bertrand, Tizianos Winkeladvokat.

Ich war gerade auf dem Weg in mein Büro, um noch diverse Unterlagen zu holen, als ich sah, wie Myriams Auto die Auffahrt zum Anwesen Galanis hochfuhr. Ich konnte mich gerade noch hinter Büschen verstecken, so dass mich niemand sehen konnte. Ich beobachtete, wie Myriam mit Concetta und Luciano sprach. Sie waren ein Herz und eine Seele. Nichts zu spüren von der früheren Feindseligkeit. Ich konnte nicht verstehen, was sie sagte, konnte nur annehmen, dass sie vermutlich vom unbefriedigenden Ausgang des Rechtsstreits sprach. Auf jeden Fall wirkte sie sehr aufgeregt. Meine Mutter klopfte ihr dann freundschaftlich auf die Schulter, als wolle sie sie beruhigen, während Luciano – seit dem Besuch von Riccardo, konnte ich ihn nicht mehr Vater nennen – sich nervös das Kinn rieb. Etwas schien ihn zu beunruhigen. Ich konnte mir auch gut vorstellen was es war.

Ich entschloss, aus meiner Deckung hervorzukommen und betont lässig die Auffahrt hinaufzugehen, als wäre es das Normalste der Welt, dass wir hier zufällig zusammentrafen.

Alle drei blickten mich natürlich erschrocken an, und bevor ich einen Gruß hätte anbringen können, wandten sie sich ab und flüchteten ins Innere des Hauses. Wie einmütig sie doch wirkten, meine Ex und ihre verhassten Schwiegereltern, diese italienischen Affen, wie sie sie immer nannte.

*

*D*ie Zeit verging fast wie im Fluge. Am 19. Juli 2011 war es soweit. Die Gerichtsverhandlung vor dem Tribunal de grande Instance in Sachen Mario Galanis gegen Luciano Galanis, sowie Ehefrau Concetta wegen Betrugs und schwerer Körperverletzung und deren Söhne Tiziano und Alessandro wegen schwerer Körperverletzung wurde eröffnet. Es ging ziemlich harsch zu. Nichts wurde verschleiert. Es kamen sowohl die gemeinsam begangene schwere Körperverletzung gegen mich zur Sprache, als auch die dem Übergriff vorausgegangene unrechtmäßige Enteignung unter Ausnützung der Gutgläubigkeit und des Vertrauens seines Mandanten gegenüber dessen Familie. Diese Enteignung geschah mit Unterstützung eines Gerichtsvollziehers, der die Räumungsklage verfolgte, jedoch leider ohne sich im Vorfeld die Mühe gemacht zu haben, den Sachverhalt genauestens zu prüfen. Hinzu kamen die Einschüchterung und Bedrohung durch den Vertreter der Gegenseite, Monsieur Christian Bertrand, die den Kläger unvermutet und unvorbereitet trafen. Monsieur Bertrand habe ohne Vorwarnung dem Gespräch beigewohnt, das heißt, dass dem hier anwesenden Kläger, Mario Galanis, jede Chance genommen worden sei, einen eigenen Rechtsbeistand zu Rate zu ziehen und er sei somit Opfer eines fahrlässig handelnden Juristen geworden, was schließlich zu diesem Übergriff mit schwerer Körperverletzung führte.

Das Gericht möge das Verhalten seines Mandanten, die Besprechung unter diesen gegebenen Umständen nicht verlassen zu haben, vielleicht als blauäugig erachten, dennoch sei es doch als Beweis dafür anzusehen, dass sein Mandant sich keiner Schuld bewusst arglos ins Gespräch gegangen und somit durch und durch als rechtschaffen anzusehen sei. Sein aufrichtiger Charakter konnte sich so viel Hinterlist beim besten Willen nicht vorstellen.

Als krasses Gegenbeispiel führte Beauchamp Lucianos früher begangene Unterschlagung an, ein Delikt, wie Beauchamp betonte, zwar nicht hierher gehöre, aber dennoch als Beweismittel zeigen solle, dass eine Neigung kriminellen Handelns beim Beklagten durchaus existiere. Der Beklagte sei damals leider nicht zur Rechenschaft gezogen worden und die Verjährung verunmögliche heute ein Weiterverfolgen des Vergehens. Dennoch soll die Unterschlagungssache hier als Mahnmal offengelegt werden, damit man heute nicht mehr den gleichen Fehler begehe, und eine verwerfliche Tat erneut straffrei ausgehen ließe. Beauchamp wedelte mit seinem Dossier in alle Richtungen und erklärte, dass das Gericht selbstverständlich jederzeit in seine Rechercheergebnisse Einsicht nehmen könne.

Lucianos erschrockenes Gesicht sprach Bände. Ich glaube, er kam aus dem Staunen nicht heraus, dass seine dunkle Vergangenheit ins gleißende Tageslicht befördert wurde. Wie war das nur möglich nach so langer Zeit. Vermutlich wurde ihm in diesem Moment schmerzhaft bewusst, zumindest konnte man derartiges aus seinem Gesicht lesen, dass man sich niemals in Sicherheit wiegen sollte. Früher oder später holte einen die Vergangenheit ein. Luciano wirkte sichtlich nervös, seine Augäpfel bewegten sich unruhig hin und her.

Beauchamp war aber noch nicht fertig. Das Gericht mag sich vielleicht die Frage gestellt haben, fuhr er weiter, ob es beim Kläger ein fehlbares Verhalten gegenüber der Familie gegeben habe, weshalb gerade ihm von drei Söhnen durch seine Eltern angeblich so viel Unrecht widerfahren sein soll. Diese Frage sei berechtigt, gab Beauchamp zu, doch auch dafür müsse es eine plausible Erklärung geben. Der Grund kann nicht in der Person des Klägers als solchen zu suchen sein, zumal die Familie ja über zwanzig Jahre auf seine Kosten sehr gut lebte. Eigentlich eher ein Faktum, das zu tiefem Dank verpflichten sollte, anstatt den großzügigen Geber seiner Lebensgrundlage und seiner körperlichen Unversehrtheit zu berauben.

Es müsse da folglich einen tieferen Grund geben. Was aber könnte dann der Grund sein, wenn nicht das Verhalten der Person Mario Galanis?

Beauchamp machte eine künstliche Pause, schaute in die Runde und erzeugte damit eine knisternde Spannung.

Dann blickte er direkt in Concettas Augen, zeigte mit dem Zeigefinger auf sie und wandte sein Gesicht wieder dem Gericht zu, während sein Finger immer noch auf die Beklagte zeigte, und erklärte, dass die Antwort auf diese Frage hier auf der Anklagebank zu finden sei.

Concetta lief rot an. Ob sie wirklich genau ahnte, was kommen würde, wusste ich natürlich nicht, doch sie hatte sichtlich Angst, dass etwas peinlich entlarvendes hier zur Sprache kommen könnte. Als sie Beauchamps Stimme vernahm, der seinen Blick wieder auf sie richtete, dass der Grund für die Ablehnung des Sohnes durch den Vater mit dem Seitensprung dieser Beklagten zusammenhänge, vergrub sie ihr Gesicht vor Scham in den Händen. Meine Brüder schauten beide ratlos von der Mutter zum Vater zu meinem Anwalt und wieder zurück.

Dass sein Mandant nicht der Sohn des Beklagten sein könne, zeige sich doch alleine schon in dessen Körpergröße. Keiner der Galanis habe je eine Körpergröße von mehr als 175 Zentimetern erreicht. Sein Mandant aber messe etwa 185 Zentimeter. Recherchen ergaben schließlich, dass der leibliche Vater, ein Spanier namens Rodriguez La Mendola, ungefähr 190 Zentimeter messe. Würde man einen DNA-Abgleich zwischen Rodriguez La Mendola und Mario Galanis vornehmen, träte die Richtigkeit dieser Behauptung schnell zutage. Doch das sei nicht notwendig, denn es gäbe Zeugen, die bestätigten, dass Luciano Galanis nicht der Vater seines Mandanten ist. Wieder wedelte Beauchamp mit seinem Dossier in alle Richtungen mit der Erklärung, dass das Gericht jederzeit Einsicht nehmen könne.

Dann appellierte Beauchamp an die Zuhörer im Gerichtssaal, sich einmal vorzustellen, was es für den kleinen Jungen Mario damals bedeutet haben musste, ein abgelehntes Kind gewesen zu sein, ohne zu wissen warum, ohne eine Ahnung gehabt zu haben, was es denn jetzt wieder falsch gemacht habe. Und später der erwachsene Mario, der alles für seine Familie tat, der immer für die Familie da war ... tja und nun als Dank zusammengeschlagen wurde.

Meine Familie auf der Anklagebank fühlte sich überrumpelt. Aus dem ohnehin blassen Gesicht von Luciano verflüchtigte sich jede noch so zarte Farbe, die als Zeichen von Leben hätte gedeutet werden können. Die Lippen wirkten blutleer, seine wasserblauen Augen jetzt nur noch starr und leer. Dann senkte er wie entmachtet seinen Blick.

Es folgte eine kurze Erholung bringende Stille und ich genoss diesen Augenblick der totalen Sprachlosigkeit. Dann fuhr Beauchamp weiter. Seine Stimme hörte ich nur noch wie durch einen Nebel.

Er erklärte mit ruhiger Stimme, gab ihr sogar einen Touch von Traurigkeit, dass diese Tatsache wahrscheinlich niemals aufgedeckt worden wäre, hätte der Vater seinen Sohn beim schweren Übergriff nicht mit, er zitierte ›Ich zeig's dir du Bastard‹, verbal attackiert.

Ein allgemeines Raunen ging durch den Gerichtssaal. Die Beklagten waren nicht in der Lage, sich zu den vorgebrachten Vorwürfen zu äußern. Hier zeigte sich der Wert eines guten Rechtsanwalts. Taugte er als Anwalt für das Recht oder war er nur ein billiger Rechtsverdreher des zweiten Bildungsweges, denn auch Bertrand, der sich damals so selbstsicher und großspurig aufführte und die Betrügereien seiner Mandanten leichtfertig unterstützte, war in diesem Moment der Enthüllungen stumm wie ein Fisch. Wenn meine Familie glaubte, dass die Anwesenheit eines zweitklassigen Anwalts bei einem Verhör oder der Gerichtsverhandlung einen automatisch in Sicherheit wiegen könne, nur weil es einmal funktionierte, befanden sie sich im Irrtum. Anwälte sind unter Umständen genauso fehlbar, faul und korrupt wie die, die sie anheuern.

Beauchamp unterbreitete das Angebot, dass sein Mandant bereit sei, das ganze Anwesen inklusive des selbst erbauten Ateliers sowie das von ihm erworbene Atelier zu verlassen und keine Ansprüche darauf zu erheben, sobald seine noch zu explizierenden Forderungen erfüllt sein würden.

Schließlich erläuterte er, wie sich meine Forderungen zusammensetzten. Alleine das Schmerzensgeld bezifferte er auf 80'000 Euro. Das eigene und das erworbene Atelier hatte er jeweils mit 40'000 veranschlagt, und den Gegenwert für Um- und Anbauten der letzten Jahre sowie den Verlust von Arbeitsplatz, Adresse, Telefon - kurz für alle existenzrelevanten Faktoren - 70'000 Euro. Insgesamt fordere sein Mandant 230'000 Euro.

Mein Anwalt setzte die Beträge bewusst höchstmöglich an, dennoch im realistischen Bereich bewegend, weil er aus Erfahrung wusste, dass das Gericht Abstriche machen würde. Er wollte insgesamt einfach 200'000 Euro für mich herausschlagen.

Der Anwalt der Gegenseite hielt zwar dagegen, dass der Kläger die Zerstörung selbst vorgenommen und daher keine Ersatzleistung dafür zu beanspruchen habe, doch dem widersprach Beauchamp. Sein Mandant habe unter Druck der Gerichtsbarkeit gehandelt und unter Strafandrohung sei ihm vom Gerichtsvollzieher, der die Räumungsklage überwachte, gezwungen worden, das Anwesen zu verlassen. Dieser Forderung sei sein Mandant dann auch nachgekommen, jedoch nicht ohne den Urzustand wieder hergestellt zu haben. Er schmunzelte. Urzustand bedeute hier natürlich keinesfalls ›Zustand nach dem Urknall‹ sondern ganz schlicht der miserable Zustand, wie er bei Übernahme anzutreffen war. Fotos, die sein Mandant vorsorglich vor dem Umbau gemacht habe, belegten dies ganz deutlich. Wieder wedelte Beauchamp mit seinem Dossier.

Ich war begeistert, wie Beauchamp argumentierte. Mit welcher Selbstsicherheit er auftrat und ziemlich überzeugend wirkte. Da konnte der Winkeladvokat Bertrand einpacken. Gegen Beauchamp schien er mir wie ein kleiner dummer Anfänger, der sich erstmals in einem Fall versuchte.

Ich empfand große Genugtuung.

Die Familienstory

ab August 2011

F: *Kutazama erzählt*

Kapitel 17

Wir saßen am Pool bei einem herrlichen Fruchtcocktail und tranken auf Marios Erfolg. Die Entscheidung des Gerichts im Fall Galanis gegen Galanis war eindeutig. Die Körperverletzung wurde für alle Beteiligten mit einer Gefängnisstrafe von zwei Jahren auf Bewährung belegt, die Schadenersatzleistungen hatte das Gericht erwartungsgemäß gekürzt auf insgesamt 200'000 Euro, während dem Schmerzensgeldvorschlag mit über 80'000 Euro voll entsprochen wurde. Marios Anwalt hatte folgenden fairen Handel vorgeschlagen:

Jérômes rückwirkende Unterhaltsansprüche von 11'100 Euro und zukünftige Ansprüche, das heißt also bis zum Abschluss zu dessen Ausbildung und gleichzeitig vollendeten 22sten Lebensjahr von 8400 Euro abzüglich des abgetretenen Schuldscheins von 4000 Euro, sollten direkt vom Schmerzensgeldbetrag an den Unterhaltsbegünstigten entrichtet werden. Weiter verkündete er Marios Bereitschaft, auf die zwei mal 40'000 Euro zu verzichten, wenn beide Ateliers plus der Räume, die von Stéphanie als Wellnesssalon und von ihm als Büro genutzt wurden, inklusive der Ausstellungsflächen vertraglich festgelegt in sein Eigentum übergehen. Somit blieben nur noch die schon erwähnten 80'000 Euro Schmerzensgeld und 40'000 Euro für den Ausbau der Räume und Ausstellungsflächen zur Zahlung übrig. Es wurden folgende strikte Bedingungen daran geknüpft, dass sich der Clan von Marios Eigentum fernhalte. Die Familie habe sich nur noch im Wohnhaus, auf dem rückwärtigen Freisitz mit Garten und auf dem Zugang zum Wohnhaus aufzuhalten. Ein Zuwiderhandeln entspräche einer Verletzung der Privatsphäre und würde entsprechend geahndet. Der Clan ging gezwungenermaßen auf diesen Deal ein, da für sie der Betrag von 200'000 Euro schlicht die Luft abgeschnitten hätte. Auf jeden Fall würden die Brüder nun ihren gemütlichen Müßiggang aufgeben und sich daran machen müssen, anständiger Arbeit nachzugehen, um in der Lage zu sein, der Zahlung der Schadenersatzforderungen nachzukommen.

Ich stelle mir vor, da die Familie dennoch total überfordert sein wird, dass sie nach einer Möglichkeit über eine spezielle Einigung suchen würden. Beauchamp hatte sich darüber natürlich prophylaktisch schon mal Gedanken gemacht. Zum Beispiel könnte ein Deal folgendermaßen aussehen. Die Eltern verlassen das Wohnhaus, um es Mario zu übereignen, während sie sich zusammen mit ihren beiden Söhnen ein kleineres erschwingliches Haus mit drei Wohnungen zur Miete suchen. Mit dem Verzicht auf ihr Erbe hätten die Söhne ihren Teil zur Tilgung ihrer Schulden beigetragen und somit wären alle Schadenersatzforderungen beglichen. Das wäre eine machbare elegante Lösung, die sicher demnächst zur Sprache kommen könnte. Dies wäre die einzige Möglichkeit, um aufgrund dieser geschuldeten immensen Summen wieder Land zu sehen. Es ist jedoch anzunehmen, dass die Familie nicht von selbst auf diese glorreiche Idee kommen würde. Daher müsste in diese Richtung eben ein bisschen nachgeholfen werden. Es war schon weitsichtig von Beauchamp, sich darüber schon mal Gedanken gemacht zu haben.

»Hast du gesehen Zama, wie meine Mutter mich beschämt ansah, als sie den Gerichtssaal verließ? Ich gehe jede Wette ein, dass der Seitensprung nach der Verhandlung zum Dauerbrennerthema im Familienrat wird. Hast du meine Brüder gesehen, wie sprachlos *die* waren. Die wollten sicher nach dieser Eröffnung genauestens aufgeklärt werden?«, sprudelte Mario. Er war noch richtig aufgeregt.

Ich schmunzelte. »Natürlich Mario, ich habe alles gesehen und auch alles gehört. Jede Regung habe ich beobachtet. Und … ich muss schon sagen, auch mir tat es gut. Übrigens Myriam sah mich mit eisiger Abneigung an. Ebenso funkelten die Augen deiner Brüder vor beißendem Hass. Alleine Luciano starrte nur noch ins Leere. Er mied jeden Blickkontakt. Na ja, wenn man sich plötzlich so bloßgestellt sieht, eingeholt von seiner eigenen Vergangenheit. Und in diesem Fall, als er schlagartig spürte wie alles ins Wanken kam, obwohl er sich so sehr im Recht wähnte und mit Tizianos Rechtsverdreher gut vertreten fühlte, sah er seine Felle davonschwimmen. Schließlich war ja die Privatzusammenkunft, bei der sie dich überfahren hatten, ein leichtes erfolgreiches Spiel. Er fühlte sich wohl sehr sicher, so sicher, dass er am liebsten hoch zu Ross mit wehender Fahne zur Verhandlung angetreten wäre«, frotzelte ich. »Wahrscheinlich dachte er, mit einer kleinen Strafe wegen Körperverletzung wird es sich getan haben.«

Wir genossen es, den Erfolg noch einmal richtig nachzuerleben und die Zukunft vorwegzunehmen.

»Tja, und Luciano wird, angesichts seines Sündenregisters, für alle Ewigkeit noch stiller werden, als er es
bis anhin schon war«, triumphierte Stéphanie, »und
Concettas Scham über das aufgedeckte dunkle Geheimnis, wird sie wohl für ewig verfolgen. Dieser Fehltritt wird ihrer dominanten Stellung im Matriarchat
einen empfindlichen Dämpfer verpassen.«

»Außerdem wird die Familie ihren Pfründen nach-
trauern, die ihnen so viele Jahre ein angenehmes Leben
beschert hatten. Vorbei das Schmarotzertum! Vorbei
das süße Leben! Nur weil sie so dumm waren, selbst
am Ast, der sie trug, zu sägen«, ergänzte ich die be-
gonnenen Zukunftsvisionen.

»Ob sie ein Wiedersehen mit mir in der Hölle jetzt
wirklich noch wünschen, dürfte auch fraglich sein«,
sagte Mario lachend in Anspielung auf Alessandros
damalige Bemerkung.

»Ich störe eure Zukunftsphantasien ungerne. Aber
es gibt da etwas, das ich nicht ganz verstehe«, warf
Anne ein und brachte uns wieder auf den Boden der
Realität zurück.

»Das war doch eine Verhandlung des Privatrechts,
wenn Schadenersatzforderungen gestellt werden. Wie
war eine privatrechtliche Verhandlung ohne straf-
rechtliche Verurteilung überhaupt möglich?«

»Weißt du Chérie, im französischen Recht ist – anders als in der deutschen Gerichtsbarkeit – das Straf-
recht auch Teil des Privatrechts«, erklärte ich ihr, »daher konnte das Ganze in einem Aufwasch erledigt

werden. Vor allen Dingen verliert man bei der ganzen Streiterei nicht so viel Zeit.«

Und schon schwelgten wir wieder in der Freude über den Erfolg und niemand von uns ahnte nur im Geringsten, dass der Fall mit diesem Gerichtsentscheid noch nicht abgeschlossen sein würde.

*

»So Leute, und jetzt habe ich euch noch eine gewichtige Sache zu verkünden«, schwenkte ich auf ein anderes Thema um. Plötzlich waren drei Augenpaare, zwei davon neugierig, eines wohl wissend, was kommt, auf mich gerichtet. »Anne und ich haben beschlossen, dass wir heiraten werden.«

»Ui, toll«, jubelte Mario. »Wisst ihr schon wann?«

»Können wir leider noch nicht sagen. Die deutschen wie auch die französischen Behörden machen da noch Probleme. Sie scheinen die Bürokratie erfunden zu haben. Die wollen tausend Bestätigungen und Formulare. Stellt euch vor, sogar ein Ehefähigkeitszeugnis. Unglaublich, oder? Doch ich mache da nicht lange mit. Wenn ich merke, dass das ganze Heiratsprozedere ein nahezu unlösbares kompliziertes Unterfangen würde, reisen wir einfach nach Dänemark, um dort zu heiraten. Schließlich habe ich mit meinen 82 Jahren nicht mehr alle Zeit der Welt«, lachte ich.

»Das geht einfach so, in Dänemark zu heiraten?«, fragte Stéphanie ganz überrascht mit hochgezogenen Brauen.

»Warum sollte das nicht gehen?«, stellte ich die Gegenfrage. »Auf jeden Fall geht es einfacher als in den Ursprungsländern der Heiratswilligen. Irgendwie Ironie des Lebens, oder?«

»Oder Ironie der Bürokratie«, kicherte Anne.

»Aber ich habe noch eine Neuigkeit«, versuchte ich es spannend zu machen.

Mario zog seine Brauen zu einem fragenden Stirnrunzeln zusammen. »Zama, du kommst mir vor wie eine Wundertüte. Immer für Überraschungen gut«, feixte er.

Ich lächelte und begann meine Neuigkeit zu verkünden.

»Ab November 2011 gehört das Haus für mindestens fünf Monate euch ganz allein. Ihr könnt hier schalten und walten nach eurem Gusto.« Ich blickte zu Anne und fuhr weiter. »Anne und ich werden den Winter für vier Monate auf den Philippinen verbringen, genau gesagt auf der Insel Bohol/Panglao. Meine Knochen brauchen die Wärme. Danach werden wir noch für einen Monat, vielleicht auch länger, in Deutschland in Annes Haus sein. Und jetzt, da ich ja weiß, dass ihr da seid und mein Haus betreut und mit potentiellen Käufern verhandelt, gehe ich sehr beruhigt weg.«

Stéphanie sah Mario mit leuchtenden Augen an. »Das klingt ja wunderbar«, sagte sie. »Ich werde unten im Atelier meine Kunden weiter behandeln und du Mario tankst erst einmal Kraft, um nach all den Aufregungen und Niederschlägen deine Zukunft wieder in die Hand nehmen zu können. Fröne jetzt erst mal deinen Hobbies, das hilft dir dabei. Und ich glaube du hast es verdient, wieder einmal unbeschwert zu sein und das Leben zu genießen. Findet Ihr nicht auch?«

Mario sah seine Frau liebevoll an und lächelte. »Ja ich werde, wie ich es früher immer tat, am Sonntagvormittag mit meiner Maschine ausfahren. Das war schon immer ein Stück Freiheit für mich.«

Sie streichelte seine Hand und gab ihm einen Kuss auf die Wange.

»Mit deiner Trial-Maschine, die Myriam dir so wärmstens empfohlen hat?«, fragte ich.

»Oh nein, Gott bewahre. Ich fahre mit meiner Drag Star. Die Trial verkaufe ich wieder, denn sie erinnert mich erstens zu sehr an Myriam und zweitens bin ich nicht mehr so Fan von Querfeldeinfahrten«, erklärte Mario und mit einem Augenzwinkern fügte er hinzu. »Man wird ja auch älter und gesetzter.« Er lachte unbeschwert, seine Augen leuchteten wieder, genauso wie früher. Was für ein schöner Anblick. Erst jetzt merkte ich, wie ich es vermisste. Wie gut es doch tat.

»Zum ersten Mal seit langer Zeit sehe ich wieder unbekümmerte, glückliche Gesichter. Es wurde wirklich allerhöchste Zeit«, sagte ich zufrieden. »Kommt lasst uns eine Runde schwimmen.«

Ich hatte ein gutes Gefühl, denn ich wusste, dass wir die beiden nun alleine lassen und getrost auf Reisen gehen konnten, ohne Angst haben zu müssen, gleich bei nächster Gelegenheit von Hiobsbotschaften überrascht zu werden.

Jetzt musste sich nur noch meine Familiengeschichte mit meinen Adoptivtöchtern elegant lösen, denn die beiden älteren waren keinen Deut besser als der Galanisclan. Doch ich war zuversichtlich, dass ich auch dieses Problem in den Griff bekommen würde. Wie hieß doch die alte Weisheit, die diverse erfolgsversprechende Möglichkeiten in Betracht zog: ›*Es führen viele Wege nach Paris*‹. Einen Trumpf habe ich ja noch in der Hinterhand. Den auszuspielen behalte ich mir bis zum Schluss vor ... wenn's denn nötig werden würde. Na ja, ich werde sehen. Jetzt wollte ich erst einmal Marios Erfolg genießen.

Kapitel 18

*E*s war ein herrlicher Sonntagmorgen Ende September. Anne und ich genossen es, draußen am Pool zu sitzen, um wie gewohnt unseren Sonntagsbrunch einzunehmen.

»Was ist eigentlich mit Stéphanie? Will sie heute nicht mit uns brunchen? Oder ist Mario heute an diesem wunderschönen Sonntag gar nicht mit seinem Motorrad unterwegs?«, fragte ich Anne.

»Doch, Mario ist weggefahren. Ich habe die Maschine rattern gehört. Ich denke, Stéphanie kommt sicher gleich. Vielleicht hat sie gerade noch mit ihren Eltern telefoniert. Ich hörte nämlich vorhin, als ich um Saft zu holen, nochmals drinnen war, wie das Telefon klingelte.«

Kaum hatte Anne das gesagt, erschien Stéphanie. Ich wollte sie gerade freudig begrüßen, als ich sah, dass sie sehr verstört wirkte.

»Stéphanie, was ist los?«, fragte ich besorgt.

Stéphanie war leichenblass und hatte Tränen in den Augen. »Mario … er …«, sie stotterte, wusste nicht wie sie das, was sie soeben erfuhr, vorbringen sollte. »Die Polizei hatte eben angerufen … Mario … Mario hatte einen schlimmen Unfall und liegt im Krankenhaus.«

Anne schlug ihre Hände vor den Mund.

»Um Gottes Willen, Stéphanie, was ist passiert«, fragte ich.

Stéphanie wirkte wie abwesend. Wie ein Roboter bewegte sie sich auf uns zu. »Ich … oh mein Gott … es ist so schrecklich«, sagte sie.

Anne stand auf, rückte einen Stuhl zurecht und hielt Stéphanies Arm. »Komm Stéphanie«, sagte sie, »komm setz dich.«

Stéphanie setzte sich wie in Trance auf den bereitgestellten Stuhl. Dann begann sie erneut mit ihrer Erzählung. Sie sprach sehr leise. »Mario wurde bedrängt und er stürzte über die Leitplanke hinweg ins Feld. Er hatte großes Glück, denn er hatte eine gute Falltechnik sagte die Polizei, wie die eines Profis. Vermutlich ist das das Ergebnis seiner großen Praxis beim Trial-Fahren. Eine Menge Knochenbrüche und Fleischwunden, aber wie gesagt, Glück gehabt. Er hatte natürlich zudem noch gute Schutzkleidung. Auch das war sein Glück, sagte die Polizei.« Sie stockte einen Moment und seufzte tief. »Der andere Fahrer, der ist tot. Er ist irgendwie weggerutscht und der Pfosten einer Leitplanke … trennte ihm den Kopf ab. Der Beifahrer … der Beifahrer sprang ein paar Meter weiter … ähm später … ab … er ist … er ist schwer verletzt.«

Stéphanie verbarg ihr Gesicht in ihren Händen und bekam einen Weinkrampf. Ihr Körper bebte und Anne legte beruhigend ihre Arme um Stéphanies Schultern. Wir ließen ihr Zeit, sich wieder etwas zu beruhigen. Mit Tränen überströmtem Gesicht blickte sie auf.

»Die Unfallbeteiligten … alle beide … nein alle drei … sie haben alle den gleichen Nachnamen, sagte die Polizei. *Galanis*.«

»Nein«, schrie Anne. »Nein, um Himmels willen, nein.«

Ich war erschüttert. Ich fühlte, wie sämtliche Farbe aus meinem Gesicht wich. »Und … welcher … wie heißt der, der tot ist?«, fragte ich stockend.

»Jérôme«, sagte Stéphanie und richtete ihren verzweifelten Blick auf mich. »Der andere war Alessandro … und der … der ist ziemlich schwer verletzt … aber Genaues konnte die Polizei nicht sagen. Sie fragten mich, ob es zwischen den Galanis einen Streit gegeben habe, weil alles dafür sprach, dass es ein vorsätzliches Duell auf der Straße war. Ich bejahte das natürlich und sie wollen morgen vorbei kommen und uns darüber verhören.«

Wir schwiegen einen Moment. Es war ein bedrückendes Schweigen. Jeder versuchte, sich den Unfall vor dem geistigen Auge auszumalen. Sich einen abgerissenen Kopf bei einem Verwandten gedanklich vorzustellen, das war schwere Kost, zumal es sich um einen jungen Menschen von 21 Jahren handelte. Es war schwer, auch wenn man sich nicht gerade sehr nahe stand. Auch wenn man sich über diesen Verwandten schon ziemlich geärgert hatte.

Ich war der erste, der dieses bedrückende Schweigen brach. »Ist Mario ansprechbar?«, fragte ich.

»Ich hatte gleich im Krankenhaus angerufen, und man hat mir gesagt, dass Mario bei Bewusstsein sei.«

»Heißt das, dass wir ihn besuchen können?«, wollte ich wissen.

»Ja. Ich wollte euch fragen ... nun ich fühle mich nicht in der Lage, jetzt Auto zu fahren ... ob ihr vielleicht ... ob ihr mit mir zum Krankenhaus fahren würdet?«, fragte sie vorsichtig.

»Da fragst du? Natürlich fahren wir zusammen hin. Lass uns gleich losgehen.«

Eine halbe Stunde später standen wir an Marios Bett. Er sah erstaunlich gut aus. Etwas blass vielleicht, einige Schürfwunden im Gesicht und natürlich etwas erschöpft, aber den Umständen entsprechend wirklich nicht schlecht. Er sprach auch ganz klar. Unsere Frage, ob er Schmerzen habe, konnte er beruhigend verneinen.

»Es ist nicht schlimm mit den Schmerzen. Diese Infusionen hier sind, soviel ich weiß, Schmerzmittel. Im Moment fühle ich absolut nichts. Was ist mit den anderen beiden?«

»Weißt du, wer die anderen beiden waren?«, fragte ich vorsichtig.

»Ja, ich erkannte das Motorrad meines Sohnes. Dieses Motorrad ist auffällig wie ein bunter Hund, in seiner Farbkombination einzigartig. Ich sah im Rückspiegel, wie es sich mit hoher Geschwindigkeit näherte und dann neben mich hinfuhr. Erst da erkannte ich es, und bevor ich denken konnte, was die beiden wohl im Schilde führten, hatte der Sozius mit einem kräftigen Fußtritt nach mir getreten. Danach hatte ich nur noch mit mir zu tun. Ich kam ins Schlingern, dachte, dass ich mich doch noch halten könnte, merkte schließlich, wie das Motorrad unter mir wegzurutschen drohte und, um nicht auf dem Asphalt aufzuschlagen, machte ich einen Hechtsprung über die Leitplanke, knallte schmerzhaft auf, rollte mich zusammen und kugelte noch etwas weiter, wo ich gebremst durch Buschwerk benommen liegenblieb. Aufstehen war nicht drin mit all den Knochenbrüchen. Es ging auch nicht lange, da kamen die Polizei und der Krankenwagen. Als man mich zum Krankenwagen brachte, sah ich, dass die beiden auch gestürzt sein mussten, denn auf der Straße sah es aus wie auf einem Schlachtfeld. Ich konnte mir schon denken, dass sie gestürzt sein mussten, denn wenn der Sozius bei einer solchen Geschwindigkeit eine solch abrupte Bewegung wie einen Fußtritt ausführt, ist es für den Fahrer schwierig, das Motorrad zu halten. Da verreißt gleich mal der Lenker.« Mario machte eine kurze Pause, wir schwiegen. »Das wird Folgen haben«, nahm Mario die Rede wieder auf. »Ich glaube meine Familie ist nicht müde geworden, gegen mich zu Gericht zu ziehen. Sollen sie's haben, wenn sie unbedingt wollen. Dass sie zu so etwas fähig sein könnten, hätte ich allerdings nie gedacht. Wer war eigentlich der Sozius? Weiß man das schon?«, fragte er. Wir merkten, dass Mario absolut keine Ahnung hatte, auch nicht, was mit den anderen geschah. Wie sollten wir es ihm beibringen.

Stéphanie beantwortete die Frage. »Das war Alessandro.«

»Hat der noch nicht genug, dieser nichtsnutzige Arschgeier?«, sagte Mario wütend, und ich war überrascht, von Mario einen solchen Kraftausdruck zu hören. Das kannte ich nicht bei ihm. Einen Moment erschrak er wohl selbst darüber, denn er schaute betroffen.

»Er liegt auch hier im Krankenhaus«, erklärte Stéphanie weiter. Über Alessandros Zustand wurden wir informiert, noch bevor wir zu Mario ins Zimmer kamen.

»Alessandro ist vom Hals abwärts gelähmt«, erklärte Stéphanie weiter.

»Oh mein Gott«, sagte Mario, jetzt doch erschüttert über diese Nachricht. An unseren bekümmerten Gesichtern musste er es abgelesen haben, dass noch eine weitere Frage zur Beantwortung offen stand, und dass diese Antwort etwas ganz Schlimmes bedeutete.

»Jérôme ...«, begann er mit belegter Stimme, »... ist er tot?«

Wir nickten nur. Mit den Details wollten wir ihn zu dieser Stunde noch nicht belasten. Es war, so dachten wir, für Mario im Moment schwer genug mit dieser Information, dass sein Sohn gestorben ist, fertig zu werden. Mario starrte ins Leere. Trotz des Kummers, den Jérôme ihm über Jahre hinweg bereitete, diese Nachricht traf ihn schwer.

Als wir am Montag wieder zu Besuch kamen, wurden wir von der Schwester vorher abgefangen und gewarnt. »Herr Galanis hatte einen Zusammenbruch erlitten. Ein Therapeut ist im Moment bei ihm.«

»Ich begreife das nicht«, sagte Stéphanie verstört, »er war doch gestern ziemlich gut drauf, hatte trotz der schlechten Nachricht sehr stabil gewirkt.«

Die Schwester zuckte bedauernd die Achseln. »Eine junge Schwester, eine Auszubildende, war leider so ungeschickt, ihrem Mann eine Zeitung zu bringen. Auf der anderen Seite, konnte sie es ja nicht ahnen. Er verlangte nach einer Zeitung und sie gab sie ihm. Sie war selbst ganz verstört, als Ihr Mann diesen Zusammenbruch erlitt. Nun fühlt sie sich schuldig.«

Ohne auf die besorgten Erklärungen der Krankenschwester über die Selbstvorwürfe der jungen Schwester in Ausbildung einzugehen, stellte Stéphanie sachlich fest. »Das heißt also, mein Mann hat erfahren, dass sein Sohn enthauptet wurde?«

Wir hatten diesen Morgen noch keine Zeitung gelesen, weil wir gleich ins Krankenhaus wollten, um anschließend ins Büro der Police Nationale zu gehen. Die hatten sich nämlich angemeldet, und da wir zuerst zu Mario wollten, versprachen wir, auf dem Rückweg vorbeizukommen, um unsere Aussagen zu machen.

Die Schwester nickte betroffen, so als gäbe sie sich selbst die Schuld für diese Panne.

»Sie trifft keine Schuld. Außerdem, irgendwann hätte mein Mann es so oder so erfahren«, beruhigte Stéphanie die Schwester. »Können wir danach wieder zu ihm, wenn der Therapeut fertig ist?«, wollte sie schließlich wissen.

Die Schwester nickte und meinte, dass wir in einer halben Stunde wieder vorbeikommen sollten.

Wir gingen hinunter in die Cafeteria, um dort zu warten. Auf dem Tisch lag noch die Tageszeitung, wahrscheinlich liegen gelassen von einem vorherigen

Gast. Wir suchten natürlich gleich nach dem Unfall-
bericht.

Motorradfahrer bei einem Duell auf der A52 ent-
hauptet

*Gestern, Sonntag 25. September gegen 10:00 Uhr am Mor-
gen, kam es bei einem Straßenduell zu einem folgenschweren
Unfall. Zwei Motorradfahrer fuhren auf der A52 in Richtung La Destrousse, in Höhe von La Cauvine, als der Sozius
des Verfolgerfahrzeugs den Überholten während der Fahrt
mit hoher Geschwindigkeit durch einen Fußtritt zu Fall
bringen wollte. Der 21jährige Fahrer des Angreiferfahrzeugs
verlor dabei die Beherrschung über sein Zweirad und stürzte gegen die Leitplanke – dabei wurde sein Kopf abgetrennt.
Der Rest seines Körpers raste auf dem Motorrad kurz weiter. Der Sozius, der kurz vor dem Aufprall des Motorrads
abgesprungen war, wurde schwer verletzt ins Krankenhaus
gebracht. Alleine der Angegriffene hatte großes Glück im
Unglück. Er kam dank seiner hervorragenden Falltechnik
mit Schürf- und Schnittwunden sowie einigen Knochenbrüchen relativ glimpflich davon. Bei allen Unfallbeteiligten
handelte es sich um Mitglieder ein und derselben Familie.
Warum es zum Angriff kam, ist derzeit nicht bekannt. Die
Polizei vermutet, dass es sich um eine Familienfehde han-
deln könnte.*

*

Bei der Bestattung seines Sohnes konnte Mario
nicht teilnehmen. Das war gut so, denn er fiel in ein
psychisches Tief und brauchte Zeit, um da wieder herauszufinden. Er konnte es einfach noch nicht begrei-

fen. Sein Sohn war tot – enthauptet – und sein Bruder war vom Hals abwärts gelähmt.

Für uns war die Beerdigung schon schlimm genug. Myriam war eine gebrochene Frau. Das erste Mal in all den Jahren, dass sie mich umarmte und weinte und mich um Verzeihung bat. Das erste Mal, dass sie zu mir auch *Papa* sagte.

War das der Zeitpunkt, Frieden zu schließen, sich zu versöhnen und allen Hass zu begraben? Brauchte es eine solche Tragödie, um zu erkennen, dass man eine Familie ist? Um zu erkennen, dass man sich statt gegenseitig zu zerstören lieber unterstützen sollte?

*

Mario wurde am 9. Oktober aus dem Krankhaus entlassen. Wegen seines Beinbruchs, saß er im Rollstuhl, da er aufgrund der Rippen-, Handgelenks- und Schlüsselbeinbrüche nicht an Krücken gehen konnte. Er saß oft nachdenklich da.

Doch dann kam die Zeit, in der er es brauchte zu reden. Er musste verarbeiten und wir hörten ihm geduldig zu.

»Ich besuchte meinen Bruder im Krankenhaus«, begann er. »Als Alessandro mich sah, verzog er seinen Mund zu einem einseitigen Lächeln und sagte ›*Willkommen in der Hölle, über die wir immer so leichtfertig sprachen. Jetzt habe ich sie wirklich kennengelernt die Hölle … die Hölle auf Erden. Ja, ich werde mich an das Leben, gefangen in diesem Körper, gewöhnen müssen … mein Körper das Verlies, schlimmer wahrscheinlich als alle Gefäng-*

nismauern‹. Und dann … dann schaute er mir tief in die Augen. Es waren sehr traurige Augen und er sagte. ›Verzeih mir Bruder. Bitte verzeih mir. Ich habe deinen Sohn auf dem Gewissen‹.«

Alessandro hatte zugegeben, dass die Idee mit der Attacke auf Mario von ihm kam.

*

Wir wussten, dass Mario noch sehr viel Zeit brauchen würde, um alles zu verarbeiten und wir wussten auch, dass er unsere Hilfe jetzt mehr denn je brauchte.

Anne und ich wollten Anfang November eigentlich nach Dänemark reisen, um zu heiraten, aber wir waren uns nicht ganz sicher, ob wir die beiden jetzt nach der ganzen Tragödie alleine lassen konnten. Doch Mario bestand darauf.

»Kommt gar nicht in Frage, Zama, dass ihr jetzt auch noch Eure Pläne umschmeißt und die Hochzeit verschiebt. Wir kommen schon zurecht. Reist ihr nach Dänemark und dann geht auf Hochzeitsreise auf die Philippinen. So war es geplant, so soll es auch sein.«

Tja und so ging alles seine Wege. Anne, 72jährig, und ich, 82jährig, heirateten Anfang November in Dänemark und anschließend verbrachten wir vier Monate auf Bohol/Panglao.

*

Danksagung

Ich danke allen, die beim Entstehen dieses Buches mitgewirkt haben. Natürlich zu allererst Kutazama, der mir die Steilvorlage für die Geschichte gab. Auch seine Frau, gab mir immer wieder Zusatzerklärungen, die Zama entweder vergessen hatte oder einfach für mich unverständlich rüberbrachte. Sie war auch diejenige, die meine künstlerische Freiheit verteidigte, wenn Zama kritisch anmerkte, dass sich eine bestimmte Szene in Wirklichkeit nicht exakt so, wie im Buch beschrieben, zugetragen habe. Sie war es, die meinte, dass es sich um einen Roman und nicht um eine Biographie handle, und dass die Geschichte für den Leser entsprechend interessant, spannend und auch logisch nachvollziehbar sein müsse. Dies war natürlich nur möglich, indem ich offene Fragen beantwortete und da war meine Phantasie gefragt. Ganz sicher, so meinte Zamas Frau, dürfe sich die Geschichte nicht in langweiligen Details verlieren. Sie hat mich damit in meiner Arbeit sehr bestärkt.

Als nächstes danke ich Zama auch dafür, dass er mir das Foto seines im Roman genannten Anwesens und das nach Fotovorlage selbst angefertigte Gemälde sowie die Gemälde aus Kenia-Zeiten zur Verfügung stellte. Seine Leidenschaft gilt nämlich unter anderem der Malerei und ich kann nur sagen, er ist ein wahrer Künstler. Dem Leser möchte ich einige Bilder, zumindest als Schwarz-Weiß-Abdruck nicht vorenthalten. Ich selbst bin ein richtiger Fan von seinen Werken geworden.

Des Weiteren danke ich meiner Freundin Liliane Büchler, die sich als Lektorin zur Verfügung stellte. Sie sagte mir spontan zu und nahm diese Aufgabe auch entsprechend ernst. Einige hilfreiche Tipps habe ich gerne von ihr übernommen.

Und wie bei jedem meiner Bücher, hatte sich mein Mann Dieter auch bei diesem Roman die Mühe gemacht, kritisch zu lesen, um mich auf Unverständliches oder Fehler hinzuweisen und mir sein erstes Urteil abzugeben.

Allen ein herzliches Dankeschön. Es hat wie immer Spaß gemacht.

Ellen Heinzelmann

Fotoansicht zum Gemälde
(spätere Aufnahme)

Gemälde

Bildnachweis

Die Abbildungen auf dem Cover sowie auf den Seiten 5 und 259 bis 261 stammen von Kutazama und zeigen sein Anwesen an der Côte d'Azur und Bilder, die während seines Kenia-Aufenthaltes entstanden.

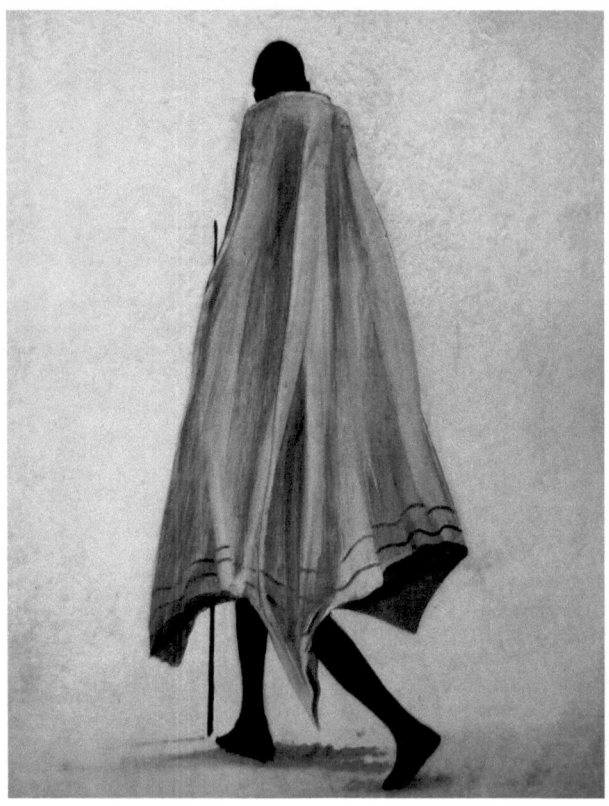

AFRIKA

Kenya

Kenya 2008

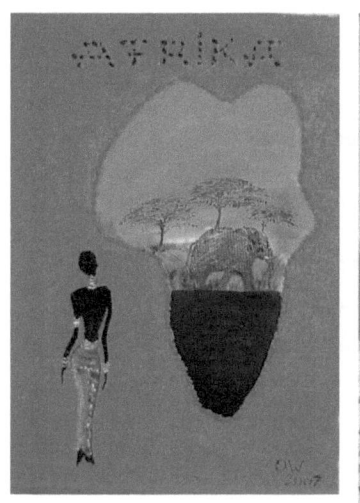

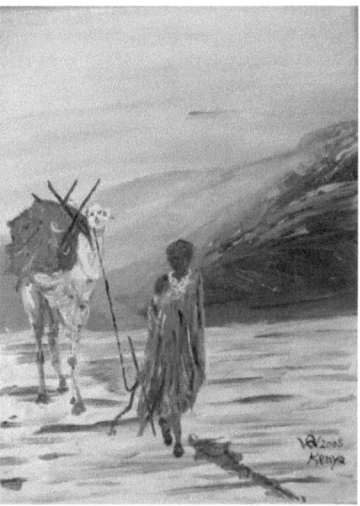

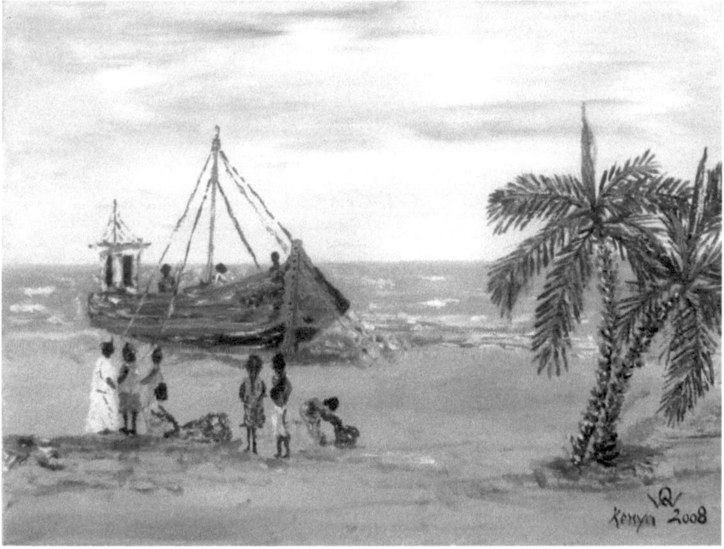

Weitere Bücher von Ellen Heinzelmann

Der Sohn der Kellnerin

ISBN 978-3-7448-0099-0 **NEU** ab 07.2017
248 Seiten, Paperback

Das Leben der Studentin Hannah nimmt eine überraschende Wendung. Unerwartet wird sie schwanger und ein schwerer Schicksalsschlag trifft sie. Doch tapfer stellt sie sich dem Leben mit ihrem Kind, einem ganz besonderen Jungen. Bald stellt sich nämlich heraus, dass der Kleine anders ist, als andere Kinder seines Alters. Er zeigt klare Merkmale eines Genies. Was eigentlich Anlass zu großen Erwartungen und Hoffnungen sein könnte, fordert die junge Mutter auf nicht alltägliche Weise heraus. Sprachlosigkeit und Verwirrung bestimmen ihr Leben. Es gibt sogar Zeiten, da hegt sie Zweifel und fragt sich, wo wohl die Grenze zwischen Genialität und Irrsein zu ziehen sei.

BLUTSVERWANDT
aus der Markgräfler Buchreihe

ISBN 978-3-7448-1679-3 **NEU** ab 07.2017
264 Seiten, Paperback

Mit dreißig Jahren entdeckt Boris Petrow zufällig, dass sein verstorbener Zwillingsbruder Ilja gar nicht sein Bruder war. Sein wirklicher Zwillingsbruder mit Namen Eric wuchs 60 km entfernt in einer anderen Familie auf und er lebt. Durch seine Recherchen gerät Boris in große Gefahr, denn Adrian, Erics Vater, setzt einen Berufsverbrecher auf ihn an.

Maurice

ISBN 978-3-7386-3651-2

240 Seiten, Paperback

Während eines Workshops in Montpellier hatte Dr. Norman Falcon eine kurze aber sehr intensive Affäre mit einer Französin, einer außergewöhnlichen Frau. Dass dieses Abenteuer nicht ohne Folgen blieb, erfährt er erst acht Jahre später, nachdem er längst eine Familie mit zwei Kindern gegründet hatte und in sorgenfreiem Wohlstand in der Schweiz lebt. Diese Folgen haben einen Namen: **Maurice**.

Es geschah in der Wolfsschlucht
Der Markgräfler Krimi

ISBN 978-3-7392-4803-5

300 Seiten, Paperback

In der Wolfsschlucht ist so einiges los, wovon niemand etwas ahnt ... und dann geschieht auch noch ein Mord. Der Täter, Heiko Thomasin, ein Gymnasiallehrer aus Lörrach, ist schnell gefunden, denn alle Spuren führen ganz klar zu ihm. Doch, ist er wirklich der Mörder?
Seine Schwester, Doris Wendtland, zweifelt daran. Sie möchte die Wahrheit herausfinden und engagiert eine Rechtsanwältin mit Partner.

Verhängnisvoller Deal
Der Markgräfler Krimi

ISBN 978-3-7386-0352-1
248 Seiten, Paperback

Joachim Winterstein, Geschäftsführer einer renommierten Firma in Lörrach, war ein erfolgreicher, aber auch ausgekochter Geschäftsmann, dessen Nebengeschäfte und sonstige Aktivitäten vor dem Auge des Gesetzes nicht immer auf Wohlwollen gestoßen wären. Daher sah er sich auch immer wieder mal genötigt, ungeliebte Mitwisser durch großzügige Vereinbarungen zum Stillhalten zu bringen. Doch einer dieser Deals stellte sich als verhängnisvoll heraus.

Reise in den Tod
aus der Markgräfler Buchreihe

ISBN: 978-3-7431-8188-5
168 Seiten, Paperback

Es sollte ein Ausflug von sieben ehemaligen Schülern der damaligen Abiturklasse nach Fuerteventura werden. Sie waren die besten Schüler des Jahrgangs 2005 im Markgräfler Gymnasium Müllheim und ein eingeschworenes Team.
Doch die Reise endete in einem Albtraum. Bilanz dieses Ausflugs: zwei Tote, zwei Verletzte davon einer schwer.
Frederik Hartl zerbricht unter der Last des damaligen Geschehens, denn er alleine fühlt sich verantwortlich. Doch, was ist wirklich geschehen? Frederiks Vater und auch Frederiks Verlobte möchten es in Erfahrung bringen, und engagieren einen Detektiv, Friedhelm Kulau.